# 闘いとエロス

森崎和江

月曜社

# 目次

# まえがき

一九六〇年前後に九州の筑豊炭田を主たる舞台にして機関紙「サークル村」を発行し、サークル活動が展開した。またそれに引きつづいて労働運動がサークル村会員を軸にくりひろげられた。それは大正炭鉱を閉山に追いつめる大正行動隊の闘いであった。私はその両方に関連した関係上、この一連の運動を総括すべく幾度かペンを持ち、そして幾度も中断した。それは闘いを共にした多くの仲間たちとなされるべきものである。いまは分散した沢山の仲間らの顔が去来した。

筑豊は当時の情況を一変していて、もはや炭坑は数えるほどしかない。かつて闘いを共にした大正行動隊の隊長は、閉山してなお残る退職者らの退職金を獲得すべく、いま地元の自民党の選挙参謀である。経済要求に局限された尖鋭性が、全情況との思想的出逢いを代用して荷うとき、個体は反動の機能をも荷わせられる。この痛みと無縁に、筑豊では労働する者の権利を具体的に闘いとることは不可能でもある。

けれども圧迫されつづける階層の尖鋭性は、いつまでも経済要求的部分性に限定していることはできない。閉山後の筑豊に対する認識はそのまま日本の意識構造および産業構造に対する認識に通ずる面がある。それを踏まえてこの筑豊に新しい運動が芽生えんとしている。また芽生えさせんと努めてもいる。

この時期にさしかかって、私は、これまでの闘いが内包しつつ越えがたかったものや、未来の運動の予見ともいうべき質をはらんでいた点や、内部の敵ともみられる傾向等を、私は私なりにみつめながら七〇年代への手がかりにしたいと思う。

多くの仲間たちに関連した運動である。私のひとりよがりの方法がそれらの人々を傷つけることをおそれる。それでなくとも執筆の中止依頼を受けたりしている。誰もがこの変動期に自己をぶっつけながら家族を養い、またくりかえし起る挫折に堪えてもいるのである。私は筑豊炭田自体が夢幻のものとなるまえに、その特異な地域で闘われた集団やその背景を可能な限り残しておくことにしたい。そしてまた私の独善に堕すことを防ぐために、フィクションと資料による記録とを織りあわせて、後日、より多くの人々による総合的な総括が行なわれるためのちいさな手がかりとしておいて、私の果たすべき責の一部をとどめることにしたいと思う。

# 闘いとエロス

# 一章　眠られぬ納屋

あの日帰りの車のなかで室井賢が、

「どうだい、炭坑っていいもんだろ」

といった。

「君にもなにか声がかかっていたじゃないか」

「どんなクリームつけてるのって寄ってきたのよ」

「やつら、どぎもを抜かれてんだぜ。日本の労働運動史上で、炭坑に女を連れてはいったものはいやせんのだから」

顎をあげて、ほがらかな顔をしていた。

「女？」

わたしもわらった。

「女かどうかわからないわ、あたし」

「なにいってんだい、二人も生んで」

「そんなこと！

あたしねえ、女をみつけたいのよ。あなたの奥さんや女房や細君や妻などにはならないわ。結婚って一度すればたくさんだわ。あたし、もうたんのうしたのよ。あなたとは友達になりたい」

「君はぼくの女さ。女性なるものの集約さ。しかしいま事故死でもすれば、君はさしずめぼくの情婦って新聞に書かれることになるぜ」

「情婦？　ばかみたいね」

車はがたぴしした。わたしたちはその日一日中新海炭坑にいた。室井は労働組合に、わたしは炭坑主婦協議会の人々と。わたしらは谷川雁らが提案したサークル交流誌発行に賛同して、その会員獲得の工作のために、室井がかつて共産党のオルグとして出入りしていた炭坑地帯をまわっていたのである。一九五七年の春であった。同じように国鉄や教組や全逓などを歩いている者らがいた。

わたしは新海駅前のちいさな宿につくなり、便所と書いた木札がぶらさがっている板戸をあけた。炭坑の主婦らに「トイレどこなの？」と尋ねかねていたのである。

あの坑夫の妻たちは、サークル交流誌の説明をしたわたしに、あんたなんちゅうクリームつけよるとな？　結婚しとると？　子はおるとな、とおもいおもいに言った。サークル？　サークルちゃなんな？　ああ、そげなこつな、うちら、毎日やりよるよ。うちらは、がらくた音楽団ばつくっちょるとよ。このおなごが棒ば振りよるがね、こいつは棒は振りきるが不感症たい。いやほんと。うちらがしかたを教えるばって屁のごとしちょるばい。

　せんせ、サークルちゃほんものの人間ば作るこつじゃろが。不感症はかたわじゃろもん。せんせ、あんたの考えばこの女にいうちゃんない。

　不感症といわれた女は、ばかばい、あんたら。こげえ若かせんせに恥かかしなんなよ。あんたら、とうちゃんがみそもくそも分らんごとこきつかわれて上ってきて、隣んかかも、わがかかも分らんまんませせくっちょるとに、きゃあきゃあいうてから。どうせとうちゃんな、おまえにとっちゃ米櫃《こめびつ》じゃろが。米ば買うてくる機械のごたるもんじゃろもん。そげなつに、なし、きゃあきゃあいえるかね。うちゃ、あんたらの気持が分らんねえ、といったのだった。女らは急にさわぎたてた。

　そげえいったっちゃ、おなごでちゃ、したかろもん。

　したかくさ。したかときゃ……

　したかときゃ、なんな？　よかつがどこぞにおるな？　そげえ気のきいたつが。

　おらんでちゃ、うちゃ、あんたらのごと、とうちゃんで間にあわせるこた、いやだね。なあ、そげんじゃなかな、せんせ。間にあわせるけん、男がいっちょんばしっとせん。

　わたしは彼女らに、トイレどこ？　といっていいのか、お手洗いどこ？　といっては軽蔑されるのか、迷っているうちに帰りの時間となったのである。べんじょ、と発音できるようにならねば、というのがその日のひそかな結論であった。

炭坑の駅前宿の便所にとびこんだわたしは反射的に走りだして室井を追った。

「ねえ、たいへん。トイレがないの」

「あったじゃないか、君、行ったんだろ」

「でもないのよ」

「どうして」

「どうしてかしら。ねえ、契子がまんできないの」

「どれ……」

室井はすぐに部屋を出ていったが、もどってくるなり、

「あるじゃない」

といった。

「なかったわ。あたしみたとき」

「あるある」

「うそ。あれ男性用よ」

「はやく行っといで、いい子だから」

「でもあたしできない」

わたしの顔をみて室井は、

「早く行っといで。だいじょうぶできるよ」

とゆっくりといった。

わたしは板戸をあけ、男性用便器がつきでているのを眺めていたがまた引きかえした。こんどは室井はふりむかない。

「ほかに旅館ないかしら」

それでも室井の背中がじっとしていたから、わたしは二階を歩きまわり、廊下のつきあたりにバケツが伏せてあったのをみつけて便所にはいった。

便器の下にそれを伏せ、いやに狭い仕切りのなかで片手を壁にあて片手で窓枠をつかむと、体重を浮かすように腕でささえてバケツに両足をのせてみた。どうにかなりそうである。わたしはスカートとパンティをぬぎ、シミーズを背と腹にまるめこむとさっきの格好をして、しっかりと腕に体重をかけてつめたい便器に腰をふれさせた。ギ、ギと便器が音をたて、あついかたまりが下腹で凝固し、せきをきって流れおちた。ながいあいだ放尿がつづいて、わたしはきょう一日中の体験がつまっているのだとおもった。放尿さえ自由にしえずに坑夫の妻らに、せんせ、せんせ、といわれて赤面しつづけていた。そのわたしをほうって彼女らは、たたみにごろんとねころんで、あの不感症なる女にとうちゃんをよろこばすあの手この手を実演しだした。わたしが炭坑を訪れたのはこれが二日目であった。女らは嬌声を放ちつつころげまわった。

なんじゃい、そげな。うちのほうがうんとうまか。

不感症と攻撃されていた女は突如、ころがっている一人にとびかかった。

ひゃあっ、離しい！　うち、けがするばい。ほら、はよ、せんかい。

あんたのとうちゃんよりよかろうが。ほら、はよせんかい。ほらほら。

きゃあ、こんひとは、いやばい。うちゃ、あんたはいらん。

集っていた女らは、げらげらわらいながら二人をすみへ押しやった。

ちった知っちゃおるばいの。くちぐちにいう。知らんでどげえする。うちゃ十六んときから男どま、嘗めるしこ知っちょるとばい。うちゃね、とうちゃんば馬鹿にして抱くごたるこた、しょうごたなか。米櫃大事に抱いて、へらへらして、きいきいいうて、そつでにぎりめしこしらえて、穴んなかさへ放り出して……　そつでおまえうれしかつか。やいこら、すべた。おまえ、こげえされてうれしかつじゃろが。よう肥えちょるのう、おまえんとこのばかがへらへらするはずじゃ、い。

——ひゃあ、死ぬ死ぬ。

ぱしりと太股を打った。

ひゃあ、たまがった。ばってん、ここんとこに吸いついたときゃ、きいんち、あそこにきたばい。

シカちゃんとよばれていた女は起きあがり、あけっぱなしのワンピースの腕をあげて、上膊の内側を撫でた。目をきらきらさせて、ほんなこつばい、うちゃ、知らじゃった、と嘆息をついた。

女たちはくちぐちに訴えだした。

ねえ、せんせ。男はなし、あげえ精がのうなるとかね。せんせ、穴んなかさへ下りてみたこつあるかね。うちゃおもうがね、穴んなかさへ下りて仕事したもんは、穴がすかんごとなるのとちがうかね。

誰も笑わなかった。

すかんごとなるとじゃなかばい。どだい人間は助平じゃが。その助平根性がぴりともせんごとなっちょるよ。土亀ん首じゃが、坑夫は。うちゃ、とうちゃんばはねのけた時だけ、とうちゃんと夫婦ちゅう気がするねえ。そのほかんときは？　そのほかんときゃ、あいつは、米櫃じゃ。米櫃がおなごにおじけふるっとるんとちがうかね。ああ、こわがっちょるばい。そげんばいのう。いや、こわがっちょるちゅうこたないが、おなごにひけ目ば持っちょるなあ。な、そげんばい、せんせ。

先生はやめてね。やっとわたしはいう。あれらの長い話がわたしの下腹に凝っていたのである。腕がなえて、便器がギ、ギ、ギと音をたてた。

ほんなことばい、契子さん。あんたも奥さんならちっとは分ろう？　炭坑の男はな、穴ん中で石炭ほるだけばい。うちらは地のうえでサークルやなんかしようが。男は地の上におるかあちゃんにひけ目ば持っちょるばい。口でいわんだけ。酒のんであばれちょるがね、ちんぽは水虫に喰いちらかされたごとなって役にゃたたんね。うちゃ、抱かれたくていいよるとばい。男ばけいべつしていいよるんとちがうけんね。抱かれたいちゅうても、煙草ばふかすごたるふうに男と寝たいちゅうんとちがうばい。うちゃ、男ひでりじゃなかけんね。男なんか、ヤマにゃ、掃いて捨つるほどおるばい。ばってん、じいんとくる男はおらんねえ。

ああ、おらんおらん。シカちゃんも下条という編物ずきな女も相槌をうった。

いや、ほんと、どいつでん、かあちゃんになんやらひけ目もっちょるよ。うちん人でん、ぴんと立ちきらん。どがんと太うもならんばい。口ばっかりえらそういうてから。シカちゃんあんたとこもな。ああ、あげん唐芋のしり毛のごたるもん、足の指にはさんでねじ切っちゃうごとなるねえ。炭労、炭労ちゅうてふとか面しちょるがね、炭労のほんとの力は、うちらがいちばんよう知っちょるよ、なあ。炭労も、なごうないばい。炭労のあれは、どぶづけのきゅうりじゃが。うちらは後家ばい。炭労後家、炭労後家。ああ、あ、うちら、宝のもちぐされじゃが。どげえかならんかのう。

わたしは女性用便器のない宿で、きょう一日の坑夫の妻との疲れを排泄しながら、あれら妻たちを思う力もなく、なぜここには女のトイレないのかしらと思っていた。それでもながい放尿が終るにつれてどこやら図太くなるものがほっかりしてくる腹に芽生えてくるようであった。

服をととのえて部屋にかえるとき、わたしは顔じゅうに笑いが浮いた。室井が立ってむかえてくれた。笑っていた。

「おりこう」

「なんでもなかった」

わたしはぺたりと彼のそばに坐った。

「ほんとにしてきた？」

「なんでもなかったわ」

彼がにやにやした。

「どうやってした」

「廊下にバケツがあったの」

「それにしたの」

「まさか」

わたしは説明した。

「だろうと思った」

室井がまた笑った。

「君はね、あれができんとだめだよ。にほんの女は立小便が本筋なんだから」

といった。

「立小便ができなきゃ、女の仲間にいれてくれんよ。君は女を組織するならあれがやれなきゃ」

ふいにわたしの笑いがこわばった。くらい海面がひろがり、体が浮いた。頭のなかがいそがしくまわり、どこかで、知ってるわよ、と答えようとしていた。たしかに何か知ってるにちがいない、たとえわたしとわたしの母とが立っておしっこができなくたって……　何かの感覚が残っているにちがいない……　わたしのなかで朝鮮が低い静かな音を揺すっている。室井がわたしをちらとみて、

「しかし君ならやれるさ。とにかく炭坑町の便所をつかえたんだから元気がいいよ。さ、うまいもん食おう。なん食べる？　なんがいい？」

といった。

「うまいもんなんてあるはずないがね。しかし炭坑を知るってことは君にはきっと救いになるよ」

室井が頼んでくれた丼を食べた。

「にほんの便所はねえ……」

室井は話をつづけている。

「もともと男女の区別なんかないのさ。あるのは大便と小便だよ」

朝鮮人の女たちは、朝々、流れのなかであわいブルーやピンクの陶製の尿器を洗っていた……まるい陶器を流れにひたし、藁くずをたばねて、しゃきしゃき洗っていた。わたしは彼女らが立小便をするかどうか、まるで知らない。スカートのようなチマのしたにはふんわりと足首まである下ばきをつけていた。女たち、とわたしが心によぶとき、女たちの映像は流れのなかであわいブルーやピンクの尿器を洗っている。

「契子もあれをやってみんといかんね。腰をつきだして脚をしっかり開いていたら、おしっこは下に落ちることになってるんさ。

いつか南九州の便所にも連れてってやるよ。表はモルタルかなんかの家だって、一歩裏へ行ってごらん。日本伝来の便所なんだ。土に穴をほって小便タゴがうめてあるからね、あのなかにうまくやれたら君も一人前さ。百姓の女はね、一滴も散らさずにそのなかにおとしこみながら、前を通る人と挨拶なんかするんばい」

「朝鮮人は農民の女も立っておしっこなどしてなかったわ。あの人たちのトイレは家と別棟に建ってたのよ。そのトイレのなか、知らないなあ。あのなか、やっぱり、そんなふうかしらねえ」

「君、朝鮮で生まれたくせに、何見てたんだい」

「い、い、おまるとか、空のいろとか、よ」

「おまる？」

「だって、夜はあれにするんだって、いったわ」

「君はおまるにも、できないのだろ？　とにかくこれから立小便しなさい」

「でもパンティがぬれない？　あなたもかがんでするの？」

「いいよ、交代しよう」

「あたし、いやよ」

「なぜだい、情ないねえ。しゃがんでするの屈辱的スタイルじゃないか」

「そう？　優雅なもんだと思うけどな。男の人が、ちょんちょんと腰ふってズボンにないないするのも、しまりないでしょ」

彼が笑った。わたしのなかに詫びに似たおもいが流れている。夫・浦川に対するかなしみが、あれら尿器を洗っていた流れのように流れるのである。

「最上級の便所はやっぱり川だなあ。黒部川の激流に板がつきだしてあってね、板の中央がぽかりとあいてるのさ。尻の影が流れにうつるだろ、そうすると川魚がさっと寄ってくるんだよ。なぜって、大便が餌だからさ。まあいやだって、君、なにがいやだい、排泄物を鮎なんぞに食われるってのは極楽の図じゃないか。

ところで女がそのトイレに行くだろ、魚が散るんだって。なぜって、メンスをおそれるんだよね。

契子、メンスってのは、排泄って感覚なの？」

炭坑町の汽車の待ち時間はゆるゆると動く。

「排泄？　いいえ、とても、そんなに気がきいたもんじゃないわ。たれ流し、でっかい汗みたいなもんよ」

「それじゃいつも汗かいてるんだな」

「まあね。メンスでなくったって、契子は助平だからいつもだわ。ノーズロースで風すかすかさせなきゃ」

「そうやってるの」

「うっかりしてノーズロのこと忘れるのよ」

わたしは肩をすくめた。

「というのはでまかせ。いつかそうさせて」

「ごまかしてるな」

「ねえ、あたしねえ……」

わたしはとうとう訴えはじめる。

「契子ね、こうして話をしていると気がしずんじゃうのよ。ねえ、女ってね、もっと不自由でないとつらくなるの。子どもに食われて四分五裂してなきゃ、うすっぺらになって駄目なのよ。あたしの半分はあの子たちとの問題だもの」

「谷川雁が言ったろ、女も家や子どもを捨てて運動やれなきゃつまらんって」

「あの人、女を知らないのよ。知ってたらあんな表情じゃない。あの顔みたら誘惑して教えてやりたくなるわよ」

「なんだって！」

「あなたがすぐに雁、雁ってひきあいに出すからよ」

わたしは子どもらを連れて歩きまわりたいと思っていた。いっさいをかかえて。

「ね、あしたね、ちょっとあの子らのとこに帰ってみていいかしら」

「契子、君が帰るということばを使うのはぼくのところではなかったの？」

「ああごめんなさい。習慣なの。行ってきていい？　あたし、あの近くの工場に行ってくるわ。あそこね、女の子が多いからつまらないかもしれないけど」

「準備会には出席するだろうね」

「ええ」

それでもわたしらは翌日、戸峡炭坑へ移った。夏には創刊号を発行する、一カ月しかないんだぜ、と谷川からいい渡されていたのである。室井腎は教宣部長が、

「この山のむこうへ行ってみませんか、小ヤマですがね、文学サークルのおもしろいのがありますよ」

といったのに心引かれて、彼に案内されて出かけた。ここで待ってるわ、とわたしはいった。皆木ナオ子らともう少し話しておきたいと思ったからである。

教宣部長と出かけた室井腎をわたしと一緒に見送っていたナオ子は、彼の姿が消えると顎をしゃくって、

「女好きのする男だね」

といった。

「女好きって？」

ナオ子は、しれっと笑った。生ぐさく感じた。が、すぐにもとの表情へもどった。沈うつで、

時折その目だけ、きらりと快活になる中年の女だ。

夜更けてナオ子の家の薄いふとんにすべり込んだ時に、ふっと香水が匂った。横たわると安香水が鼻を刺した。わたしはいま灯を消したナオ子にささやいた。

「香水がふってあるわよ、あなた？」

暗いなかでこちらむきにやすみながらナオ子は隣のふとんから身をのり出した。

「へえ、どこで買うてきたっじゃろか。うちのおやじばい。あんたば歓迎しちょるとたい。笑わんでね」

と、匂いをかいだ。ささやく声である。

ナオ子の家で夕食をよばれてまた集会所へ出かけて、わたしらはサークル交流誌の話をつづけた。そしてもうおそくなってナオ子の家へ帰ったときは灯は消えていた。ナオ子の夫はふすまのむこうで寝ているようであった。

「やさしい人なのね、あなたの旦那さん」

わたしはナオ子へささやいた。

「うちのおやじはね、サークルは好かんと。けど、あんたは気にいったとじゃろたい。香水をサービスしとるとこをみると。臭かろ？」

といった。そして身をのり出したまま話した。

「ねえ、どう思う？　石田房子。あれをこんど、うちのかわりに炭婦会の役員に立候補させようと思うけどねえ。けど、あいつ、すぐカッカくるもんねえ。あれいっちょ良うなるなら」

ばりん、と板が裂けた音がした。表の通りのほうで聞こえた。ののしる声がした。

「ほら、やった。そうじゃろと思いよりゃ……」

ナオ子が床の中でいった。

「彼女？」

「ほっときゃいいが」

表で大声でわめいた。石田房子である。

「おおい、誰《だっ》でん聞いちょくれえ、うちの土助平が人ば女郎のごと思うちょるとばい！」

そして走ってきて、戸口を叩いた。

「ナオ子よい、起きんか！　うちゃもうがまんでけん。起きんか！」

「うるさいのう……」

それはふすまのむこうからわたしに聞かせる宇佐雄のつぶやきであった。ナオ子の夫の宇佐雄は坑内夫である。

「おきろおきろ、ナオ子！　うちはもう、またからあげなやつと寝ん。おまや、いま、しよっとか」

じゃりじゃりとガラス戸を揺すった。

「ばかばい」

ナオ子が足もとから出て行った。

「典安は？」

というのがきこえた。

「寝ちょる」

「ちった、子のことも考えちゃれよ」

「考えちょるから、うちゃ、ほんなことをいいよると。まっすぐかこつばいいよろうが」

「いいから入りない」

そして灯をつけた。わたしは服を着てふとんを押しやった。

「ああ、死のうごたる……」

石田房子ががくりと坐った。が、すぐ立ちあがり台所の水屋をあけた。

「漬けもんしかなかっか」

と、のぞいている。息がぜいぜいしていた。

「ああ」

「こげな漬けもんでめし食わしたつか、契子さんに」

「大根おろしもしてやった。うちんおやじが」

「へえ、あの馬鹿、サービスしたつか。そりゃええあんばいじゃったねえ」

房子はにこにこわたしに笑った。漬けもの鉢と箸をかかえてきた。ナオ子が湯を沸かした。

「よう、こら。ねたふりしちょるとか」

とふすまのむこうに声をかけた。ナオ子の夫はしんとしていた。

「おまえいつでん眠たふりしちょるのう。目え覚めとるなら起きんか。起きてうちに文句のいっちょもいえよ」

そして冷飯に漬け菜をのせ、まだはずむ胸をおさえながら湯をかけた。ざぶざぶとかきこんでいる。

「おまえもたいがいにしとけよ、なあ」

とナオ子。房子はなおふすまへ向って、

「おまえたちゃ男は、サークル止めえ、しかいいきらんとかい。出て行け、しかいいきらんとかい。おまえたちゃ、そんくれえの悪口しかうちらに言うこた、なかつか。

起きてこんか。女房ち思うけん悪口が便所の虫のごつなるったい。うちらみんなに言え。うちが納屋のおなごばみんなたたき起してくるる。みんなば打ち負かしてみい。おまえ、ちんぽさげて生まれてきただけじゃんか。いっぺんぐらい打ち負かしてみい。いつでんこそこそ女房や組合の悪口いうだけでから……」

と湯をすすりつつまくし立てた。他人の夫へずけずけというのにおどろいたわたしが、ナオ子をみると、

「いつもじゃが」

といった。そのナオ子のくらい顔をみていると、昼間のナオ子の言葉がよみがえった。うちはもうおやじになんも言う気がせん、といった。なしかねえ、どうもならんとかねえ、青年部のもんや教宣部長はちっとは理屈が分るけん、うちはいつもあれらと一緒におるとばい。あんた、うたごえの青年どげ思った？　うちらのサークルと気が合うとよ。うちゃね、青年部の下川がね、ほら俊ちゃんてみんながいいよったろ？　あれ。あれがね、あねさんあねさんいうて寄ってくるもんね。俊ちゃんの気持もうちは分る。あれも家じゃいれられん。組合からはいじめられる。共産党からはトロ……なんか、なんか知らんがいうけんね。どこもいれられん。うちらのサークルと行動はいっしょたい、青年部は。青年部と玉井らの学習グループとうちらと一緒にビラ貼ったり集会したりするもんね。昼も夜も一緒たい。うちらほんとの家はあそこにあるごと集会所にいりびたっとる。うちの和坊らも学校からかえると集会所にまっすぐ来るんばい。めしもおおかたうちらはあっちで食べよるもんね。おやじは家で自分で作って食べよる……

俊ちゃんが、あねさんおれ、家出ろうかとおもいよる……いうて。それで、うちは、家出て運動しやすいとこへ行くのは、それは逃げるこつと同じじゃなかね、て話ばしたったい。うちは俊ちゃんがほんとはなんを言いよるか、分っちょったけど、それにゃ関係せんで話ばしよったもんね。俊ちゃんが、あねさん、おれ、せつなかちゅうてから……　うちはなし、俊ちゃんをあれから寄せつけんのか、自分でわからんよ。うちは和坊に、俊ちゃんどげえ思うねちゅうてきいたとよ。それでもねえ、あんた見たろ？　うちのおやじの顔。あれがほんとの坑夫の顔ばい。しらふじゃものもいいきらん。大酒のんじゃあばれる。あばれちゃ傷つくって仕事をよころ。一カ月も二カ月も仕事に行かん。うちはどがしこ泣いて来たかしれんとよ。うちはおやじがねえ、釣でも将棋でもよか、誰か仲間をつくって、自分のほんとの気持をどげえかして……　ナオ子は突然泣きだした。うちはねえ、あの人が、そげなってくれたら、うちは家ば出らるる……

わたしは湯をかけて食べている房子と、かたわらでむっつり煙草を吸っているナオ子と、わたしらの留守の間にわたしの寝床をとり、それへ安香水をあびせるほどかけてふすまのむこうで息をころしている宇佐雄とを思った。房子が吐息をつき、

「な、ナオちゃん。なし、あいつらサークル好かんとかねえ。なしかねえ。なんば考えちょるとかのう。百五十人も解雇ばいうてきちょるとに、なし、あげえ、ぬてっとしとるとね。なんば考えちょるとね」

といった。ナオ子が煙を飴のようにぬるぬる吐きながら、

「おのれが死ぬときでちゃ、あのまんまじゃろたい」

といった。煙を目で追っていたが、

「しめ殺されたっちゃ、ぎゃあともいうめえ」

といった。夫たちのことである。

わたしばかりふすまのむこうを気にしている思いがした。房子はそのわたしも忘れた風情で、

な、ナオちゃん、と坐り直すと、

「おやじにな、なしサークル好かんとか言うてみ、ち、言うたったい。な、女房じゃけ、恥かしゅうなかろうが、誰一人きいちゃおらんけん、うちに言うてみ、ち、言うたったい。な、そげんじゃろが。うちが契子さんの話ば聞いて帰ったら、目ば三角にしちょったよ。な、そいけん、うちはあんたも一緒に行こうち言うたろが、ち、言うたったい。ただのいっぺんも他人と一緒によそ行ったこつがないとじゃけねえ。うちゃ、ようあの人が、うちと結婚しきったもんばい、ち思うよ。ほんなこつ。なあ？　よっぽど、女としたかったとばい。

そしたらおまえ、ものも言わんで、のしかかろうちするとばい。なし好かんか言うてみ、言うたらしちゃる、ち、言うたったい。それでも言わん。ちんぽばおったてていれようちするとばい。そいけん、な、なしな、あんたもさみしかろうが。サークルちゃ、さみしかもんが集まるとたい。そいけんサークル。サーミシカ、が、サークルちなっとるとばい、ち言うたったい。そうじゃろが？　なあ、言うてみ、言うたらスカッとするき。あんたが言わんなら、うちゃさみしかけん死のうごたるよ、ち言うたったい。そしたらおまえ、言うも言わんもあるか、ち、ぼそぼそ言うたったい。うちがいれさせるち思うたから、そう言うたったい。

うちゃ、カッときたねえ。うちゃ女郎じゃないばい。うちはな、うちもしたかけん、おやじも同じじゃけん、二人同じだから言うたなら口も二人同じじゃろが。おそそも口も二人同じじゃろが。うちゃ、おそそとちんぽの漫画ばしよるんとちがうばい。

うちゃ、蹴たくってくれた。な、そうじゃろが？」

ナオ子が、

「ああ」

といった。

「煙草ばくれんの」

房子がかすれた声でいった。房子は下唇をつき出して、ほおっ、と音がするほど煙のかたまりを鼻と口から押しだした。天井をみていた。

ふたりの女はどちらとも長い肉体労働のあけくれと、酒と煙草とで、よどんだ皮膚をしていた。いつまでも黙っていた。

「ねろか」

とナオ子がいった。房子はふすまの前に立ちあがり、

「おまえどん見ちょると気が狂うばい。おまえたちゃ男か。なんとかいわんかい!」

と、がたんと引きあけた。こちらの灯が斜に落ちた。灯のなかでナオ子の男の子らがふとんにさしちがいに寝ていた。宇佐雄と末の子とが頭を並べて、その足もとに上の子が体をさしいれていた。末の子は腹までたたみにころげ出していた。

宇佐雄が灯を避けるように腕を顔へあげた。はにかんでいるようにみえた。香水を思いだした。わたしはそれらを一瞬に目にして、宇佐雄に背をむけるように台所に立った。

「気どらんでええばい、いつでんサルマタいっちょじゃろが」

房子がかん高く背後でいった。ナオ子が無表情に坐っていた。

「うちはねえ、どこ行ったって同じち、思うんばい。俊ちゃんと一緒になったっちゃ、あの人、うちにすがりついちょるばい。なし、うちらのごと、なんも分らんおなごは、すがりつくとこはなかと？　なしね。組合行ったっちゃ、百五十人ば呑むの呑まんのち、いいよる。呑んでみい、うちら、なんにすがるね。うちはね、生まれてこの方、いっぺんでん、他人にすがったこつがなかよ……」

わたしは台所の流しへ行き、なんとなしに手を蛇口の水に打たせた。宇佐雄が服を着けているようであった。夕方の膳にむかって、彼は貧しさをはじらうように小皿を拭いた。だまって大根をおろしてわたしにさしだした。宇佐雄もナオ子も漬物で茶漬けをしていた。和坊も道也も漬物でいくらもおかわりをした。ナオ子が、

「うちも大根おろしば食おうか。和坊、おまえらも食え」

といった。そして、誰へともなく、

「炭婦会で、中国視察に行けというとじゃがね、うちはどげえしょうか。うちらのヤマから代表一名行くとじゃが。会長が病気で行かれんけん、副会長のうちに行かんのというけどねえ」

といった。道也が、

「行け行け、毛沢東ばみてこんな、かあちゃん」

といった。宇佐雄が茶をすすっていた。

手を洗っていると流しの横のガラス戸が、がたんとした。

「よう」

といって安川昌子がはいってきた。

「おまえも寝とらんじゃったとか」

ナオ子がつぶやいた。

「寝らるるか」

と、昌子は、はつらつとした声をだした。身がしまっている。わたしににこっとして、すぐナオ子に言った。

「あのビラ剝いだつは、やっぱ浩にちがわんばい」

そしてあがりこんだ。

「なんのビラ?」

わたしは雰囲気が変るのに安堵してすぐにいった。彼女らはふっと顔をみあわせ、へへへと笑った。

「なあに?」

ナオ子が、

「うちら、アカちゃなんか分らんったい。アカちゃ共産党のこつじゃなかったつね。トロツ、なんじゃったかね」

と横にたずねた。

「トロツキストたい。そんくらい覚えない」

と房子がいい、

「ああ、うまかった」

といまごろ言った。茶碗を流しへ運んだ。二時を過ぎていた。流しもとで、

「うちらのこつば、トロツキストち、いうとばい。契子さん、なんちゅうこつな?」

といった。

「なんだろね」

とわたしが答えた。

「わかるめえが? そいけん、うちらがビラ書いたったたい」

と昌子がいった。

「壁新聞たい。ビラじゃなか」

と房子がいった。

「へえ、どんな壁新聞?」

と聞く。三人とも、へへ、と笑ってこたえなかった。

宇佐雄が雨戸をあけようとした。

「こっちから行っていいばい」

ナオ子がいう。共同便所は戸外である。

「ションベンぐらい堂々と行きない」

房子がまたヒステリックな声を出した。宇佐雄が黙って女らの間を歩いて外へ出た。

「どげした？」

と昌子。声をひそめ首をつきだしてたずねた。

「いつものことたい」

とナオ子がこたえた。くろずんだ顔がいっそう沈んだ。

「叩き売っちゃろか」

房子がくらい声でいった。

「売りない」

と、ナオ子が煙草に火をつけた。

「どこがええな？」と房子。

昌子が、

「炭坑の次にどこに売るとな」

といった。同時であった。房子が、

「うちは自分でりっぱに食いきる」

といった。ナオ子が、

「自分で食うとは気やすかばって、おまえ、別れきるまいが。あれが使いもんになるけん」

といった。

「うちがなんに使うとるかね、あれを」

「めしもおまえ炊くまいが」

「あいつがめし炊き好いとるけんたい」

「ばかいえ。おまえがたがた言うのがうるさいとばい。そいけんおやじが炊きよるとばい。おやじのほうが人間はでけちょるよ」

とナオ子がいった。房子は、

「ああ人間はでけちょる。あげ、でけたもんも少なかろたい。スポーツ新聞とラジオばあてがうなら、十年でん二十年でんだまって石炭掘るばい。それと同じこったい。上あがりゃ石炭がないだけたい。石炭のかわりにめし炊きよるとたい。あほが」といい、

「めし炊くけん、うちが困るじゃんか！」

とどなった。

「あいつも炊かんけりゃよかじゃい！　男も女も炊かんなら、どげえかして食わんなるめえが。どげえして食うな？

おりゃ、どげえでん食う道は知っとるばい。おまえ方でん食うよ。組合ででん食うよ。食わせんなら、ねじこんででん食うばい。社長がたでん食いきるばい。

みてん！　あいつはそげな食い方をしきらんけん、めし炊くとじゃんか。おれの尻ば撫できりもせんで、めし炊いて、おれに食わせて、そっでおやじか！」

「いいけん、もう寝ない。うちと寝ろう」

とナオ子がいった。

「な、そっで男か？」

と、房子がくいさがった。そして、

「ああもう死のうごたる。あいつら、なし、こげなあつかいされて出て行かんかのう。なしてよってたかって亭主同盟ば作らんかのう。

おい、ナオ子よい。教宣部長ばちょっと呼んでこいや。まだ起きちょるが。あいつにな、ちっと言うてきかせるこつのある。あいつに亭主同盟ば作るごつ、教宣せないかんばい」

といった。昌子が、

「うちがた、三番方じゃけ、あしたあがってきたらここにやるけん。亭主同盟ばつくらするけん。ああ、おもしろかねえ。亭主同盟とうちらのサークルと喧嘩するなら、ちったおもしろかねえ。ああそりゃよかなあ。

うちゃ、おやじ一人と喧嘩したっちゃ、あほのごたる気色がして本気になれんもんねえ」

といった。

「そげじゃろが？　死のうごとなるもんなあ」

と房子がいい、

「ああ、もう死のうごたる」

と、大の字に倒れた。

わたしはだまって彼女らをみていた。彼女らは安心してしゃべっていた。彼女らにとって、家庭と社会とをへだてるものは何もなかった。夫たちだけがそれを欲しがっているようにみえた。わたしは彼女らにサークル交流誌の仲間になってもらいたかった。ナオ子らは興味をしめしたが、雑誌だときいて、げえっ、といった。字はうちのかたきじゃけな、といった。でも、ビラ書くじゃない。あれは絵でくさ、と房子がいった。達筆であった。

ナオ子が戸締りをして床についたとき、わたしは目にしむ香水のなかで、房子を次回の主婦会副会長に立候補させなさいよ、といった。対立候補には岡山で教員をしていたという主婦の名が出ていた。勢力は半々だとナオ子はいった。闇のなかできこえるその声はきりりとしていたが沈んでいた。わたしはしばらくためらったが、彼女のほうへのりだしてささやいた。

「ね、なぜ、あんた俊ちゃんとねないの？　あんた俊ちゃんとねたら、おやじへも、もうすこし心が溶けるのに」

ナオ子はしんとしていた。

わたしは自分が宇佐雄の傷だらけの姿に心をいためているのを感じていた。宇佐雄のためにナオ子にささやいているようなものだった。彼はそそくさと納屋を出て、線路を越え、硬石《ぼた》道をいそぎ、街の人々が住む細い道の奥に、香水を買いに行ったのだろう。おそらくわたしがひよわにみえたのである。ナオ子らにしごかれるのを哀れんだのだ。彼らの多くは哀れにおもえるものにだけ、愛をもよおすのだから。

　ナオ子がわたしのささやきに沈黙していた。ずっしりと重い感じであった。わたしはふいに、ナオ子はわたしに嘘いってる、とおもった。あの青年とねているから青年を身近かに寄せないんだ。わたしは彼女の枕へ、子どもはねえ、親よりもばねがあるのよ。親を捨てていく立場よ。捨てられるのは親のほうなんだ、恋の身勝手さを子どもに対して気にしたってしょうがないわ、といった。今夜は山むこうに泊った室井腎がわたしの心にちらとした。わたしは重ねてささやいた。俊ちゃん家を出るっていってるの？

　ナオ子がみじろいだ。ふとんのなかで、子に捨てられるのは気が楽ばって……　といった。そして、うちはねえ、いままでにね、二人も手放してきたとよ。ひとりは生んですぐ、ひとりはいつつになっとったとよ。あの子らはねえ、うちの体のねえ、うちの心のねえ、うちは……　といい、ううっ、と嗚咽を噛んだ。わたしはそっと彼女から離れた。

# 二章　「サークル村」

——いったいおまえは何だ。否定しかしきらんじゃないか。そうじゃない、ああじゃない、こんもノンそれもノン。おまえ阿呆か。否定さえすればおまえの正体は現れるのか。

——てめえに証明せんならん義理があるかよ。めざわりだ、どきな。わからんとか。その面張りたおすぞ。てめえが生きとるのが気にくわん。

——ふたりともしゃべるわねえ。あたしゃ腹ん中で笑ってるよ。胃袋が腐蝕しちまったよ。冷笑がしたたるねえ。

会話はこのあたりを往来した。知識人とホワイトカラーと女たちが集まっていた。威勢がよかった。論理に自信があるからではない。威勢のよさがトレード・マークになりかかっていた。谷川雁にあおられていた。

わたしらは九州サークル研究会事務局の一室に集まっていた。わたしは室井腎とともに参加した。一九五八年八月十五日、敗戦記念日である。わたしらは九州サークル研究会の――といっても、谷川雁・森崎和江が同居生活をはじめたばかりの家の、そして上野英信夫妻と軒つづきの坑害住宅の――その共同風呂の屋根に、赤旗をあげた。旗は上野英信がくずれおちる部屋壁の上に鋲でとめていたものである。赤旗は無風の真夏の昼空を、棒にまつわりついて垂れた。

サークル交流誌は「サークル村」と谷川雁によって命名された。彼はひどく気にいっていた。汗したたらせて編集会議。

九月二十日創刊号発行。発行所　福岡県中間市本町六丁目　九州サークル研究会。編集委員会＝上野英信　木村日出夫　神谷国善　田中巖　谷川雁　田村和雅　花田克己　森一作、森崎和江。

入会案内　九州サークル研究会は九州・山口のサークル活動を各分野にわたって研究しあい、創造を通じて交流を強めるために結成されたものであります。われわれが求めているものは単なる友情と経験の交流ではありません。われわれはただ、一つの協同体であるサークルを建設するために集まったものです。

この会の趣旨に賛同し、積極的にサークル活動を進めようとする者は、誰でも自由に入会することができます。既に全九州・山口のあらゆる地域、職場から、二百名をこえる人々が参加しています。しかしまだ、その量は余りにも少なく、そのエネルギーは余りにも弱い状態です。更に多くの活動家の参加と協力を要望してやみません。

入会希望者は会事務局または各地の連絡担当者あて申込んでください。入会費および毎月会費は次のとおりです。

①入会費　一〇〇円　入会時に納入のこと。

②会費　一〇〇円　毎月二五日までに納入のこと。

室井腎は研究会事務局員として連日彼らの家へかよった。事務局には創刊号の反響だとか加入者からの連絡だとか各地のサークル誌だとかが送られた。創刊号には谷川雁の創刊宣言が掲載されて注目をあびていた。それは次のように書きすすめられていた。

一つの村を作るのだと私たちは宣言する。奇妙な村にはちがいない。薩南のかつお船から長州のまきやぐらに至る日本最大の村である。……

いまや日本の文化創造運動はするどい転機を味わっている。この二、三年うち続いた清算と解体への方向を転回させるには、究極的に文化を個人の創造物とみなす観点をうちやぶり、新しい集団的な担い手を登場させるほかはないことを示した。……

新しい創造単位とは何か。それは創造の機軸に集団の刻印をつけたサークルである。……

サークルとは何か。その発生を民族の伝統のうちに探れば、共同体の下部にあった民衆の連帯感とその組織にあるだろう。マルクスが『資本制生産に先行する諸形態』のなかで分析した、共同体のギリシア・ローマ型、ゲルマン型、アジア型という三つの類型は、未来の共同社会組織の機能とその民族的特質を考えるうえに、とくに重要であると思われる。まずそこでは戦闘と会議と生産の三種の機能の一つがそれぞれの共同体の特色となっている。この三要素はもともといかなる共同体のなかにもふくまれている側面であるが、過去においてもそうであったように、未来においてもおのずから一つの共同社会が渾然と形成されてゆく過程には、それぞれ異った側面を特徴とする数種の共同組織が相対的に独立しつつ協力しあって存在する、と考えるべきであろう。つまり今日は資本主義によって破壊された古い共同体の破片が未来の新しい共同組織へ溶けこんでゆく段階であって、そのるつぼであり橋であるものがサークルである。歴史は社会の共同態的契機を階級的契機が圧倒してゆく過程から、その極限状況に達したところで逆転して共同態的契機による階級的契機の克服、止揚という過程をたどりつつある。……

サークルとは日本文明の病識を決定する場所としてこのうえもなく貴重な存在である。その一義的な病因はどこにあるか。それはサークルの集団的性格が必ずしも開放の方向へうごかず、自己閉鎖しやすいことである。言葉をかえれば、単なる自己防衛または自己増殖を発展とみなしてしまう占有感覚である。それは農民の定着性、下級共同体の自衛の姿勢、その規模の狭さなどが原因であろうが、このワクをどうして下から、内側から破っていくかが目下のサークルにとっても最大の問題である。共有感覚がいつのまにか外部に対しての占有感覚になってしまうという喜劇と戦うためには、単に歴史の分析や論理の補正をもってしては動かせない部面がある。創造と生活（労働）の律動が一緒でなければならないという観点をまともにムキにおしすすめて、創造の結果だけでなくその全過程に集団の息吹きをこめようとするもがきがなければならぬ。それは常にとどのつまり集団に帰着する運動としてとらえられねばならず、個人に帰着するものはサークルとみなすことができない。……

集団という一個のイメージを決定的な重さでとり扱うこと、創造の世界でのオルガナイザーを創造の世界で組織すること——私たちの運動はただそれだけをめざしている。

わたしたちはしばしば集会を持った。事務局にはしじゅう会員や外来者が出入りしていた。会員らは谷川雁の「サークル村」宣言の現実化を願い、わけても南九州に根づよい集落意識は、即自的に歴史を先取しているかのように、北九州における村意識の崩壊現象を弾劾した。誌面には意識的にこの南北の対決がとりあげられ、実はまだ対決とまでゆかぬあわあわしい意識が、南は根っ子、北は流砂といった図式的判断が強要されているかのように吠えあった。突然けしかけられた闘鶏さながらである。が、わたしたちは技巧の臭気が立つこの接近法をよろこんだ。何はともあれ、わたしらのコミュニケーションがつくられつつあるのである。ただ残念ながら地方でサークルをつくっている者たちは、その地方性以外には南も北も知りようがない偏狭さのままがむしゃらに吠えあっていたから、この交流の手段をとおしても闇夜の鉄砲のごとくどこやらたよりなかった。総会をもってもそのたよりなさは容易に解消しなかった。けれども人々は知っていたのである。時間が必要なことを。「サークル村」は号数を重ねていった。

「一口でいうたらくさ、今度の交流会は汽車賃を払ってはるばる阿蘇まで谷川雁の話を聞きに行ったげなもんやないか」

村田久の名せりふである。彼は北九州の香月町で、だるま会という学習サークルを持っていた。彼は阿蘇集会の報告に書いている。

――ひとしきり活発な討論のあと、しめくくりとして、「では今後各自は具体的にどのような方向で進んでゆくか」という公約をテープに録音する段階になって、「おれは……」といった新しい方向を出す者も少なく、従来の「知識人に対しては大衆であり、大衆に対しては知識人である」といった極めて平凡な工作者宣言が多かったのは、サークル村のガンとしての高くもないのに余りにも軽すぎる意識が、親衛隊の内部にも根強く巣喰っていることを如実に物語っている。

そのような〈ほいとのばくち〉に近い議論をする蚤は一匹ずつ根気よくひねりつぶしてゆく以外に、現在のサークル村を侵している病は救いようがない。この二十七日の集会で、最も多く発言し他の者を大きくひき離しておしゃべりチャンピオンの地位を守り抜いたのは、ほかならぬ私であった。――

それでも会員らの当惑や野方図な開放感におかまいなしに編集部は強要した。彼らの内部を掘りさげること、彼らの外部へ嚙みつくことを。類似した発想の多い対話のなかから次の一対をえらんでおこう。

創造の課題を解消するな

八幡製鉄文学サークル　佐々省三郎

「南九州サークル懇談会」に出席してから既に一カ月たった。このことは書いておかなければならないと思いながら、いつしか忙しさに捲きこまれて機会を失い忘れさろうとしていた今日、突如として「蒼林」から挑戦状が舞いこんできた。

そこには「福岡の文化人」という奇妙な冠がつけられていて何ともいただけない苛立たしさである。

懇談会のテーマは「サークルの成長とはどういうものか」であり、サークルに入ると人間はどう変るか、外部の眼はどう変るか、対立と結びつきをどう進めるべきか、成長を阻んでいるものは何か、という項目に分けられていた。

第一日目の懇談内容はすでに記録として一月号に発表されているが、「サークルの対立と結びつきをどう進めるか」以下については時間の関係で討論することができず、各部屋に分散したところで徹宵の交流となり、僕たちの部屋では水俣を中心として「蒼林」その他の南九州勢と福岡勢とが深夜の宿の夜具の上で対峙したのであった。

「サークルの対立と結びつきをどう進めていくべきか」という主題が前面におしだされたので

ある。それには理由があった。

製鉄文学サークルを例にとると、サークルは惰性によって開かれているが一種のマスターベーションの繰りかえしであり、最初の頃の大胆な意見の交換、創造活動のエネルギーも失われ、最近では「芥川賞」「新人賞」とかの作品批評が中心となり、サークル員の生存の場から離れ、創造活動は停滞している。精気にみちた創造のエネルギーはどこから生れてくるのかという反省の上から出発をしていたのである。

その契機となったのは「サークル村」である。水俣のサークルと僕ら福岡勢との間では「対立と結びつき」をどう深めるかというテーマについて意識の落差は同じことを問題にしえたのである。

「対立を深める」とは何か。矛盾を恐れなく深めてゆくことで始めて統一という地点に抜けてゆくのであろうし、哲学的にいうならば対立物の統一の思想ではないか。という論争が展開されたし、その対立、衝突、断層の深淵からエネルギーを汲みとってこそ、始めて文化創造が可能になり狭さと低さから脱却することができるのではないかという思想が前提としてあったのである。

「対立を深めろ」とはそういう問題意識であった。

「蒼林」からは「対立を深めろ」などと、そんなわかりきったことを今更いう必要はないではないかという逆説をろうしながら反論をしてきたのである。

「蒼林」としては知事選挙戦を闘うことがサークルの任務なので、サークル内部で対立を深めるなどということを改めていう必要はない。一歩でているのがわれわれの状態であると、指導者意識で問題をずらしていったのである。

それに対して、知事戦を戦うことは結構なことであるが、だからといってサークルの内部にいかなる対立、矛盾もない、結びついているというようにはならないのではないかという声が南九州のサークルを含めて「蒼林」に集中されたのである。

矛盾を深めろなんてことを口角泡をとばしてやるよりは、「不仲の夫婦があれば別れろとすすめ、未亡人には間男をしろとそそのかし、倒さねばならぬ相手があるときは打っ放す」という。これが「蒼林」的な「対立と結びつき」論なのか。

「東ニ病気ノコドモアレバ
　行ッテ看病シテヤリ
西ニツカレタ母アレバ
行ッテソノ稲ノ束ヲ負ヒ」

サークルの人間関係はむしろこうであるべきではないか。僕はこっちの方をとる。勇ましくはあるがアナーキイでもある、そういう姿勢から「対立を深めろ」なんて解りきったことをいうなという言葉をまともに受けとることはできないのである。その姿勢で人間の意識を問題にし、文化を創造しようとする、「社会的諸関係の総和であるところの人間」をどのようにとらえ得るのかという疑いもいだくのである。

全体としてみるとき、南九州のサークルは未分化であり混沌としているが、溌剌としており集団のあたたかさを感じさせるのに比べて、北九州のサークルは分化をしており、いささか鋭くはあるが頼りなく、包囲の網の目に迫られて孤立をしいられているというように感じられたのである。問題意識という点からみるならば、南九州は北九州に比べて稀薄のようであった。

南の病は北の病――再び田中・佐々君に反論する　熊本県庁「蒼林」文学サークル　大野二郎

佐々さんの文章の中で、「不仲の夫婦があれば別れろ……」のくだりをひいて宮沢賢治の「雨ニモ負ケズ」の一節を対称され「勇ましくはあるがアナーキイである」と決めつけられているあたり、思わずふき出してしまいました。また、このあとに続く一くだりはまことに春日遅々たる風情にて、福岡の方々が好んで口にされる南九州的鈍重さの見本のように感じ入りました。ここにいたっては、南の病は北の病という論をまこと真説と肯定いたさざるを得ないと自得いたしたわけでございます。

田中さんは、全逓熊本局支部サークルの例をひいて、熊本県庁の蒼林もいずれ一つ穴の狸だと断定しておいでですが、残念なことに私どもは全逓熊本局支部のサークルと只今まで交流をいたしておりませんでした。また、私共はふだんのサークル活動の中に階級性とか社会性とか言うなまの言葉を使うことをできるだけつつしんでいるわけです。かえって、サークル発足当時、組合幹部からイデオロギーがないと叱られたことを思いだすくらいでございます。わたしたちは「福岡グループをもって九州の文学サークル運動の主流とみなすことはできない」などという大時代な言い方自体甚だ勝手違いな感じがしますし、第一そのような角度の関心をわたしたちは最も無縁なものと考えています。疑心暗鬼ということもございます。主流か傍流かは歴史が決定いたすでしょう。

この例でも一つの傾向をみることはできると思います。二つの材料があればすぐ抽象したがる。また、そうした抽象や分類には無抵抗であるよう見受けます。そうした性向が福岡から来た人たちの思考上の欠陥になっている。私が、「福岡」とか「水俣」と言って北九州、南九州というあなた方の類型化に従わないことも御不満の一つになっているようですが、前稿でもふれたように、南九州、北九州という分類がまだ私のうちに熟さないこと、また、全逓と県庁を一緒にして熊本的指導権欲と結びつけるような手軽さにどうも信用がおけないからです。こうした手軽さはまたわたしたちが抵抗してやまぬマスコミの常用の手段でもあるようです。例えば文学についてみても、やれ農民文学、平民文学、姦通小説、……このようなレッテルや符牒が何か文学の本質をでも示すかのように流布されていること、またそれがどれほど文学を毒しているかということ、そうしたことに対する批判もまた私たちのように地方定住者の抵抗運動の要素の一つになっていることを考えてみて下さい。

知事選を私共が問題として抱えこんだということが、サークル本来の問題でないではないかと両氏から御指摘を受けています。「知事選という外的条件を与えられねば動けなかった所に肝心の問題があるとみる。」また、「知事選を戦うことがサークルの任務なので……」ということですが、前段の田中さんの御指摘に対してはそうした事情もあるとしておきましょう。事実、これに先立つ六カ月ばかり、雑誌の発行は停止していました。そのエネルギーの欠乏の原因はそれはそれとして問題でもあります。しかし、知事選を抱えこむことでそうしたエネルギー欠乏の本質的な根拠にも多少ふれているように思うのです。あなた方が北九州の特徴の一つとして示されている近代的管理機構と全く正反対の非近代的な弛んだ管理機構がわたしたちの職場にはありました。例えば、勤務中、職場を離脱するというようなことが割と楽にできるような職場でした。それは見方によれば楽な、人々が尊重されている職場とも言えるでしょう。しかし、そうした弛緩が反ってわたしたちの不幸を作り、人間を絞めあげていた。というのは、そうした業務管理のゆるみと対蹠的に業務に即しない人間的支配関係が羽振りをきかしていたということです。そうした支配系統に属さない人は、極端ないい方をすれば希望もなければ将来もないということになる。汚職は続発する。事実、そうした系統を中心にして集団的な選挙運動が行なわれていた。選挙の終了後ぞくぞく逮捕された選挙違反で、その一部は明らかにされまた系統も明るみに出たことで事実は証明されたと思います。この選挙を通じて明らかにされたことは、単に選挙にあらわれたというにとどまらず、日常的にわたしたちを取巻きわたししたちを絞めつけていた環境であったし、同時に、それを問題にし得なかったという意味でわたしたち自身の病巣でもあった。八幡製鉄が近代的管理機構と対決してゆかなければならないなら、私はこうした反近代と対決してゆかなければならない。

熊本の知事選のことで念のために申し添えておきますが、わたしたちは戦闘集団ではないから闘争技術について論じるのが本来の目的ではなく、問題を如何に見出したかということが重要なわけです。わたしたちは文学サークルであったが、選挙期間中一時戦闘集団と化した。しかし、問題の発見は、サークル活動の結果としてなされたものだということです。

したがって、「知事選を戦うことがサークルの任務……」といった発想は私たちにははじめから薬にしたくもなかったわけです。まして「文化創造という問題を選挙戦ということで解消する……」などということを夢にも思ったことはございません。

「日本の村の重い伝統と習慣、それらの中を流れている古くしかも基本的な精神につき当らなくては、何物も創造することは不可能であるという事実だろう」と田中さんは書き、又佐々さんも似たような考えをもっておられるようですが、古くしかも基本的な精神は何かということがどんな形でもよいから指摘されなければならない。その何かがわからなくて創造の理念も何もあったものではないでしょう。こうした言葉が、単に言葉のさわりのよさで、感覚的に抽象的にそして少しばかり詠嘆的にいわれていること、しかも合言葉のようにいわれていることを全く無意義なことと思います。言葉はその十分な重さをもって言われる必要があると思います。

私が水俣で福岡の人々に抱いた不審というのは、そうした問題性の本質的な稀薄さであったということを繰り返すようだが申し上げておきます。

こうした思弁づくりは意識的に行なわれた。これに対して炭坑からは、南とか北とかの区分では収まりきらぬかのような低唱がつづいた。炭坑夫たちの作品は「サークル村」の目だたぬ支柱であった。今あらためて読みかえすと、結局はこれら一連の作品しか残っていないことに気づく。

——ある夕方、父が、頭に包帯をして戻ってきた。それにには、大輪の花のように血が滲んでいた。ぼくらが口々に問うと、踏み切りを渡っていたら遮断機が落ちてきて、それで怪我をしたのだ、といったまま、踏み切りゆうたら汽車道じゃ、手当は医者でないとやれるかと、終いには怒りだす始末だった。変だな、と思いながら、ぼくらは口をつぐんだ。……

ある日、父はふいっと家を出たきり行方不明になった。母は警察へ捜査願いをだした。何日か不安な日が過ぎた朝、隣りの大尉が訪ねてきて、「お宅は新聞を取っていますか?」と聞いた。「主人があんなふうで、子供二人の収入だけで、取れません」と、母が答えると、ふむふむとうなずき、ちょっとためらったのち、「これをごらん、御主人でしょう」と、手にした新聞をさしだした。母の横から覗きこんだ瞬間、鉄槌と閃光が足先きまで打ち貫いた。伏せたごま塩頭、乱れた服、両手を縛った手錠。紛れもない、父だった。……

或る朝、ある小学校の先生が出勤の途中、いつも通る原っぱにさしかかったとき、いつからかできていたルンペン小屋のなかから、うなされている声が聞えた。「殺してわるかった、かんにんしてくれ」そんなうわごとを聞きつけた先生は、警察に通報した。

真犯人はこのルンペンだった。……

父は、監獄から枚方の精神病院へ直送された。府知事から謝罪状がきた。姉弟は読む気になれなかった。いきどおろしい思いがぐつぐつと煮えたっていた。それは次第に冷え固まって、果しもなく広がる不信の心に変っていった。

一人の新聞記者がやってきた。母は、辛かった日々を話した。感動した記者は、雪冤の記事をのせると約束して帰った。次の日の新聞に、「無実の罪は晴れた」と、大きく出ていた。そのことは、二十年近く隔てた現在でも、その新聞しか買う気がしない程深く残っている。……

「あそこや」

母が指さすところに、ひとむらの緑濃い小山があって、そのかげから病院の白い壁が見えていた。

病院に近づくにつれて、ぼくの心は波立ち始め、やがて、門をくぐったときひときわ強く、つきあげてくる不安は、吐き気にも似ていた。ぼく達は看護婦に案内されて屍室のある丘にのぼった。それは兵舎のように並んだ病棟から遠く離れた丘の片かげにあった。

ぼく達は案内されて、冷え冷えと濡れたようなコンクリートの小館へ入った。

父は、氷をいっぱいつめた、棺のようなベッドで瞑っていた。鼻栓された顔だけがうわ澄みのできた氷のなかから出ていた。紫と白と、青と、一色の、口を少しひらいて、それは何か思いがけない発見をして、はっと驚いたような表情に見えた。

友成　一

眠れざる夜の空耳に残るこえ地底に死者のとめどなき呪咀

篁　邦雄

脱出のかたちといえど送る排水の音おもくわが胸にある
まぎれなき意味にかがやく硬山《ぼた》の背を裂き崩す夜明けと思う

沖田　活美

「おいK、まごまごしていると死んでしまうぞ。いいか、ぜったい立つなよ、このまま這って本線に出よう。苦しかろうがぜったい覆面とるなよ！　よし急げ！」

本線坑道まで数メートルに近づくと、もうそこは煙がもうもうとたちこめていて、それが私たちのほうに迫ってくるではないか！

濛々と迫ってくる煙を見た一瞬手足が硬直した。どうしょう……　早く逃げんと……　しかし途中で……　恐怖、不安。しばらく待とうか……　そんなことしてたら……　どうしょう……　歯が鳴った。

「おいKどうしょう」と私は、四つ這いになってふるえているKにふるえる声でいった。Kは答えず地面に目をハリつけていた。畜生っ、もうどうでもなれ、運がよければ助かるし、わるけりゃ死のうし、とにかく走れ、オレはまだ生きてる。

「おいK走ろう、レールを手さぐりで走るんだ」

キャップランプを命の綱にようやく本線まで出た。

「おい右一片のうえまで走ろう、そこまで出れば大丈夫だ。ぜったい止まるな」

それッ！　……

松岡　保文

その日坑夫の多くは
無気味な地底と
保安の手ぬかりを胃袋に賭けて抗議した
……
蕗のとうやにわとこの芽のふくらむ野辺に
不安は人々の歩調を早め

あせりは枯草をざわつかせ
この国をむしばむ人の手は
古洞《ふるとう》にガスを漂わせ　水魔をひそませ
人を喰った坑口は、
そしらぬ顔でおし黙っている
人を呑んだ水は
何くわぬ素振りで揚ってくる
太陽に恥じらわず
青錆び　水しぶきをあげ　轟々と

森田ヤエ子

×月×日　母への感傷

その死からだいぶ遠のいたのに
あなたの存在は　いまになって
わたしのそばに近くいる
赤ン坊より始末に終えない
シモのものから

なにからなにまで
兄だというわたしにしばられて
めんどうみなければならない
妹二人の
その手の世話をうけながら
あなたのようにはゆかないと
なにかにつけて　なにかにふれて
ことあるごとにあなたはいつも

×月×日　午前十時頃、S子は宮田のイトコの処へ行ってみるとでかけていった。日頃音信も交わしていないイトコの処へ、苦しいからといって相談をかけるのは、俺として厭だったが、S子にしてみれば、背に腹はかえられぬといった気持もあってでかけるのであろうし、また外を出歩くことで、気もまぎれることもあろうかと思ったので「できるというあてをしないで行けよ」と、一言いっておいた。午前の便で箱根の藤本君から来た手紙の内容について、入院中のNさんと話合ってみたいと思ったので、病院へ行くというとあまりいい返事をしないK子に、車を押させてでかける。こんな時はしみじみ機動つきの車がほしいと思うし、現在入院中の脊髄損傷患者の人達がうらやましいと思う。もっともその人たちにしても……

丹　孝太郎

血みどろの内部をいたむ歴史あり　むなしき故に真闇を愛す
坑夫らの私語を拒否して粘りある風あふれさせ原色の黒
吾を措き坑夫を名乗るな〈未来像〉偽眼は買うまい闇に膨るる夜

沖田　活美

次の一節は「サークル村」に書かれた石牟礼道子の随想である。

——気狂いのばばしゃんの守りは私がやっていました。そのばばしゃんは私の守りだったのです。

ふたりはたいがい一緒で、祖母はわたしを膝に抱いて髪のしらみの卵を、手さぐりで（めくらでしたから）とってふつふつ噛んでつぶすのです。こんどはわたしが後にまわり、白髪のまげを作って、ペンペン草などたくさんさしてやるといったぐあいでした——

彼女はこんなふうに狂気の祖母との交換の体験をくりかえし書いている。そこは彼女の発想の基点になっているようだ。そして個体がもっとも深い部分で、他者たちと交流している箇処としてとらえられている。他者は生活をともにする諸々の者たちである。そこは個人的体験の深部であるとともに、彼女にとっての村のイメエジを構成するポイントでもあるのだ。

狂気を血縁に持っているのは「サークル村」でも彼女ばかりではない。多くの会員がその直系傍系に幾人かもっていた。または郷里や幼児体験をふりかえる時に、映像を結ばせる核のように村や町の狂人を思い起した。「サークル村」はこれらの狂気を、民衆の内面における過去と未来をつなぐ手がかりのように意識しあった。

その意識は論理化されるまでに到らなかった。けれども過去においては村落内の相互制約の重荷を一身にうけとめて狂ったのだということを誰もが感じていたし、だからこそ村の象徴ともなっていたのだがそれを、相互解放を集団原理とする共同体を創り出すことで越えようと考えられていた。

ここで狂気についてふれるのは他でもない。そのように意図した「サークル村」集団が、その運動中に事務局員を激務・激論の果に狂気へ追いつめたからである。もともと共同体の属性である集団占有性を、大衆は相互制約性として意識し、統括的位置にある者はそれを対外的な政治的効率として意識する傾向が強い。この相互制約性と政治的効率とが分離しないで集団内を循環し、集団内のすべての者が自己の解放のためにそれらの機能を使用し得るならば、共同体はそれを構成するすべての者に有効な結果をもたらすのである。

けれどもそのルールを発見するのは困難であって、せいぜい集団の規模を小さくするか集団内の各人に主題ごとの単位を組ませ、さまざまな小集団の独自性の発揮を集団内でつとめつつその模索をするほかない。狂気が思考の対象となるのは、民衆の生活様式に対する批判と試行錯誤がそれによって問われたり触発されたりするからである。「サークル村」事務局員の突然の異常はわたしたち、ことに彼と日常業務を共にしてきた事務局の者たちの意識をふかく圧迫した。

わたしたちは彼を狂気へ追いつめたものを正確にとりだすことができなかった。それは個人の発想のなかに投影している不特定多数の精神をみるのに似ていたためである。わたしたちは彼をそこへ至らせたものの中に踊っている自己を、見まいとしても見てしまう。それは村落内の狂気に対する自責の感情よりも個に直接に属していた。そしてわたしらは、それを取りのぞくことができない。彼個人の体質にかかわるとはいえ、「サークル村」はいかにも都市化のおそい九州の(だからこそ民衆の精神的遺産の濃い現実を)そのまま再現させ、わたしたちにそれを主体的に越えることの困難さをつきつけていた。石牟礼道子の随想は次のようにつづいている。

——祖母は冬の晩とくに外に出ました。母たちが疲れ果てて寝ると私は祖母を探しに出かけます。珍らしくもない気狂いなので、ながくからかう人もなくなった夜ふけ——、降り止んだ雪の中に祖母は立っていました。世界の暗い隅々と照応して、雪をかぶった髪が青白く炎立っていて、私はおごそかな気持になり、その手にすがりつきました。ながい間立っているように思えました。こわごわもう一度その手を引きます。しばらくして祖母はミッチンかいとしゃがれた声でいいます。遠い風雪の涯からしずめられてくるその声は優しさの限りです。ババシャン、サムカ、すると祖母は片方の手に握りしめていた太い青竹を放して、みっちんかい、みっちんかいといいながら私の両手を両手で囲い、あいまあいまにいつもの、男もおなごもべーっべっをいって、べっと痰を吐きました。底熱い手はじいっと、きつくも軽くもなく密着し、私の中に祖母はおごそかにうつってくるのでした。じぶんの体があんまり小さくて、ばばしゃんぜんぶの気持ちが、冷たい雪の外がわにはみ出すのが申しわけない気がしました。祖母のうたとも、くぜつともつかぬものはこうです。

重かもんな　うしてろ
きさなかもんな　きさなかもん
きさなかもんな　あーそこ
役せんもんな　ちーぎれ
おとこもおなごも　しーね死ね
綿入れン綿も　ぺーっぺっ
　　　　　　　　ちーぎれ

重かもんを棄てることができず、役せんもんを殺生しえず、弱者へむけてより重く固く働いてしまうコンミューンの相互制約性を「サークル村」も附属させていたのである。が、そのことは承知の上での出発であった。民衆が生活のすべてを展開させていた村落共同体のプラス・マイナスを、いかにのりこえつつ主体的な集団を創造するかが、日本変革の基盤づくりとして問われていたのであるから。「サークル村」会員は日本の病識を自己の内外ににじみ出させるように、相互を問いつめつづけた。

次のものは会員の往復書簡である。

美登幸吉様　　　　　　　　　　　　　　　梶塚公雄（福岡県糸島郡）

未知の人への便りは多少のはにかみを感じます。身辺の雑事に追われながらこの手紙を等閑にしていた理由はそれにも増して私の自堕落な生活からでした。しかし、ださずにおれない欲求も反復して襲っておりました。

二年間、私が村で得たものは敗北でしかありません。わずかな勝利感もその前では微塵に吹きとぶ砂でした。そこでこの汚点だらけの報告書を手紙に代えることであなたからの貸借対照表《バランスシート》をいただくのも無意味でないと思うのです。

村で演劇サークルをつくったときのことです。ショポリショポリとした発言と数回の集まりで彼らはそれが読書会であろうと、演劇コーラスであろうと、さしてこだわっていない状態を示したのです。むしろ、あれもやりましょう、これもやりましょうでした。私はこれを最初、知識に対する貪欲さと解釈しました。雑談、トランプ、映画に時間を喰わせながら日数を経ましたとき、その答を彼らから否定しました。雑談のときは目を輝かせて語り、演劇に限らずとも話が本筋に入ると眠気をだし沈黙を固くしてしまいます。少なくとも知識に対する欲望が存在するならばかすかな反応をみせるでしょう。話は終始主だった者に限られ彼らは黙って帰ります。そして奇妙にその眠気のくる話のためにまた忙しい野良から夜集まってくるのでした。

この現象を私は無意識の衝動と名付けております。これは農村の歴史、特に祖母たちの歩みをみるとき判ります。現在でも彼らは自主的な集まりを持ちません。いずれも青年団のための会合か年に一、二度の会食だけでしょう。付していえば四Hクラブと青年学級があるのみです。それも実質的に己れたちの自主的な集まりにはまだ変化しえていない状態が多数です。すなわち、ここで私の結論はこうです。彼らは集まること自体に比重をかけているのではないか？これはまだ掘り下げる必要があるでしょう。

他方、中心部である町での集まりは村に比べて騒々しいものでした。それぞれの経歴の持主が多数集まり、話題は常に活発であり農民とサークルを論じながらもはやことばだけでしかありません。自身が一つのサークルをつくった経験もなく、現在もつくろうとせず、せめてどこかの村の素朴な集まりにも結びつきすらない有様でした。エリートの感覚所有者達によるサークル論でなく、文化論とでも申しましょうか、尻尾のない頭をつくろうとし、企画は常に何処かの劇場でコーラスでもよんでひらこうなどという行事的傾向を帯びがちであり、無に等しい郡のサークルの大同団結の事務所をひらこうというのでした。だれかが百度指を挙げれば百度集まり、それだけでした。無意識の衝動で私を工作して呼びつけるあの村の素朴さとの相違はどこからくるのでしょうか。町では常に私が崩そうとする立場をとり、村ではそうしようとする私を黙って集めます。これは私の肌にした実感にすぎませんがここに一つの課題が存在すると考えられます。

ここから出発するとき、村のサークル員が演劇そのものに関せず集まることに比重をかけてきたことを基盤にして、私はあなたたち〈人間無尽〉の話に無関心であり得なかったのです。数名が集まりある一日を仲間の一人の家事、労働すべてを共同でやっているという事実は興味深い話でした。わたしたちのサークルに好意の微笑を見せながら一歩も入ってこない人達が、部落の共同作業や、経営、栽培には目の色を変えて熱中し、ほそぼそながら四Hクラブが数年保っている実情を頭におきながら南九州サークル懇談会に出席したとき確信は深まりました。

未分化の混沌とした泥土には多様性を帯びたサークルを作りだす気配があり、生活に密着した経営、栽培等の独自のサークルを生むことができ、その発展の行先には学習、読書、演劇等すべてを側面に含みながら、もはや都市ではかろうじて労働組合の下部と、サークルの一部にみられる共同体、それよりいささか汚点の素直さを持ったわたしたちだけが所有するものの新しい村での再編成が可能ではないかということです。わたしたちはまだ手さぐりの状態だけにこの多様性を帯びたサークルの将来について激論を闘わそうではありませんか。

尻切れトンボで便りを終りますがこれは書初めのほんの口きき、これから更に往復させたいと思います。

さいごに無意識の衝動によって工作されている私というところでもがき、わめき、どなっていることをいっておきましょう。

美登幸吉（大分県東国東郡）

梶塚公雄様

あなたからの便りがついてから二日、いつもずぼらの自分のことですし、早くと思いながらも今日までのびてしまいました。昨日は町青年団の演劇祭にかりだされ、今夜も農業研究会から帰ったところです。

あなたの便りをよませてもらい、わたしも一つの自己批判をし、そして反省をしながらペンを走らせているところです。

わたしたちもあなたがやってきた、感じてきた道を歩いてきたんです。否、今もそのなかにあるんです。そしてグループのなかで討議しあった結果が〝人間無尽〟とよばれる一つの共同作業の形態をつくりだしたんです。

わたしたちのグループ（サークルとよぶほうがよいのかもしれませんがわたしたちはそのように呼んでいるんです）は金曜会というんです。初めて集まった日がたまたま金曜日だったのでそう名づけたんです。

皆で八名の友達は本当に仲がよいのです。わたしたちの会合では嘘は通用いたしません。かくしごとは一つもできないのです。おれの家には昨年三十万円の収入があったんだが借金が二万円もできた、どこがわるいのだろうか、というような問題から、おれの母はけさこんなことを嫁にいったのでおれが嫁をかばったら母は一日中おもしろくないようすだった、どうだろうか、おれのほうがわるいのだろうか、等々……。

農村では（これはわたしたちだけかもしれませんが）本当のことはいわないのが実状です。よそを盗みみしてこっそり自分だけは甘い汁をすいたいと思っている人たちがなんと多いことか。そしてそれらの人たちでも口をひらけば共同作業だ、共同販売だ、やれ何なにだとりっぱなことをいうんですね。

わたしたちが目標としていること（理想というのがよいのかわかりませんが）そのことばを紹介しましょうか。

〝みんなが幸福にならない限りわたしには幸福がない〟

そんなことをいっていては世の荒波をのりきることはできないと親たちは心配するんです。甘い甘いと先輩達はわらうんです。でもどんなに考えてもそれだけしか、そのように生きていくことしかないんです。それが一番正しいと思うんです。わたしたちが過去十年あまり青年団に、いろいろなサークルに、演劇に、研究会に、酒のみ会になどなどにおいて討議した結論がそれだったんです。〝神さまのような人ばかりじゃ〟とひやかされるんですが。〝人間無尽〟のことを書きましょうか。

農村は将来共同化されなければならない。これは必要なことです。しかし実際的にはいろいろな問題でこれは行なわれないことが多いというのが実情です。わたしたちの人間無尽はその第一歩として発足したんです。農閑期を利用するんです。わたしたちのところはだいたい十二月から四月頃までが農閑期です。一人でやれば十日もかかるような仕事、開墾などにしましてもわたしたちの無尽では一日でそれができあがる。おわかりでしょうか。一反歩の荒地に一人で立ったとき、そして話し相手もない、大きな石がでてくる、黙々とバチ鍬をふるう、それは詩にかいたときはりっぱです。しかしどのようにそれが将来うつくしい畑になることを想像したとしても本人にとってはやはり苦痛です。投げだしたいときもあるんです。しかしそれが七人、八人でやったとしたらどうなるでしょう。わたしたちの口からは『仕事の唄』が『若者よ』が口をついてでるんです。女の話に花がさくんです。町の行政のことが石をこねあげながら議題となるんです。おそくなったがもう少しだ、一馬力だすかと力づよくバチをふりあげることができるのです。それだけです。何も変ったことはないんです。

しかしなぜ無尽とよぶか。それはつまらないことかもしれませんが、わたしたちの共同作業の期間はだいたい原則として十二月から四月までですので、早く無尽を落した人、いいかえれば早く仕事を頼んだ者は日の短いとき、仕事する時間の短い時期だし、反対に一ばん遅い人はそれだけ時間的に有利なことからそれを無尽というんです。

たのしいものです。わたしたちのこの動きは若い者たちの注目を集めています。案外やるなあと見直したという親父さんたちもあります。しかしわたしたちがいちばんいいと思うことをやっているだけです。田舎ではいろいろなことをやりたくても周囲の圧力によってそれがやれないことが多いですね。しかし考えてみると圧力といいながらその圧力をおしのけようと努力もしないで理論ばかりふりまわしている人たちがなんと多いことか。また、自分自身になにものももたずに問題にぶつがり、やっつけられ、それでもう駄目だとくじけてしまう人達もまた多いんです。農村はいろいろな前近代的な要素があまりにも多いんですね。そしてそれに同化するほうが賢明であると思う人たちもまた多いんです。

わたしたちのグループはまだまだ発展しなければいけないと思います。

どうか気づいた点をおしらせください。

わたしのいい分のみで失礼ですが今後ともお互いにがんばりましょう。

なお企業内労働者の発言の多くも、様式ばかりが確立して内実のともなわぬ労働階級の諸集団へのいらだちが自己への問いかけとして数多く発表された。次はその一例である。

救われざるの記

村田　久

「金とヒマがない」ことは活動家の常識ではあっても、大企業のはしくれである三菱化成の活動家ともなれば、金がないなんてことは口先だけの嘘っぱちであり、必要とあればアルプスに遊ぶだけの、トランジスターラジオをアクセサリーにするだけの余裕があるのが連中の実体だ。そのような意味からは大阪で開かれた国民文化集会に参加する費用などアルプスに行くのに較べて物の数ではないはずだが、アルプスに行くときほどの情熱を持ち合わせた人間が残念ながら他に一人もいなかった。労組結成以来ストをしたことがないという哀れな誇りを持つ周囲の状況であれば、まともなことでは定められた有給休暇をとるだけの自由もなく、窮余の策としてかねてから機会あればとねらっていた結婚式をあげて新婚旅行は京都、大阪ですというもっともな理由で結婚給付金一二、〇〇〇円をふところに、あまり気乗りのしない表情の新妻という名の古い恋人と共に大阪へ出かけた。

学習サークルでない学習サークルを四年間ボソボソとやってきた経験もあって学習分科会に出席したが、「これが日本の学習運動の現在地点なのか」と考えると背中に冷いものが走るような感じで「救われんなあ」というのがつまるところの私の感想である。分科会の冒頭に出された参加者からの問題提起は相も変らぬ「アカ攻撃」「レベルの矛盾」「広めるにはどうしたらよいか」など実直であるが故に馬鹿げたものであり、聞いていてウンザリするところがあったが、それにもまして、それをめぐる討論のまたなんと低温且つ常識的であったことか。アカ攻撃をうけて周囲から孤立させられたサークルの悩みに対して、「そのためには根強い日常活動が大切だ。基本的な学習をやる中でレクリエーションもやり、まず隣の人と手を組んでやれるようにしなければならない」などというおよそ解りきったことを真面目くさって発言するのがいたり、それをまた参加者の大部分がもっともらしくうなずく。既成の社会科学の知識をどのようにしたらまだ社会科学を知らない無知な大衆に普及させることができるかといった夜店のたたき売りみたいなセンスで、国民文化の創造という集会のスローガンには程遠いようなというより、こんなことでは創造の道には通じないのではないかとさえ感じられる。ついには、

「最近の職場闘争は思想闘争の段階になっており、我々はマルクス・レーニン主義をそのかなめに置かなければならない」という特攻隊出身ではなかろうかと思われるようなマルクス主義啓蒙家が現われる始末で、生来気が弱く人前で反対意見などめったにいったことのない善良な私であるが、あまりのことについふらふらと手を挙げてしまって司会者から指名されてへどもどしながら、「いままでの学習運動の常識というものを根こそぎひっくり返す必要があるのではないか。何を広めようとするのかという点は一向に疑われずに既成知識の切り売りかメッセンジャーボーイ的な感覚では運動にプラスしないどころか、前進していると錯覚するだけマイナスではないのか。特にただいま発言されたマルクス・レーニン主義を金科玉条の如く信じて疑わない活動家の思考方法は極めて非マルクス主義的ではないのか」といった意味のことをいうと一斉にふりむいた疑惑と非難に満ちた視線の中に、そして次々に出された反対意見の中に自分たちのやっているものに対するしがみつきいわば進歩的保守主義の一面を見出して愕然とした。

　他の分野ではいざしらず、学習運動の分野ではここ数年来一歩も前進していないように感じられる。経済学教科書ブーム以来の学習運動の経験が正しく理論化されておらず、その当時の活動家の苦しみが受けつがれていない。知識人による学習運動の総括はなされても実感でしか運動をとらえることのできない下部活動家による総括は皆無であり、そのことが現在もっとも必要なことなのに、一向に問題にされないところに病の深さがある。学習サークルの交流のための組織（全国的な学習サークル協議会）の要求は依然として根強いものがあるが、サークル運動をさしみのつまとしてしかとらえないような姿勢では実現は困難だろう。

ダラ幹の演説をぶち壊せ　　　　　　　花田克己

「八幡が動けば九州が動く」といわれている。右が勝ったとか、左が勝ったとか、まるで日本シリーズのように、労組の役員改選が商業新聞をにぎわす八幡製鉄。直属四万の労働者。煙突の数さえわからないといわれる大工場。それからこぼれた下請労働者の群。それらの厖大なエネルギーは、あの無数の煙突から、煙と一緒に消えてしまっているのだろうか。

今、私の手許には、詩集「やはた」一九五七年版がある。八幡の三七名の詩集がある。大男総身にちえが廻りかねるといった皮肉ですますわけにはいかぬ。とにかく、いくら探しても、耳をすましても、八幡の連中の生きた一言が聞こえない。まして、腹の底からの怒りや恨みは、どうなのか。自分をうたいながら、自分の職場をうたいながら、労働者はとか、お前たちはとか、まるで、ひとごとのようだ。ダラ幹の演説みたいに、中身がない。言葉に生きたひびきが全然ないのは何故か。

木下恵介は「この天の虹」を作った。社長の顔までていねいに写して、八幡のあらゆるものを登場させた。しかし、労働組合は看板さえも写していない。八幡には、そんなにも怒りはないのか、闘いはないのか。それとも、木下自身が自己の限界から、小市民性の馬脚をあらわしたのか。この詩集を読む限りでは、どちらとも判断がつけられない。

職員と作業員の身分差。喰うことだけが楽しみの老いた作業員。ケガの多い作業員。製鉄に採用された者とされない者の対立等。それらの問題点が階級的（人間的）に一貫してつかまれてはいないが問題の提起はしていた。だが、八幡の職場の詩には、それさえもないのはどういうわけか。

三月二四日から五日間、東京で開かれた鉄鋼労連第十二回定期大会における八幡の代議員の発言のなかに、八幡の仲間たちの生きた声をやっと聞くことができた。自動化された職場で、小便にいくにも気兼ねをしなければならない状態、ストリップの工場でも、作業に追いまくられ、昼飯を石だたみの上で喰わねばならなくなったこと。そういう中で闘われた秋闘において、敵の零回答をのんだ中闘に対して、われわれの闘う気持を反映せよという署名運動に、三日間で七、七〇〇余の署名者があったこと。これらのことは、決して八幡の仲間たちのエネルギーが、煙突から消え去っているのでなく、一人一人の仲間の胸底に、深く沈みながら積み重なっていることをあきらかにしている。それらが結ばれた時のすさまじさが、署名簿に書いてゆく、一人一人のゴツイ指となって、迫って来るではないか。三日で七、七〇〇余というエネルギーをうたうためには、先ず、人ごととしてうたわぬこと。俺は、俺はという点をテッテイ的につきつめてゆくこと。それが抜けているため、ダラ幹の演説に終っている。文化は中身で対決する。中身のない階級的な言葉を、中身のある階級的な言葉でぶち破ること。古い情感にこもる敵の思想に、新しい情感できびしく対決すること。それを何より自己の内部で格闘さすこと。それなしには、現在の、文化という言葉の持っている甘さを克服し、敵の文化と対決する事は出来ない。

宇部では、宇部興産本社に勤めている者で、宇部演劇協議会（鑑賞団体）に入会している者が、次々と脱会するので、調査したところ、会社幹部の圧力が原因であることが判明している。この事は、敵階級が文化の階級性をいかに深く認識しているかを、如実に物語っている。こういう敵の文化政策に対決するわれわれの文化活動、その中核である文学、文学の尖端である詩。その尖端がとがらずして、どうして文学が階級の武器になるだろうか。

八幡製鉄労働組合、八幡製鉄現業労働組合、そして下請労働者の群。八幡における武器を研ぐ砥石は、この三つの対立をテッテイ的に掘り下げることである。その深淵を、意識しもだえる事の深さを通してのみ、分裂の深さを敵への憎しみの深さとすることが出来る。その事によって、バラバラに裂かれている仲間たちを結びつける生きた表現をつかみ出すことが出来る。八幡が動き始めるのは、その時だ。

次のものは一九五九年七月の総会に討議資料として提出されたものだが、ここには編集委員会・事務局の考え方の基調がしるされている。

「サークル村」の発刊いらい加えられてきた批判を分類すると、

第一に主として労組や政党の活動家の一部から出された批判であるが、お前たちの考えはサークルの偏重、すなわちサークル主義であり、あたかもサークルだけで社会変革ができるかのような幻想を抱いているという意見。

第二にいささか文化創造上の力量を自負している人々からは、お前たちは集団だとか組織だとかわめいているが、創造とは結局個人の所産につきるのであり、作品がすべてを決定するのだ。しかるにお前たちの作品は……という非難。

第三にこれまでのサークル運動の経験主義的部分からは、現実から浮いている、抽象的である、難解であるという攻撃であった。

これらの批判はわたしたちが運動の発端で断定した政治派、芸術派、大衆派の分裂という分析のラチ外にあるものではなく、革新派の内部にがんこな病があることを立証するものでしかないが、同時にこれらの批判はすべて自分に都合よく曲げられた行動主義でつらぬかれていることを注意する必要がある。

むしろわたしたちの反省はこれと百八十度異った方向に存在する。すなわち十冊のサークル村と十ケ月の活動をふりかえるとき、そこにはこれらの批判をくつがえすに足るものが少ないばかりでなく、これらの外在的な批判攻撃と戦いながら、自分のなかにある同質の病を発見せず、そのゆえに外見の勇ましさと反対にそのかげにかくれた行動主義を擁護する結果になり終っているものが目立つ。そしてある種の便宜主義がこの欠陥を見逃すことによって、一層の不生産性を作りあげているのはうたがえない。

編集委員会ならびに事務局はこの点で問題提起の能力と勇気を欠いていたと告白せざるをえない。それは民主主義めかした儀礼としていっているのではない。九州サークル研究会の興亡と個人の社会的浮沈をかけていうのである。今日の行動主義はかえって遊離した個人の実存をよびさます。だがそのような行動をわたしたちは行動と認めず、そのような実存を実存と信じないことを、わたしたちは創刊宣言のなかで仮設的に提示した。この道をわたしたちはもっと深く追求すべきであった。

サークルは職場や地域で偶然にも近接した労働と生活を営む者たちが、その結びつきの必然性を自分自身の個体のなかで検証してゆく運動である。したがってつねにその偶然性が追いつめられ、かつどこまでも残っていく偶然の存在をみつめていかなければならない。たとえば今日、行動主義と平行したままに学習運動の必要がさけばれ、数多くの学習会が生まれているが、その学習内容の客観性と学習する人々自身の主体性との間にある裂け目を意識し、そこで苦悶している学習会はほとんど見当らない。このままではかえって行動主義の裏側にある客観主義が助長され、思想と行動の背離を促進する危険がある。「サークル村」が発刊されて一年ちかく、それは一先ずたしかな基礎の上にある。活動家の視野はひろがり、交流は進んだ。わたしたちは九州・山口だけでなく全国の運動にある刺激をあたえた。しかもなおわたしたちは出発点からなにほども歩いていない。運動の内容と組織の全側面を検討したいと考える理由である。

「サークル村」は集会を度々開いた。そして討議が重ねられた。「サークル村」の特質は集団内の一種の熱気であって、それを生み出させつづけたのは谷川雁の指導力と彼の方針へ対する共産党の圧力に抗する会員らの結集であった。一九五九年の年末集会で谷川は次のようにのべている。

「サークル村」が創刊されて一年半になる。その間にやろうとしてやれなかったことはたくさんある。というよりやれなかったことの方が多い。最近「サークル村」への批判あるいは批判以下の攻撃が目立ってきた。そのほか各人の事故みたいなものもあり、財政上の問題も山ほどある。しかしわれわれはそれにむかってあまり神経質につきあたってもしかたがない。創刊宣言からはじまったわれわれの理論的追求はきわめて不十分だが、一応みんなのなかに納得されまたは納得されない部分がそれなりにはっきりしはじめている。乏しい成果だがわれわれの生みだした作品活動も若干はある。全部が「サークル村」から生まれたとはいえないが、しかし「サークル村」とのさまざまな関係のなかで生みだされたものもかなりある。ここでもう一歩前進するために、第一に「サークル村」への外側からの批判にもたんに感情的な組織主義的なかたちでの受け止め方をせず、思想のなかみの問題として受け止めていくこと、第二にそういう批判に神経質にならずすじを見きわめて作品創造へ一歩ふみだすこと、第三にもっとわれわれは若い世代としっかりとむすびつく道を考えねばならぬ。この一年をふりかえっても、われわれはだんだんおいぼれている。新しい会員を生みだす努力をする必要がある、以上の三つが考えられねばならぬ。

——しかし「サークル村」は六〇年になり次第に停滞していった。これは創造運動が目にみえるほどすばやくその成果を生むものではないことに対する会員のだれもある。また相互の意識がからみあいすぎて独創性を弱めていた結果でもある。が同時に安保改定期に至りその阻止運動へのかかわり方の不鮮明さが、一方では行動主義批判の弱体化となって作品創造の衰弱へつながらせ、一方では結束した集団のもつ政治的・社会的効率そのものへ意識を集中させがちになったためである。ことに「サークル村」の中心メンバーが共産党員であって、その運動の理論と実践が共産党の批判を受けつつあった時期であるだけに、後者への傾斜にはやむをえぬ面もふくまれていた。

「サークル村」は休刊宣言に至るまで、複数のものによる共同創造を一つの目標とした。が、それは結局日の目をみることがなかった。民衆の思弁の複数性と、複数による共同創造との間には多くの側面から検討さるべき思想的課題がふくまれている。「サークル村」はそれらをも検討するには至らなかった。そして集団創造だけが共通の目標として前方におかれていた。それは

「サークル村」の一つの特色をあらわにしていたともいえる。つまり「サークル村」は直観的認識を先行させ、その展開法をもまた相寄る感性のやみくもな具象化でもって、誰のものでもない民衆の集団それ自体の創造物を生もうとするのである。それはあたかも、変革の論理は権力者集団の支配の原理に対応してつくられるものではなく、民衆は支配の原理のいかんにかかわらず自己発顕の手段を生むことによって自己を顕在させ、その足跡をみるものが論理化を行うのだというに似ていた。

# 三章　みかん色の窓

あんなことをいわねばよかった……　ひとすくいのアイスクリームはすぐに舌のうえで溶けた。室井はまた匙をわたしの口もとに近づけた。

でもあのとき彼はなぜあんなふうにいったのだろう。どこの炭坑を廻っていた時だったろう。朝だった、とわたしはきれぎれにおもう。あのときわたしは毛虫のような顔をしていた……

――わたしは目をとじて、ひといき置いては唇にふれる匙に口をあけた。涙が耳に溜った。室井はそれを拭いて、もう泣くのよそう、といった。

でもあの時、なぜあんなふうにいったの。あたしたちもう生んでいたのよ。生むことには、手のとどかないあやまちがひそんでいるわ。波の底の小石のように。あたしはそれを取りに行くところだったのよ。あなたと……

あのとき室井は、襲われたもののような顔をして、わたしをみた。しばらくだまっていた。君はポエティカルな意味ででも、ぼくらの子を生みたくないの？

生みたくない、のではないのよ。もう生んでいるでしょう？　あたしたち生んでいるでしょう？　あなた久子ちゃんを生んでいるでしょう？　もうあたしたち、生むこと、を知っているのよ。あたしたちは生んだことを、ふたりの手で支えているのよ。なぜ、まだぼくらの子がいるの？

でもあのとき、わたしには、ぼくらの、ということばの内側が分らなかった。いまもわからないのよ。わからないまま涙がこぼれる。

わたしは、ぼくらの、というあなたのことばと、わたしたちの、というわたしのことばが、同じだと思っていたのね。ぼくらの子が欲しいってどういうことなの。わたしたちはあなたの久子ちゃんとわたしの伴子や陵の三人の子どものパパとママでしょう。ママになるまでの長いおそろしい時間を、わたしはやっと話してあげられる日がきたと思っていたのに、あなたはまたあの長いおそろしい時間をくりかえしたいのね。

昼間、わたしは意識がもうろうとあけるままにしゃくりあげていた。声を放って泣いていた。室井の膝がしらが頬のそばにあった。それへ頭をのせた。彼の掌があったかく感ぜられた。わたしの涙に、彼の涙がぽたぽた加わる。――かわいそうよ、かわいそうよ。もうろうとしたまま声をあげていっていた。

「よかですねえ、一緒に泣いてくるる人のおらすけん。うちは、そげなもんは、おりはせん……」

ふいに小声がした。目をあけると、細い部屋にねかされ、わたしのすぐかたわらにむこう向きによこたわる女がいた。そのむこうにもいるようであった。わたしは室井にとりすがり、どうしたの、といった。すんだんだよ、と彼がいった。髪をかきあげてくれた。わたしは泣き声をとめた。涙がたえなくて目が重かった。遠ざかっていくものへむかって、なぜ泣いているのかよくわからなかった。

室井が判子をとりだしていた。ハイヤーにのせてくれた。「ゆっくり走ってください」といった。途中で降りて、アイスクリームとショートケーキを持たせてくれた。

そのクリームを彼は口へ注ぎ、わたしは注がれつつ涙を耳へいれている。なぜあんなことといったのよ。でもなぜあたしもあんなことといったのだろう。胸に収めていればよかった。口にせねばよかった。わたしは、詩的ないみででも、わたしたちは、わたしらの子どもをほしがっているのではない、と頑強にくりかえした。悲憤に胸がふさがれていた。

室井は驚きを怒りにかえていきながら、君は、君は、といい、たとえば子どもを文学と変えたっていいんだ、といった。それほどのいみでもあるんだ、といった。

ちがうわ、何かがちがってるわ……　わたしは先がくらむおもいでいうのだが、彼もくらんでいきながら、君は、ぼくらの子は生みたくないんだな、をいい、わたしは、わたしらはもう子どもを生んでいるのよ、をいった。わたしはクリームを注がれながら、あたし、ぼくらの、がわからなかったのよ。あたし、わたしらの、とおもっていたのよ。あなたは何を言おうとしていたの。あたしは誤謬が重なるのを避けたのよ。あたしたち、三人生んでいるのよ。生むとき、あたしは自分が生まれつつあるときを思いだしていたのよ。あなたの久子ちゃんが生まれるとき、そのおかあさんが感じたように。あの子らといっしょに、あたし生まれようとしていた。あなたはひょっとしたら、子どもをまだ生んでいないのではなくて？　男って、子を生めないのではなくて？　そうでなきゃ生んでいながら、なぜ、ぼくらの子を生もうねえ、などいえるの？　どういうことなの？　彼は閉ざしているわたしの涙を拭いた。

陵が走ってきてわたしの髪をひっぱった。

「ママはね、きょうは悲しいのだから、むこうでおねえちゃんと遊びなさい」

室井がいった。

「おなかすいた」

おねえちゃんたちがどなった。室井の別れた妻の子もわたしらのところにきていた。

室井は子どもらへ食べさせる夕食をつくりに立っていった。灯をともさぬへやの布団に身を起こして窓の間にみえるその後姿をみていた。

「君はきょうの体験を追いながら、きっと、ぼくからはなれていくだろうね」

くらいへやにきて小声でそういった。わたしはかぶりを振り「ここにいて」といった。体中を悪感が走った。

「わるいことをいったね。つい、心にかかったものだから」

と彼がふとんを重ねた。

わたしは、柿のたねのようにわたしの果肉にうもれたまま言葉にならないあれを、そっと手ぐりよせていた。室井から子どもを欲しがられたときに、わたしは孤独を感じた。それは、室井の体にもわたしに似た柿のたねがひっかかっていて、わたしらはそれまでの家庭をこわしてでも、その種子を抜きとって言葉に生みかえる使命があると感じていたのに、彼はそうではなかったのかというさみしさであった。

むかし妊娠したとき、わたしは農夫のように自分の情欲の赤さを夕陽にしらせた。鐘つきながら踊ってでもいるように。やっとわたしがわかったの、この助平なやさしさがわかったの、夕陽を呑むように赤いわたしの熱がわかったの、ああやっと……と、それは勃起を誇る若者のよろこびとどれほどのちがいもない素朴さで、夕映えがわたしの情欲を知ったことに満足したのだった。けれども女性の性欲を天下に承知させることと重なりながら、わたしは女であることのとまどいを手にしていたのだ。わたしであってわたしでないものを、自分の肉体のなかに知覚するのはまことに奇怪なものであった。それは肉腫のようにひろがる自己拡張とは全くちがっている。自己の拡張とも延長とも展開ともことなる他者の運動が、ひっきりなしにわたしをかきまわした。わたしはわたしであることが困難であった。

わたしは陽のあたるベランダで、しばしばぼうぜんとしていた。わたしって、なんだろう。われ思うゆえにわれありなどと、ぶどうの房をみあげながら思うとき、わたしの目からまだ固いぶどうの実のような涙が出てしまう。まだ存在とならぬわたしの肉の内部の他者の人格とふたりづれで、わたしってなんだろ、とわたしは思っているのである。それをみつめている一人づれのわたし。わたしは、自分が二人づれのわたしと一人のわたしとを持っているのをみる。いいえ、それはわたしに重っている光と影のようにわたし自身をつくっている……

どうしようもなく、それを手にしているわたしを、ことば以前の姿のまま大切にくるみ、わたしは、風邪をひかせぬようにしなければ、とおもうばかりである。また、きらいなものでも沢山食べて、元気にさせねば、とおもうのだ。わたしはわたしに食べさせた。わたしはだれかに食べさせた。わたしは食べた。

室井が、ぼくらの子を生もうねえ、といったとき、怒りが噴きあげたのは、彼の愚鈍さに対してだった。生もうねえ。わたしらは生んでいた、のだ。生んで、やっと生むことにひそんでいるあのおそろしい空白を、彼に手渡そうとしていたのだ。彼はそれへ手をさしのべていたのではないのか。それでもなおあの空漠がほしいの？　くりかえしくりかえしそれを意識に溜めていかねばならないのか、愛のあかしには……

詩的ないみでならなおのこと、ぼくらの子を生もうなぞ……生んだからこそよりそっているのでしょ。あの空漠のなかへ、ぼくらは旅立っていたのではなかったの。生誕にひそんでいる空白をちょうど死に関する盲目のようにあたしたち、探ろうとしていたのではなかったの。はじめとおわりがわからない苦痛を、あなたは女の肉体に閉ざしたまま、詩なんぞ書いていたの？　せっかくあなたと寝たのになんにもなりはしなかったのね……わたしはただその光と影とを、あなたとすくいとりたくて、女性問題は共同でやらなければ解きようがない、ともいったのよ。女たちはずっと昔から、両手をいっぱいさしあげて、この状態を、女ですって、いってきたのよ。それでも男は誰もあの光と影をみないから、あたし、裸のまんまであなたに見せてあげたかった。あたしをみせたいってことは、権利なんぞではないわ。女性上位でも母権運動でもないのよ。女たちが子どもを生んであなた方へ知らせたがっているものは、まだ名まえのない、わたし、です。わたしらが生んだ女の子も、きっと、またそう言うわ……

――わたしは数年前室井腎がわたしの住む街にやってきて講演をしたころのことを、重ねてもらったふとんに埋まって憶っていた。講演のまえに彼はわたしを会場の外へさそった。

「あなたは帰ってください。あす、きょうお逢いしたところで待っています」

そういった。日本の労働運動にはエロスが欠如している、という話をするのだといった。わたしは明日彼に抱かれようとおもいながら彼をみていた。彼ならわかってくれるかもしれません。この人なら感じとってくれるかもしれません。わたしは詩人の魂に感じとられる風のように彼の肌へ吹きたかった。それはきっとこの人を拓くでしょう。そして彼の力はわたしらを――女たちを――ひらくことでしょう。あらゆる運動に欠如している、わたし、を。その光と影の一元化を。わたしらの文化のなかに。

翌日、ひっそりした欲情のながれのなかで彼もわたしも遠くにみえるものを寄せあおうとしていた。室井がちいさくささやいた。

「いま何がみえているか分りますか？　行列。音もない行列。つづくなあ。戦死したやつらがみえてくるなあ……やっと彼らと女を抱いたなあ……」

わたしの胸におとす彼の涙よりも、その体がつめたかった。そのことばよりもその体が多くの「やつら」をふくんでいた。わたしは砂にしみるように彼の「やつら」をわたしの肉体が吸うのを感じた。

そして、そのことと、三人の子らとは、わたしの心で切れることなく結ばれていたのである。あの子らを生むことに含まれていた空白が、ここに出あっている「やつら」と、わたしの肉のなかでかすかな動きを起していた。わたしは室井の手をわたしの体にあてて、それをきかしていたのである。その手でわたしはわたしらの集団をつくり、まだことばとならぬわたしを除外しない運動を、持とうとしていた。

わたしは重ねられたふとんのなかで、さみしかったが、けれども室井もやはり、さみしがっているのを感じてもいた。ぼくらの子を生もうねえ、それはどういうことなのだろう。ほかの男ならいざ知らず、この室井がいうのだもの、どういうことだろう、と彼の手に両手を握られながら、ぼくらの子、ぼくら、ぼく、ら、とくりかえした。

何か決定的な誤差があるように思える。なにがどうちがっているのだろう……室井はじっと坐っていた。わたしの体験に耳をすましているように。わたしは、わたし、わたしら、ぼく、ぼくら、と心にくりかえし、ああぼくらだけ感じとっていたい、めくらになりたいとおもって涙をこぼした。

「どうしたの。ぼくはちっともおこってなんぞいないんだよ」

「すこうしおなかいたいの」

とわたしはいった。

「どうしたんだろう」

と彼がいった。

「お産のあとに似ているわ。てのひらがしびれるのよ。指がにぎれない……」

「似ている、のかなあ、かもしれんね。もう気をつかうのよしなさい。君をぼくにまかせていなさい」

彼がいった。ふいにこみあげた。あわれだとおもった。彼も。消えていった彼らも。やがてわたしのうちでわたしになるはずであった彼らが、名もないまま、わたしの恐怖のまえに失せていた。ひとりぼっちのわたしの。一人単独に結晶しているわたしの。それがこわれていく恐怖のまえで。自己完結とはこんなつまらぬことなのか。女の自己完結とはこんなつまんないこととはちがう……あわれすぎる。わたしも。わたしの意志で消え失せた彼らも。血が噴くように嘆きが噴きあげる。

「ばかだね契子。君はそんなにくだらん女か。こんなことで泣くのか。ぼくらは共同の抽象世界の確立を志向しているんだろ？　そうだろ？　なにを嘆くんだい、さあ、ぼくの顔をみてごらん。ぼくの目をみてごらん。

ぼくがみえるだろ？　心配するな。静かにねむりなさい」

それでも心がなぐさまなかった。わたしは渦巻きの芯にいるように目がまわり、そうでありながらちっとも進まなかった。夜、室井が、

「いいよ。ぼくには君はわかっているんだ。ぼくと君とであの子を祭ろうよ。そうだろ？　心をこめて、ぼくと君とで祭ってやれるものはそう数多くない。父と母とが同じ心で見送ってやれるなら、あの子も、いや、子とよべるイメエジさえ起こさないあの存在も、それなりに生命をもったのではないの？

あの幻影はね、ここで眠っている三人の子どものために姿を消したのさ。ぼくは君がそのことひきかえにこの子らを持とうとしてるのを知ってるよ。もう二度とこれにはふれぬことにしようね。ぼくは心に刻んだのだから君は自分のわがままだとかなんとか、そんなくだらんふうに自分を責めるんじゃないよ、いいね」

といった。そしてなお互にいい足りないおもいで沈黙した。

その翌日、室井と車でふたたび産婦人科医をたずねたときに、わたしはやっと人心地ついてそのあたりをみまわしている自分を見た。女たちが群れていた。さわがしくしゃべっていた。

うちはあんた、十回目ばい。うちのとうちゃんときた日にゃ、うちが小便しよるぐれえにしか思っとらんばい。

そりゃ男はそんくれえにしか思うもんの。あんた、炭坑の保険があるうちに、くくったがええばい。盲腸ば切っていっしょにくくりゃわけないが。先生に言うたらしちゃんなるばい。

ばってんねえ、うちゃ、おろしに来た日が極楽ばい。ゆっくりねられようが、病院で。ほら、べんとう持って来たとばい。

うちも持ってきた。きょうぐれえごついおう食わな。なあ、家で食われやせんもんの、がきどんにやらにゃなるめえが。

わたしはみかんの皮でもむいたように肩のあたりが軽くなるのを感じた。なれた足つきで女たちの間を歩こうと思った。かえりに、

「一日おいてまたいらっしゃいとおっしゃったけれど、もう一人で大丈夫よ」

といった。そのあたり一面みかん色に感ぜられた。すこしも解決にならぬまま元気な女たちのなかへまぎれこもうとしているわたしを、室井もだまって放した。

「契子、共同製作しよう。小説書こうや。君の手紙はみなとってあるから、君は暇なとき読んで構想を練っとけよ」

といった。わたしは彼がひとくくりにして持ってきていたその手紙の束を、ひそかに草むらで焼いた。出なおすことが必要におもえていた。それは、共同製作へ至るまえの問題であった。愛

のささやきのそのひとあしまえのことであった。こおろぎが鳴き音を張るその羽根のふんばりの呼吸にも似た、わたし、の整調にかかわっている。わたしはうかつにも、愛をかわす男と女とは、愛によってその存在は接近すると感じていた……

愛しようと、愛すまいと、男は男の質を語ってしまう自然さを持ち、女は女の質を表わすほかない自然さを持っているものを、わたしは、あの直観に秀いでている男を愛し、愛されて、ただもう肌寄せあい心ふれあって歩きさえするならば、男女合唱の声がひびくとばかりに思っていた。いや、そう思っていたわけではないのだけれども、それでも心の底はそれを夢みていたからこそ、いっしょに書こうねえ、と彼のようにわたしもいって、彼の論理のようにわたしの論理のように、一本のレールを「サークル村」のうえにひきのばさんとした。

わたしは自分の直観と近似している女たちを沢山にみた。またそれらの女たちと小集団も作っている。わたしらの感覚の論理化へ、女たちと歩こうとしている。けれどもこうして男と共同生活を営み、女たちと思想の道づくりをするだけでは不十分なものを、わたしはふかく感じとった。もっとそれよりも手前の、孤独な作業であるところの、自己の素材化が女という存在にはいるように思えた。

あたしはね、契子はね、と日に幾度わたしは室井へ語るだろう。それはどれも彼が感知することができるわたしにすぎない。ぼくらの子を生もうねえと彼が呼びかけたわたしにすぎない。そのむこうにひっそりと取り残され、彼を怒らせた、あの光と影の一元化したもの。二人づれのわたしと一人のわたしが同時に重なっているところの、あのわたし。それはまだ声にならぬ……わたしは人並の倍もかかってようやくふとんから離れられた。ふとんのなかでわたしを悩ませ、さらにそれをたたんで押入れへ収めながら心を去来するものは、わたしはわたしの谷間へ向って歩かねば……ということであった。そうしなければ室井とくらしながら、わたしらはうそっぱちを創ってしまう……

どこやら無口になるものが心身の内側にぽつんとうすもいろの腫瘍をつくった。人語を解せぬ畜犬が人の子へうったえかけるようなぐあいに、わたしの何かがいつも室井をふりかえっていた。それこそが、女、なのだとわたしは無言でそれをさらしつづける。

室井がうさんくさそうにわたしをみる。しらじらしくなったよ、君は、という。ぼくを硝子ごしにみているよ、という。ぼくのことに心を踊らせなくなったよ、という。

そしてその反応のように彼は内的結合の深化、という「サークル村」の一つの基本方針からすこしずつはずれていった。同じようにわたしも、その結合に対する新しい方法を模索し出した。わたしらはこうした個的体験がそれぞれの思想に明確な跡をつける、いや、それが思索を方向づけていくのをみることで、相互関係のふかさを計りあっていた。

中間市にある大正炭坑で行なわれた谷川雁と室井腎と、大正サークル協議会長との講演会から帰宅した彼は、共産党の中間地区細胞からの呼出しの通知書を渡したわたしへ、

「まえから聞きたいと思っていたけど、君はぼくに肉体的な関心を持ってるのかね。それはどの程度のもの？」

と突然いった。わたしは通知書を封筒へ収めつつとまどい、

「あなたの抽象が好きだから、つい、うっかりだらくしちゃったの」

と、笑いながら応答した。

「つまり付属品だな」

と執拗である。冗談めかしてもいた。

「そう、反映しないときはね、あなたの観念が」

「ぼくが自分の肉体を付属品だとおもってるのは自然だが、君がそうおもうのは、どこか不自然なものがあるんじゃないか」

「そうでもないのじゃないかしら。男性は意識と肉体とが分裂したまま性衝動が起るのも自然なんですもの。その分裂を感じる折の男の肉体に関心がもてない女がいたっておかしくないでしょ。そうでない時はとても好きよ」

「しかし君はそのどちらかの側に偏向しつつ触発されるはずだよ。たとえ意識と肉体とが統一している状況に対応した場合でも。そうじゃないといっても君はそうしてるよ。

ということはね、それぞれの側に対する君の基準があるってことなんだよね、好みがね」

「それはありますよ。男の肉体に無関心だということではないわ」

「君はね、君の内的状況によって、そのどちらかをえらんで異性に近づいてるね。どっちかに偏向するね？」

「どういうこと？」

「わりあい年下の男に君は寛容だね」

「それほどの年でもないわ」

「いや、君にはそういう傾向があるよ。君の自己統一の追求がふとゆるむときにはそうなるんだ。君はね、自分のそのそれぞれの側面への好みがどういうものなのか一度たしかめたがいいよ」

「なにをおっしゃってるの」

わたしは彼の綿入れの縫いかけを引きよせながら、どこやら立向かうふぜいとなった。人格と切り離すなら好ましい肉体や精神状況はいくらもある。

「こんや何かあったの」

「そんなことじゃないさ。いつか言おうと思ってた。暇がなかったから今夜になっただけさ。なんだか君はかわったよ」

「かわってないわ」

「かわった」

「そんなこと、ない」

「何かかくしてるよ」

「そんなことないって」

「君の心理状況はね、ぼくには手にとるように分かるんだよ。ぼくを避けてるよ」

わたしはうつむいた。なんと言おうかなあと言葉をさがす。

「あのね、避けてるんでないのよ。あたし自身に考えなきゃならないことが出てきてるのよ」

「なぜそれをぼくに話そうとしない」

「話したいから考えているの」

「ごまかすなよ」

「ほんとよ。女ってなんだろうって」

「女？　女といったってばくぜんとしすぎるだろ。女を君は階級だと思ってるの」

「いいえ」

「君は何を代弁しようとしているんだ？」

「女そのもの」

「そんなのが代弁になるかい。女と階級との関係はどうなってるんだい」

「あたし、考えてるのよ」

「ぼくを避けながらね。誰かを対象としながらね」

「そうじゃないって」

冬の夜はまたたく間に掘りごたつの火を冷えさせて、わたしらはどちらもなにか固くなっていった。

「君はね、ぼくの主題をけいべつしてるんだよ、要するに」

「なんですって？」

「そうだろ。ぼくがこんなに党とのことで困難を感じているのにそこに直截に君は感応してないよ」

「そんなことありません。ただあたし、自分の発想の立場をくずすの、いやなの」

「それみてみろ、君はね、ぼくをほんとのところは愛してないんだよ」

「そんなふうにいう人、きらいよ。あたし、考えているのよ。あたしの考え方で考えさせて。一枚岩になれないことってあるでしょ」

「しかし君は、このごろ、ぼくと討論も避けてるじゃないか。ふたりの会話をテープにとっていこうといったろ。用意しとけといったろ。テープは用意しておいたのか？」

わたしはだんまりと綿入れの布をひろげ、へらのあとを探して待針を打った。彼が、ぱしっと、その布きれのかたまりを引きとった。わたしの手が膝におちた。

「どうなんだ。何度いったか知れんだろ。なぜ逃げるんだ」

「……」

「答えられんじゃないか。答えられんことがあるんだろ」

「……いいえ」

「言っていいんだよ。いいなさい。ぼくは驚かないから」

「あたしね、女が代弁できないのよ。大事なところが言葉にならないのよ。代弁じゃだめ」

「なにいってるんだい。討論しなきゃ出てこないだろ、そんな点は。

そんなことじゃないだろうが、いってごらん。君はね、このごろ変ってきてるよ。君の肉体がそういってるんだ」

わたしはだまる。わたしのなかの他者らの声がざわざわする。わたしは室井をみる。室井がその声をみていない……

「女はね、心理的にも生物的にも欲しがっていなくとも性交は可能なんだ。女に対する男性の不信はそこに根ざしているよ」

「女の性の生理内的分裂を責めてるの、あたしに。女の生理的条件を責めるわけ？」

「責めてるわけじゃないよ」

「あたしがその分裂を利用したことあって？

あたし、すくなくともあなたへそんなことできません。できると思えばためしてごらんになるといいわ。誰でもいい連れてきてあたしと寝せてごらん」

「そういうことといってるわけではないよ」

「では何なの」

「君は素直じゃないよ。人の前でおれにあまえられんじゃないか」

「あら。それは契子があなたに言うことよ」

「おれは堂々としてるさ」

「おれは、ね。でも、おれたちは現わしようがないでしょ。あたしもそうだわ」

「すぐテープ持ってこい。君は逃げを打っといて、そういうこと、いうんだ。すぐ持ってこい。朝まで話そう。いいか、必ず一日おきにつづけるんだ。

ぼくらの問題意識はね、愛とたたかいの軌道が日本の労働運動のこの閉塞状況をどう切りひらくかにあるんだろ。君がやる気があるなら持ってこい」

「……」

「この間、柱をたてたね。君、ノートしてたろ。あれに従ってやっていこう。

君は女が分らんとかなんとかいうけどね、君は動揺しているだけなんだ。日和ってるんだよ。君は自分をうち出したら他の男たちから理解されなくなるんじゃないかと、おそれてるんだよ。いまの日本で、君の問題意識を感じとれる男なんて、ほかにいやしないんだぜ。ぼくらのサークルのなかでだってそうじゃないか。誰が君のテーマが分るんだい。どうせ理解されないんだぜ。女のテーマなんざ、誰も理解しないんだぜ。君はね、そこを突破するんだろ。いっそやるなら、日本中の男から総スカン食うまでやれよ。おれがいるんだから。

はやく持っといで」

わたしは切なくなる。どういうふうに伝えればいいのか、この室井を怒らせずにいえるのか、わたしはもじもじしながらいう。

「契子ねえ、そんなこととちがうのよ。あなたと討論したいのよ。とっても……

あのねえ、討論のまだずっと手前のところで、自分を語ろうとする時のその出発点がね、うまく出てこないのよ」

室井が闇のなかに近づいてくる一条の光線のような目つきを、じいっと注いでいる。そしていった。

「君はね、契子。自分を明かすことをぼくにためらっているがね。君はそのことで、不安を感じているようだがね、君は自分を明かすことで、万一、ぼくが君から離れるのではないかと思っているのなら、それはいらん心配だぜ。君がどんなおそろしいことを、ぼくを悲嘆におとすようなことを、語ろうとも、ぼくはきっと堪えてみせる。ぼくは君に誓う。たとえ君が君自身を明かしていくことで、ぼくでないものへむかっていることがあきらかになっても、ぼくは、きっと、堪えてみせる。

だから、君は心配しないで、君の生まな、君のいうところの言葉以前をもひっくるめて、ぼくへ投げかけておくれ。おねがいだ」

「そんなことではないのよ。ためらっているのではありません。

あなたのほうへのめっているのに、足が動かないのよ。ほんとうよ。

あたし、ほんとは……」

「なんだい」

「しばらく、ぼんやりする時間がほしい……」

「プチブル的傾向だぜ、君」

「……」

「思想は対話によって生まれるんだぜ」

「……でも、女のことは、ことばの問題なんだもの」

「ことばってのは契約なんだからね、契約をふまえてそれを越えるよりしょうがないだろ」

「でもねえ、契子に契約ってのがとどかないものがある…… 話してると、どんどんゆがむんだもの」

あなたと話してると、というのを略してつぶやいた。

「だれとやればゆがまないんだ！」

とっさに声が返ってきた。はっと顔をあげる。

だれと、ってことじゃない。あなたとってことは、男性みなさんとってことなのよ。それでもわたしは声にならない。声にすればまた横へそれる。横へ横へ対話が動く。あたしつらいのよ。あなたに抱かれたいのよ。こんなに見せているのに、あなたは見ないもの。おれから遠去かっているっていうだけだもの。あなたは「党」などと生理的にくっつけていいわね……

わたしは立ちあがりウイスキーをとってこようとする。それも歩くのに細かに気をくばる。彼の体のすぐ横を、彼をすくうように歩く。君はまた逃げる！　と彼のことばが追わないように。彼に触れんばかりに歩きながら、アルコールの力を借りて時間を稼ごうとする。あなた、あと二年ほど、あたしをそっと放していてほしい……　室井が歩きすぎようとするわたしを抱きとめた。わたしの耳へ、強い息がささやく。

「ぼくがいやになったら、そういって。だまって霧のように出ていかないで。約束して」

　わたしはそのひざに腰かける。顔を彼の胸に埋めて心につぶやく。あなたと話していると波打ちぎわがみえなくなるのよ。ずっとこちらのかわいた原っぱばかりが広がるのよ。そんなの、あたし、作りたくない。ちがうのですもの。あたし、そんなところにいないのよ。波打ちぎわのずっとむこう、海のなかの地面のように、契子が伴子をはらんで呼びかけ話しかけ、その子の呼びかけさえききながら、契子ひとりで立っているあのケイコ。あのケイコも連れて、あたしはあなたに抱かれたい。それでもこうして話していると、あたしだんだんあなたになる……　原っぱの人になる。それでもしあわせなんだもの。

　でもね、あれがあたしを呼ぶのよ。いつもあたしを呼ぶのよ。なぜ？　ねえ、なんにもいわないで、こんなあたしを許してほしい。こんなあたしが在ることを、ゆるして。ねえ、ゆるしてよ……

　いつぞやあたしがその話をしたら、あなたおこったわ。おこったでしょう？　君はおれを否定するのか、といったわ。そんな子どもとへその緒をくっつけたウドンのような感覚を君は存在というのか、といったわ。そんな感覚を基本にするなら、君の完結のイメエジは全世界を包含しなきゃ成立せんじゃないか、そんな詩が何が詩といえるか。詩とは世界との対立関係だぜ、君は君の主張でもっておれの感覚を否定するんだな、とどなったわ。

でもどうしたらいいの。あたしあのときだまったけれど、感動してだまったのでない。だめだなあと思ったのよ。ケイコの在ることをゆるしてくれないんだなあと思ったわ。それでもあたし生きるわ、と思ったわ。あたし、ただ見せてあげたいのよ。女をみせてあげたいのよ。エコールなんでしょう、女って…… 男の否定ではないのよ。そんなさみしいこと、あたし、いやよ。それなのに、なぜ、あなたおこるの?

室井の胸のなかは静かなにおいにみちている。おっぱいのにおいがする。かわいた土のにおいがする。

「契子、もうねようか」

と室井がいった。

「契子がなんにも考えないようにしてほしいのよ。あたしを眠らせてよ。ねえ、あたしを眠らせて、ね?」

わたしは、ねだった。

# 四章　「無名通信」

九州サークル研究会は「サークル村」の発行に派生して女性交流誌「無名通信」を出した。それは集団の意味をより深めるための、女性の意識の発掘作業を目標にした。

編集部は江藤田鶴子・梶塚田鶴子・中間美代子・中本晶子・森崎和江らであったが、九州を主とした各地方の女たちの集団であった。みなさんのおしゃべりを文字にいたします。まだ書くことは苦手だけれど伝えたいこんなことがある、というときどうぞお知らせください。わたしたちは女から女へと代々何を伝えてきているのでしょう。それは言葉になっているのでしょうか。それを思想へ引きだすことはできるでしょうか、という呼びかけで主として炭坑の女たちが集まり、それへ都市で働いている女たちのいくばくかが参加し、百余名で出発した。そのうち未婚者は二十余名であった。

「無名通信」宣言

わたしたちは女にかぶせられている呼び名を返上します。無名にかえりたいのです。なぜなら、わたしたちはさまざまな名で呼ばれていますから。母・妻・主婦・婦人・娘・処女……と。「母」は「水」などと同じことばの質をもっているはずです。ところが、それがなにか意味ありげなものとして通用しています。まるで道徳のオバケみたいに。献身的平和像、世界を生む母などという標語をくっつけて。女の矛盾はみなここで溶けてなくなってしまうかのようです。

わたしたちの呼び名に、こんな道徳くさいにおいをしみこませたのは、家父長制（オヤジ中心主義）です。その弊害から脱けようとして、女の集まりがつくられてきました。が、女の力を集めることで家父長制はやぶれるでしょうか。また、男の家父長制をとりのぞくことで、女たちは解放されるでしょうか。

いま、どういう形で女たちは組織をつくっているでしょう。たとえば炭婦会を例にしますと、「ストです。わたしたちは労働者の妻です。夫の要求は妻も共にたたかいとるべきです。わたしたちの家庭のために」と呼びかけます。かつては家の中で一人一人でつかえていたオヤジ中心主義が、集団となって動いているのです。被害者意識のまま、なんとか優秀な下女になろうとしています。そのことで、しいたげられる立場にあった女が、頼みがいのある女となったかのようです。

ところがその実、しいたげられたと自称する女の内側はどうでしょうか。「ながいこと女は権力や支配力の外にいました。が、女がそれを持てばいいとは思いません。どうしてって何も持たないものがいちばん自由ですもの」という形で、不安なく遊べる状態をのぞんでいます。女は誰にも害をあたえることがなかった「被害者の自由」をヘソクリのように溜めています。家父長制下でつくられた「母」の座は、害を加えることがないという意味で女にとって安全な場を、男たちにつくらせたのだといえます。女にはかなわないな、といいながら男たちは、それを利用してきました。でも、まだ女たちは自分の内部にある「誰にも害をあたえず誰からも害されない自由」を捨てようとはしていません。いいえ、それを自分の外の世界にものぞんでいるのです。平和とはこんなにひとりぼっちな気持を基にしなければならないのでしょうか。

次に、女の組織もいくつかできてきていますが、その組織の内側には、はっきりした家父長制ができあがっています。たとえば、一般の主婦を優先させることをしぶる幹部主義の炭鉱主婦協議会。その炭婦会を加えることをいやがる地域婦人団体連合会。いっぽうにはたとえば公民館の婦人運動を批判したくともできないでいる女たち大衆がいる、といったぐあいです。こうした関係のなかにも、家父長制の再生産をみることができます。

こうしてみていきますと、オヤジ中心主義をつくった権力をくつがえすために、被害者として集まるだけでは女の根本的な解放にはならないということがみえてきます。自分をとざしている殻を、わたしたちの手でやぶること。それは被害者が、権力にたいして加害者になるときです。わたしたちは、偶然に知りあった仲間と、日常生活のなかでこのことをやる以外に場所はありません。自分のいまいる場所で何をすればいいのでしょう、まだひとこともしゃべっていないわたしたちの本音を吐くために。その手がかりの一つをいまここにつくろうとしています。

会員の女たちの大半は、書くことと無縁であったから、わたしたちは各地域にサークルを作り、各サークル内での主要な問題を集会に持ちよった。それは折々の座談会でも話し合われた。「無名通信」は一九五九年八月から一九六一年七月まで毎月発行されて、会員に配布された。各地に散在する「無名通信」グループのなかで主なものは、宇部興産炭鉱労組に所属する主婦のグループ、福岡市の大学・全逓・銀行などに勤務する者たちのグループ、中間市・山田市・水俣市・鹿児島市などのグループであり、階層も多様にわたりそれから派生する家庭的・社会的問題も多くて、それら諸現象に抵抗しつつ女たちに共通している意識の原型をさぐりあてることはなかなか困難であった。わたしたちには、何か根源的な打ち出しができていない思いがつよかった。戦後多くの面が開放されて社会とのつながりもできてきたし、特に若い世代は男性と差別されている思いは皆無といってよいほどであった。が、それでいて女の全生涯を綜合的にとらえて対象化するキイ・ポイントは作られていない。その肝心な一点が、つまり女性像と世界像の接点が思想化されていない思いがふかかった。

森崎和江は六〇年冬に「無名通信」に大要次のような総括をしたが、なお不十分で、つるべは地下水にとどいていない。

……一九六〇年もあと数日です。この一年間、女たちの運動はほとんど動きませんでした。安保や三池に参加しましたが、そのことは存在の裂け目を知覚させたまでで、その知覚は表現以前のまま個体の内にとりのこされています。

「無名通信」は女を自己規定することで前衛たらんとする者の集団です。女たちが心理的に逃げこみやすい場は、欲望ゼロ地点なのですが、それはこうした社会参加による公私のくらしの分裂の結果いっそうふかまります。この欲望ゼロ地点をのりこえるためには、その根を女たちの内部におろさせた原因をとりのぞく必要があります。

女の意識の母体は家族関係内における諸労働です。労働力の再生産のための諸行為です。そこに注がれたエネルギーの堆積が女の意識をつくってきました。けれどもそれは思想化されてはいません。また、それと歴史時間との間の媒体は折々外部から持ちこまれるだけで、私たちからのものは、何もありません。そのことを証明しようとしているこれらのことばも、相互のかけはしになりえていないのです。これが女をもっともふかく苦悩させます。

この無音地帯の認識如何によって、婦人運動は女という存在と社会変革運動とを根本から統合すると思われるのですが、今のところその労働力再生産へかけられたエネルギーを社会的な労働にとってかわらせることで解決されんとしているかのようです。しかし女の労働力が買い占められる反面、家族制度は形態を変貌させつつより強靭になっていて、その内側で生みつがれている労働力再生産にかかわる女の意識のプラスマイナスは、あいかわらず社会的に普遍化されずに残ることになります。

この方向線上で進歩運動を行なう男性労働者と意識を共にするのは危険です。その共闘は錯覚にすぎず、結果的にはプロレタリアートの思想形成の発展をおさえてしまいます。反体制運動は潜在する部分の顕在化運動でもあります。私たちはかんたんに顕在化しえるところでたたかうことを拒否し、よういに社会化しがたい生活のうめきを、無鉄砲に投げだしていきましょう。

——こうした総括と方針は、無名通信グループを孤立させた。ことに宇部興炭労のなかで、無名サークルと称した彼女らは、あたかもアナーキスト集団のごとく合理化闘争をとおして独自にたたかい、労組・炭婦会のみならず家庭からも自立し自活し、幾人かは離婚をしまた恋愛をしあらたに家庭をつくったりしつつ彷徨した。それは労働運動が経済闘争から合理化反対闘争を経てやっと存在回復のためのたたかいへ至ったかのようであった。

が、闘争の一部分にそのような運動が生まれたとしても、彼女らはそれが新しい個別的結合という形で一対ごとに内閉しがちなことに疑問をもった。彼女らはその性の対関係をもくるみこんだ開放的闘争集団の論理を欲しがって、それを森崎のもとへ持ちこんだ。森崎はしばしば彼女らと討議し、性の一対がその内部に溜めていく形而上性を集団のもとへ還元する時の、その還元法が、性の対関係の重大な問題となること、自分はそのときに各個体の原論理にしたがった自由な裁断を尊重することを一対のルールとしたいと考えるけれども相手に認可してもらいたいが……とくちごもった。

「無名通信」は内部の主題があきらかになるにつれて主題の論理化と論理の具象化の貧しさが目についた。わたしたちは、わたしたちがかもし出した主題が、個体の諸体験や感覚の論理化などで開拓できぬものであることを知った。

「無名通信」を解散したい、と森崎がいった。そして、わたしたちは体験の深化いがいにここを抜ける道はない。ここを越えるために多様な体験をよせ集めることではだめだ。多くの人へ呼びかけてグループを拡大させても、いまの位置を深めることはできないから、わたしたちの交流の結果を各自が肉体化する時間を持ちたいと思うとつけ加えた。

それはやはり反撥を生んで、あなたはひとりで考える力があるからそういうけど、わたしたちはどうしても交流の場がいる。たとえ誤りをふくんでいても、交流しながらやっていく道はあるはずだ、とくにヤマを離れてばらばらになる時期だから近況報告だけでもいいから必要だ、と宇部の無名サークルがくりかえした。森崎が強引に解放した。

（註　「無名通信」は河野信子の個人誌に同名のものがある。これは交流誌「無名通信」解散後、会員であった河野が森崎と相談の上同名で刊行しているもので、交流誌の挫折点を越え未開拓部

分へ鍬をいれるべく河野が「女の論理」を追求しているユニークなものである）

次に同誌が折々に行った座談会の一部をあげて参考とする。

座談会　女たちは何が欲しいのでしょう

森崎　私はよく考えるの。いったい女たちは何を欲しがっているのかしら、と。これだ、とつき出してくるものがどこからも聞えないようで。何を欲しがっていいのか分らない状態のように思える。

豊原　私は小さな時から自分の欲望を持たなかった。はじめから自己主張は捨てていたように思う。そして最近になって人間は結局一人だと考えてしまう。でもそれはそもそもはじめから自分の欲望をうち出さなかったからで、人間は一人だ、とほんとうに絶望してしまわないものだから、深い結びつきができないのだと思う。

大長　私は十月の適当な日に自分の荷物だけ引越しさせて彼と結婚するんです。式もなにもしないことにしました。人間の結びつきの深さという話が出たけど、私はまだ自信ないんです。ただ彼は学習サークルやっていて、どちらかといえば政治的で組織力を頼ろうとするし、私は文学サークルをやっていてもっとなまで率直なものを信じようとするんです。一緒になるということはすぐお互いの考えを統一したいということではなくて、それぞれが持っているものを深めていく、深くなることで一致する点があるんじゃないか、と考えています。でも、深く考えていたのが浅くなった、どういえばいいかしら、私が組織的な考えに近くなり、相手が感覚的になってきた。そうなってはいけない、そんな不安があるんです。

土津川　いまの話で思うのだけど、主人と話をしていてはっとする時がある。俗にいう女らしさが残ってるのに気づく。自分自身をとことんまで見抜かずに寄りそってしまう。寄りそわねば日常生活がうまく動かないことが多いでしょう。そういう自分に抵抗していながら、どこかに、よりそうやさしさにみせかけた女のいい加減さがある。

江藤　それより、もう話さずにさっさと自分でやりとげてしまう。そんな人間関係の方が多いんじゃないかしら。ほんとうは相手と一緒にやりたいのに、一人でやった方がめんどくさくないという気持。

松井　まず、これが欲しいというものをあきらめている。いやもっと弱い。そう考えようともしないというべきでしょう。そして、実は見切りもつけていないのに一人の気楽さに坐りこもうとする。かといって人々を捨てることもしない。女にとっていろんな障害があるということは、いい口実になっている。

大長　こうした女の内部をつきつめていくことで、女たちも組合運動をするといい。それだのに組織力を強めるということばかりに流れて、そのことと日常心理とがからみ合っていない。ですから組合運動している女たちは、一般の女たちよりとびあがる。まるで男の世界へいったみたいに。
土津川　私たち炭婦会もそうだといえます。女がそういう状態でいるかぎり、男は安心してるんですよ。ところが「無名通信」で、私は無名になりたい、と宣言したでしょう。うちの組合の役員がそれを読んで、こんな大変なことという女はふみつぶせ！　といった。女の集団のガンを切るのは、男の集団のガンを切るやつだから。こいつ男の敵だ！　なんて。だら幹が……。
阪田　そんな男にとっては敵だけどね。ほんとうはそのことで男たちと女は一緒のところにおれるのよ。
土津川　私は、手あたり次第何でもやった。ともかく何かしたくてエネルギーを発散していた。そして、女というものがいやで、好かんでしょうがない。女というものから逃げようとした。逃げても逃げても逃げきれん。で、とっくんだ。サークル、炭婦会、学習会、綴り方。そうしてとっくんでみると矛盾が次々に出てきた。そして自分のやりたいと思っている自分の虫がつかめるようになってきた。すると自分の中の古さが見えてきた。そして自分の虫と古いものとがたたかい出した。だんだんひどくなってきた。つらいけど、そのことが或る新しい楽しさを生んでくれる。虫が折れて、小さくなって、動かなくなる時は本当にくるしい。そんな時は、自分を叩きのばしてくれる人が欲しくなる。
野口　生活綴り方を土津川さんたちとしているし、随分話し合うけど、最後のところで、私は投げたり、あきらめたりしてしまう。いらいらと空しくなる。とうちゃんのことなどほとんど無関心になってしまって。

土井　女の人たちは、思想的に集団になるというより感情的。こちらの炭坑で婦人会に人気が集まっているところをよくみてみると、炭婦会の幹部批判なんです。幹部がきらいだから炭婦会にはいらず婦人会に、となってる。

松井　組合も解放されてないのですよ。「女は愛嬌」主義が根づよくて私などきらわれる。二年前、会議にそのことが持ち出されてね、飲み屋のねえちゃんじゃあるまいし、いつもにたにた笑っておれるか、という結論になって無事だったのですけど。

土津川　女らしさがないといわれると、炭婦会のものもびくっとする。でね、私は業をにやして、そんなに女らしいということが気になるなら、私は一向にあんたらのいうのを女らしいと思わんけど、こうしようじゃないの、といって、ストの時だったけど、「会長、あんた笛を吹くとき、〝ビリッビリッ〟と吹かずに、〝ピイリリイ、ピイリリイ〟と吹きなさい。つづいて私が『ワッショイ!　でございます』というから皆一緒に『ワッショイ!　でございます』とつづけなさいよ」そういった。あんたたちが女らしいというのはこんな形式よ、ご満足でしょうとね。つくづく情ない。私はとうちゃんとみせかけでなくて本当に一緒になりたいとおもう。女は、それをのぞんでる。

森崎　故郷について私たちがどういう関係をもっていてどういう感じ方をしているのか出してみましょう。

森田　私は故郷といえば東北を漠然と思い浮べる。父は山形、母は秋田。私は新潟で生まれ岩手県で小学校へ行った。信濃川発電所充電係にぜひといわれて勤めていたけれど、父が亡くなって岩手を追い出された。雪の深いところで冬は屋根の雪おろしをせんならん。雪おろししないと家がつぶれてしまう。そんな家が出ると村の恥になってね。女世帯では雪おろししきれん。春になったら雪おろさんでいい所へ移ろうといって出た。そして鹿児島の指宿《いぶすき》へ行ったの。そこで私は飛行場の小使いになって母子五人食べた。指宿で終戦。塩田工場で働いたけど日給四十円。大豆が一日五合しか買えん。大豆だけ毎日食べていた。その時炭坑が募集しているのをみて、私が率先してやってきた。そしてずっと炭坑で働いている。故郷といえばやはり東北だろうというくらいの密度で浮かんでくるけど、岩手にいるときレプラ部落に住み一緒に遊んでいた娘たちがつぎつぎに隔離されていったりしたのを思い出す。

土津川　私は炭坑でとれた生粋の炭坑っ子。だから同じ炭坑でとれたもんと話が合う。同じ炭坑ぐらしで「ナンカ、炭坑モンが！」と二代目を軽蔑する、定着したものを笑う。「わたしのウチはね」という形で故郷が語られる。炭坑の身分意識はこっけいとも情ないともいえる。学校にいけば町のものから「炭坑のバラ！(ばらす、殺すという言葉が転じたのか)」といじめられる。帰れば「ナンカ、親の代から炭坑もんが！」でしょう。子供心にもクソ！　と思う。いばるところがないもんだから、親の出身についていばっていた。「うちのかあちゃんの姓は荒木で士族、とうちゃんは浅野で士族じゃ」「士族いうたっちゃ先祖は誰じゃ分らんじゃろう」「荒木じゃからたぶん荒木又右衛門じゃ。うちは荒木又右衛門と浅野のムスメじゃ！」といばっとった。

豊原　私は朝鮮からの引揚者。朝鮮で日本人同士の身分差は子供の間では皆無だったと思う。朝鮮人への支配者意識でかたまっていたんでしょうね。

河野　外地へ出たものには二つの流れがあって、小ブルジョアジーとしてある程度の支配的地位をもって出たものと、労務者として出たものがあるでしょう。その間での差別感はかなりのものがあったと思うけど、あなた達が小ブルとしてかたまってたもんだから。

豊原　労務者として出たものは、みな一旗組で、私のまわりではリンゴ園を経営していた成功者ばかり。成功してないもののケースを知らない。私に故郷はない。最終的にもどっていくところ、最初出たところ、そういったものがない。

野口　私らのところでは、トコロへかえってくる、というふうに故郷のことを話す。私のトコロは山口県の祝島。そこで生まれ育った。漁師が主で田が少なく、田のない家や漁師の子はバカあつかい。米は一町で二斗くらい穫れる。供出米は多い家で一斗。五升。遣唐使の船にのっていた人が祝島をうたった歌が万葉集に出ているけど、その歌が祝島の名づけ親。

森崎　学校で聞いた話？　それとも島人が話をするの。何か伝説のようなのは？

野口　学校の歴史の時間に聞いた。古い島人はよく話をしていた。伝説は平家の落人が三人島にあがりついた。それが先祖だということ。島では、よそへ嫁さんに行くと変な目でみる。よそもんへ（他国者）と一緒になったといってさげすむ。島じゃうかつに悪口いわれん。みんなどこかの親類で、バカと神経（気狂い）が多かった。学校の教室に神経が入ってくる。あばれる、私らは山へにげる、そんなことは普通だった。いやらしく、きたなくやりきれん。あんたら島へ行ってごらん。舟が舟付場に近づくと黒山のようにぞろぞろ島人が降りてくる。そして舟から上る人をじっとみている。近づいて頭の先から足の先まで見る。手で服や持物にさわる。どこで何をしとったかを品定めする。島へ帰る時は炭坑の者は借着して借金して行くのよ。重くるしいつらいところよ。私は島を追い出されたのよ。私の家は貧乏漁師。田のある家の息子と恋愛してどちらとも許してくれない。私は自分で働いて、と思って本土へ渡って料理屋で働いた。そうしたら勤め先がわるいといって軽蔑する。しまいにはヌスットしたげな、ということまでいって島へ寄せつけないようにしてきた。夜這いはいいけど恋愛はいかんという空気。男女ともに出稼ぎに出る。私は出た先がよくなかったというの。女は普通、紡績か女中。男は冬は酒つくりの手伝い。島で揖子をする者も多い。島の食事は麦一升に米二合くらい。朝は芋、夕方は粥。「兄《あん》やんママろー、ママいうてもイモろー、辛かほうがおかる（おかず）ろー」といって兄弟を呼ぶんだといわれるところなの。漁師のほうが食事の状態はいい。みな衣裳道楽。山に働きに行くとき化粧すると、貧乏人の子が白粉つけたりしたらいかんと叱られる。仕事がなくても何かしとらなのうなしといわれて駄目。

森崎　のうなしといわれることを怖れるのは何故？　のうなしの反対は何？

野口　食えないから、ということより、働くことが財産になるの。嫁入りの条件になる。のうなしの反対はしんぼう人。それが肩書きになる。あの人はしんぼう人じゃ、といえば大した人じゃということになる。その上に、警察、医者、先生がいて何不自由ないくらし。その上が寺。五五〇軒の中に寺が三軒で裕福にくらしている。

土津川　檀家などで問題ある？

野口　別にないけれど法事の費用が大変。お寺の堂に供物の高をはり出してある。二十五年ごろで最低千円。家での費用は別。貧乏人は麦をあげるところもあるので、日和りの日は庭いっぱいに麦干ししている。米屋に麦買いに行ってないときは「寺に買いに行ってみなされ」といって私らはよく買いに行っていた。

中間　私らの田舎では「猫、バカ、坊主に食いはぐれなし」というけど。

野口　それにひきかえお宮の殺風景なこと。ボロ垂れてね。青竹かついで山を降りござった。見ていた者が「戦争中白足袋はいていばりくさって罰があたった」といっていた。寄付のしてがいない。ただ、四年に一度「神舞」が九月に一週間ぶっとおしである。「入舟」という式があって瀬戸内海の舟が集まる。その時がお宮のかき入れどき。島の人間には憎しみばかり湧いてくる。親へ対しても。親がまた来た、といって憎むのが普通。親が子に頼るし、子のものを取ろうとする。競争して親元に贈り物をして誇りにしあわねばならない。親なし子が多いし。結婚させないから。子供が生まれても籍に入れないで母親のもとに置くことが多い。

河野　野口さんの話のように生産に密着した生活の基礎が私にはない。八幡で給料取りの娘として生まれ、隣近所はないし、垣の外は御挨拶程度。小学校五年の時祖父が死んで田舎の店が二軒のこった。父の弟が経営するところを母がちょっかいいれて、半分は我々でやろうといって田舎へいった。すごく妙な奴が来た、言葉も覚えん、といって仲間はずしにされた。担任の先生が教えにくくて困りますといって来られるし。歴史だけ専門の先生が教えることになってすっかりクラスの門外漢になる有様だった。女学校は他の土地への通学で田舎でのつきあいは全然なかった。

中間　私はふるさとといえば、田、畠、隣りのおばさん近所のおじさんの顔がぱっと出てくる。みんなよく働いていた。私の所は農家だけど父が役場へつとめたりしていて、なまけもののほうだった。でも景色ととけ合って思い出される。そして、そこを離れたくないという人が多い。私などおちぶれたら帰るんじゃないかしら。

土津川　私自身は沖の山（炭鉱の現住所）がトコロだと思う。でもね、ひとつ聞きたいことは、炭坑では夏休みなど子供を連れてトコロへ帰る習慣がある。私のとこは土津川も沖の山で、夏休みがくるたびに息子が「みんなトコロへ行くのに、俺らのトコロはどこか」という。「沖の山じゃ」いうてもなんでやといって親を困らす。どういうことなんだろうねえ。

森崎　沖の山では他人の炭坑で労働を切り売りしているわけだから人間の全部をあずけるわけにいかんという姿勢はあるでしょう。例えば経営も自分達が共同でやっているとしたらどう。

土津川　ああ、そりゃ違ってくる。北鮮へかえる人が「祖国」というでしょう、祖国とは何だろうか。

梶塚　中国で生まれたけど、日本が祖国とは思わなかった。祖国という観念がなかった。

豊原　朝鮮では優越感としての民族意識しかなかった。天ちゃんなんていうと父が叱る。お前達は日本の国を愛することはできないのではないか、と。

土津川　日本の国は天皇の国であるという考え方が多いね、天皇の国におらしてもらってるんだと。

坂田　香月で生まれたけれどそこが故郷だという気はしない。そこから出発するほかないのだけれど。

梶塚　田舎には個人という観念が少ない。父が厳格で墓参りとか祖先とかやかましく言った。墓参りをしたとき、ああ、ここに母も埋まるのか、と思うと母に対するあわれさがにじんできた。

野口　あんな島には埋まりとうなし、主人のところもいやだし。

森崎　自分を鋲でとめるところという意味では私も亭主一家の墓地はいやだと思う。誰のところでもごめんだという気持は強くて、谷川と阿蘇山がいいといって山へ行ったらそんなこだわりがぽろりと落ちた。大衆の中に埋まりたいと思う。

豊原　無名通信の墓がいるね。

森田　指名解雇でまっさきにやられると思うの。もう山田市にはいたくないなあと思っていたけれども、仲間たちが出て行かないで、という。そんな気持の交流で自分をかすかに引きとめるもの、自分からふみとどまるもの、ができかけている。そこだけが頼りという気持。

河野　そういう形で故郷は自分で作り出さねばならないものとして私たちにあるのでしょう。

土津川　土地ではなくて、仲間があるために離れられないもの、それがいまの私の故郷という感情に近い。私たちがサークルで始終話しあうので亭主同盟ができた。うれしいよ。そして亭主同盟と私たちと毎週土曜に話をするの。妻とか夫とかいう狭さの中では深まらないものが違う次元から連帯感として湧いてくるのよ。

森田　私のところも亭主たちのサークルができた。故郷とはこうして作り出すよりほかにないね。

なお同誌上には会員らの意見の多くが提出されたが、それには既成の政党や集団によって女たちの発想の特質が圧殺されたりゆがめられたりすることに対する個々人の、また「無名通信」グループの抵抗がしるされていた。その中から次の意見をあげておく。これは三池闘争をはじめ多くのたたかいの場でうたわれてきた「がんばろう」に対する会員の往復書簡である。

森田ヤエ子さまへ

中村きい子

どうしてもひっかかってならないのです。素直にのみこめないこのことをあなたにおききしなければ私の胸はおさまりそうもない。

それは他でもありません。いま三池の労働者をはじめ、こちらの青年たちの間でもうたわれているあなたの作詞の「がんばろう」の一部を変えさせられたそのことについて、私は納得のゆかないものがあるのです。「ヤエ子さんもそれを変えることには異議があったのだけれども党の決定にしたがわれたのです」とこちらの女の党員からそう聞いた私は「三池でなければ私は燃えつきることができなかった」といわれたあなたの言葉を間接にきいている以上黙っておれないのです。

三池でしか燃えつきることのできなかった女のこぶし、そのあなたのいのちのいぶきの重みをもった「もえつきる」を十把ひとからげ的な「もえあがる」といういとも安直な言葉にすり変えてしまった。大義のためには小事は捨てなければならないとか、自分の考えを持っては統一を乱すことになる。依然としてこんな東洋平和のためならば的なことを口にしている党員たち。このシステムの中にぽっかりあいている曖昧模糊とした穴に落ちてはならない。が故に私はいっそうあなたをゆすぶりたいのです。三池でなければ燃えつきることができないといった女の問題などそうしたシステムの中では極めてとるにたらないこととみているのでしょうが。

もちろん、それにはあなたご自身での異論がおありだったときいております。それを聞きたいのです。あなたのことだから決して容易な妥協はなさらなかったことであろうその経緯をおきかせ下さい。もしそれが私の場合であったらと考えるからです。私のいだいている実感を、主張を党のために抹殺され、矯められたとしたら、私は自分が骨抜きの人間になるよりほかないというおそれを抱いているからです。なんとしてもひとつの色調をむりやりに塗りこめようとするその決定こそに深い疑いを抱かないわけにはゆかないのです。

中村きい子・森田ヤエ子の往復書簡は前号に掲載しました森田ヤエ子作詞・荒木栄作曲の「頑張ろう」についてです。その原作は「闘いはここから」という題であり、第一節四行目が「もえつくす女のこぶしがある」でありました。うたごえの指導部で題を「頑張ろう」に、四行目の詩句は「もえあがる女のこぶしがある」に変更しました。なお三節の最後に「オウ！」と呼び声がいれられています。（編集部）

頑張ろう！

つきあげる空に
くろがねの男のこぶしがある
燃えあがる女のこぶしがある
たたかいはここから

たたかいはいまから

中村きい子様

森田ヤエ子

お手紙ありがとう。お体の調子はいかがですか。降りつづく雨でよりよい健康をとりもどされますように。……

鹿児島で「闘いはここから」が歌われるとは思ってもみなかったことです。いま原稿に二十枚ほどこのうたについて書いていますが、おもむきをかえて男たちからもらった便りを公開したいと思います。

――大変立派な詩をありがとう。〝俺たちの胸の火は〟〝闘いはここから〟ともに作曲を終り、〝闘いはここから〟の方は昨日レッスンでうたい大好評です。こんどの日曜日ホッパー前でひらかれる「三池を守る全国うたごえ大集会」にあなたが出席されることができたら両曲とも聞くことができるとおもいます。〝闘いはここから〟はうつくしい印象的な状景が概念におちいらずにとらえられてあり、うたごえの詩としては最高です。〝もえつくす女のこぶしがある〟というところ昇華された美しさに涙がでるほどです。曲はまずこの部分から作られました。絶対に自信があります。いろいろとくわしく書きたいのですが、五日にぜひいらっしゃい。ホッパーでこの歌の真価を確かめましょう。……

荒木　栄

――ヤエさんここ一週間こんどヤエさんが書いてくれたうたを持って社宅に入っています

が、炭ほる仲間と同じように良く歌われます。きっと全国の統一行動の中でもうたわれひろがってゆくことでしょう。簡潔で力強いメロディ。僕は非常にすばらしい歌だと思います。ただし題と「もえつくす」の所は、みんなの意見を聞いて改めました。荒木君は大いに反対したし、原作者のヤエさんとしては一番大切な所を……とふんがいすると思います。でもやはり〝頑張ろう〟としたことは正しかったと、この一週間の歌唱指導で確信を得ました。「もえつくす」という表現こそ〝どんづまり〟のヤエさんが一番いいたかったことでしょう。ヤエさんの力強い反論を待っています。またそうした執念がないと詩など書けるものじゃないとおもいますから。しかし歌としたらやっぱり「もえあがる」なのですね。ここに相違があるようです。……　　神谷国善

作詞者との話しあいも持たずに「歌いひろめた方が勝ちさ」「もえつくして何が残るのか」「もえつくすなどという表現は森田の最も悪い思想のあらわれだ」と発言した者もいます。同じ砦の中にいて。歌詞の最後の〝オウ〟はうたごえ好みによってつけ加えられています。私はいま声をひきつらせてうたごえ運動の非をなじるより、私が生まれおちた土地に語りつがれたことばを思いおこしています。それは「おぼえていやがれ二十日の闇夜」

# 五章　飢える炎

牛の臓物はぬるりとして、金網からしばしば火のうえに落ちた。紫の煙がたえまなくあがった。いくつかの炭火はあぐらをかいた炭坑夫らの太いズボンでとりかこまれている。火のくずを指ではらい灰のまま臓物は彼らの口にほうりこまれた。誰も彼も大声で議論をしていた。

「こげなとこがうまかばい」

先のこげた箸がわたしの皿にふいにのびて焼けた内臓の一きれが置かれた。低いその声はひどくさみしいひびきをもっていた。どなりたてていた彼らが、口をつぐみ、ふとこういう声をだすのである。なぜだか、彼ひとり不幸にあっている人のように思える。

「うまかよ」

と、うながした。わたしが口にいれて、「ほんとうね」というのを待っている。そういうと突然、

「炭坑《たんこ》たれでちゃ、きんたまは太かばい」

と頭上でどなった。もう渦まく声々のなかへわけいろうとしていた。

谷川雁が、「ふとかばっかりで役にゃたつめえが」と煙のあちら側で応じた。彼は労働者らの自信なげな放言をすばやく受けとめて、彼らの不安定な感情の止まり木たる役を、こまめに、しかしさりげなく万遍なく行う。

「役に立たん？　だれがや！」

わたしの皿に焼けた臓物をのせた坑夫は、安堵して叫んだ。雁がどなりかえした。

「ふとかとがよかぐらいに思うとろう。拝ませにゃ、女に」

「ばかばい、雁さん。拝ませるのはきんたまじゃなかばい、なあん知らんのう」

彼は赤い顔をつきだした。誰かが、

「ついて行くのはご門まで……」

とまぜかえした。新顔の坑夫たちは、きめ細かで張りのある谷川の応答に、感泣しているかのようにはしゃいだ。炭坑を見にくる者はおるばって、こげな炭坑んなかまでなりふりかまわず入ってくるもんはおらんばい。あん人は金持ちの坊ちゃんげなじゃんか、たいしたもんばい。出るとこさへ出りゃ部長ぐらいの金はとりきる人じゃろもんなあ。なんがや、社長ぐらいの腕はあるばい、頭のよかもん。社長？　そりゃちっとなんかも知れんばって、とにかく東大出げなもんな。

彼らは彼らだけで内輪ばなしをして、頬を赤潮させた。何か自慢でならない感動が流れあった。

その夜は、「サークル村」の会員である炭坑労働者がサークルなどに縁のないヤマの若者を連れてきていたのだ。彼らは、字は好かんが飲むのならよか、といった。谷川が、

「字が好かんも好くも、どだい字なんざ知りゃせんとじゃろが。おまえ、自分の名ぐらい書ききるとか」

といい、

「ばって、石炭掘るのに字で掘るわけじゃない。字なんざ用はないが、昔はヤマには腕千両の坑夫がおったが、おまえらはその腕も持つまいが。

おまえの自慢は何か。飲むことか。女か、博打か」

とたずねてホルモン焼に引きつれていったのである。「サークル村」会員で事務局にたむろしていた者も子どもらも一緒にぞろぞろとのれんをくぐった。

「酒も女も博打も、おれに勝つもんはおらんぜえ」

彼は新顔の坑夫らへ挑戦した。谷川が強引に森崎和江をその婚家からくどきおとして来たことを知っていたから誰もだまった。

「しかし、上野さんはあんたのごと薪割りや飯炊きなんか加勢しやせんばい。あんた女の尻に敷かれとるのじゃないのかね」

遊びに来ていた共産党員がいった。上野英信ら夫妻も谷川らやわたしらと似たような再婚組であることを知っていたから、夕方ともなれば路上にまで出てきてたのしげに薪割りをする谷川に

彼はへきえきしてたしなめたのである。

「女にとことん惚れきらん男になんができるか。めし炊きぐらいで尻に敷くような女におれが惚れると思っとるのか」

たしなめた男はいっそうげんなりした表情を露骨にし、「おれは帰る」といった。

「ああ帰れ、もう来るな。

おい誰かおれに花札教えろ。いっぺんでおまえら、じごが出るごと打ち負かしてみせる」

新顔の坑夫らはわめき立ち、彼らを連れてきた炭坑の「サークル村」会員たちは微笑した。そして彼らは彼らでサークル論をはじめていた。

煙草がたたみに散って、木炭や紙くずや皿のたぐいが散乱していた。小皿をおしのけて、室井賢が仰向けにねころんだ。目をあけて天井をみている。またあのことを考えている、とわたしは思う。わたしは知らぬ顔をしていた。

一、二カ月まえの夜、彼が読みかけの本をふせてどたりと倒れると、

「……おれは実務的な仕事をきらってるんじゃないんだ」

といった。

「君はサークル村をどう思ってるかしらんが大勢が固定してしまったなあ。

おれはね、もうああいう実務でやっと動いとるようなのは……」

といった。事務的な諸事を責任をもって行っていた上野英信が去って幾ばくも経ってなかった。

上野夫妻は谷川雁・森崎和江の家庭との、一つ屋根のくらしを解いて福岡市へ移ったのである。彼は夏の間に体力を弱めていた。原爆体験者であった上野の健康の不調は、水をすかし見ているような不安をわたしらに持たせていた。けれども彼は一言も口外しない。肉体的にも精神的にも全力で堪えている感じがにじんでいて、事務局の錘のひとつとなっていた。それはここを訪れるものに、自己のかるがるしさを痛感させる力となった。

けれどもそれを一面で肯定しつつ谷川は、

「耐えるってことはね、上野さん、悪徳ですよ。被害の域を一歩も出られないじゃないですか。わめきなさいよ。大声でわめきなさいよ。状況を変革させるエネルギーは棺桶のふたを閉じて耐えたって湧いてくるもんじゃないですばい。あなたの発想はまちがってる」

と肩で息している上野へいうのを常とした。

「だから表現が古色蒼然となるんですよ。いつでも芯が残るでしょう。表現ってのはね、その残った部分だけとりあげりゃいいんだ」

「……しかし、原爆ってものは、これは耐えるなどというしろものじゃありませんねえ。ええ、そんな……わめく、などとも違う……」

彼は医者へかからず売薬も用いなかった。

「しかしね上野さん、あなたの『炭坑』もそれに一脈通じてますでしょう。炭坑夫はね、耐える姿勢のやつは駄目なんですよ。耐えるなんてことで拮抗できる世界じゃないんだ。あくまで拒否しなけりゃ、むこうに捕えられてしまう。あれへむかってわめき得るかどうか、たったそれだけなんだから。炭坑が状況変革の契機となり得るかどうかは。

そのわめきをいかにして引きだすかなんですからね」

「しかしそれでもなお残るものがありますよね。が、これは自分の生きざまへ対する未練かもしれません」

上野は常に第三者について語るように静かに発言した。

彼ら二家族は食卓を一つにすることは、数回で止していた。

「食べもの共同体はご無理ですね」

それぞれの女たちは笑った。

「ぼくは便所の裏に生えるようなもんは食いもんとは思わんもんなあ」

つわぶきの煮しめといった山菜を好む上野は谷川のその放言を受け流して、ゆったりと梅干に茶をかけてすすった。

「かなわんねえ」

谷川が立ちあがると、その座にいあわせたわたしら会員は居心地わるげにした。わたしはその雰囲気に圧迫されて、

「梅茶ってのをあたしも一度いただいてみようかしら」

といった。梅干に茶を注いで飲むということが珍しかったのでもある。谷川がわたしの好奇心

を、

「君は味覚に定見がないんだな。こんどは梅干に砂糖をかけて食うてみんかね。これはわが南九州の老醜どもの食いもんだがね、気にいるんじゃないのか」

と振りむきざまに笑った。室井腎が実に痛快そうに笑声を立てた。

「契子は梅茶をハクライの飲みものふうに味わってるんですよ」

といった。

「そうよ、どうせ朝鮮ですから」

わたしは湯のみの梅に茶を注いだ。上野が「どうです、うまいでしょう」と不動の味覚でいい、もう一個とりあげて熱湯を注いだ。

その上野英信の不在は、事務局の実務的な要を不安定にし、事務をたちまち停滞させていた。室井は当面の実務は手早く片づけたが、総合的な処理を必要としはじめると、「書記的な仕事は創造を志すもののやるようなことじゃないよ」と苦痛らしく放置した。彼は「サークル村」によって実験的につくりだされた集団的結束が、より効率をあげる運動の形態を模索しはじめていたのである。それは文化的生産性よりも外界へ対する政治的直接性への試行である。その心動きはわたしに壁を叩くように感じとれていた。

谷川雁は「サークル村」の全国版である全国サークル交流誌の発刊を、国民文化会議に提案して共産党から反党的発想であると攻撃を受けていた。が、彼は党の文化活動家へ個別に働きかけて、党の中央集権的な天下り方針を民衆の底辺の組織化でもってくつがえすべく奔走していた。

室井はその谷川へ全国的にみたって人材は知れているのだから、もっと直截に共産党攻撃の火ぶたを切る集団をつくるがよくはないのか、と提案したがっていたのである。そして更につきつめるなら、「サークル村」の全国拡大版という横流れ方式よりも、いま手もとに具体的に結束している心理・情念の社会的効率を、フルにためしてみることに関心の大半がかかっていくことを思っていた。

室井は今夜もどことなく冴えぬ表情で、新顔の炭坑夫や「サークル村」会員らが飲みつつ論議するなかに倒れている。彼はこのところ幾夜かこうしてためらった。東京では安保改定反対運動の内部の不統一が表面化して、六〇年一月一六日には全学連は新安保条約の調印のために渡米しようとする岸首相を羽田空港に坐りこんで妨げようとした。共産党はまっこうから全学連を非難した。炭坑では生活意識の基盤をゆるがすことのない政治的な運動へ対する冷淡さが、あたかも知識人へ対する労働者の不信のように、それらの運動へもふりむけられていた。

いま新顔の坑夫らは息をあえがせつつ、東大出の男が体を張ってヤマの生活へ潜行しようとしていることに対して、何でもって報いるべきかというように興奮していた。それは感動の率直な表現であって、人間並に扱われなかったあれこれが一時に清められたかのごとく谷川雁へいどんでいた。政治意識以前のふれあいである。

そうした心情へそしらぬ風情で小山宏が立ちあがり、人々の奥で目をつむって歌い出した。首からアコーデオンをぶらさげ胸をそらして歌った。

「赤いチョゴリで働くおとめ……」

誰かが彼に唱和した。

「……ゆたかな朝鮮、自由な朝鮮……」

障子が乱暴に開けられ、汁にひたした内臓の皿がつきだされた。

「おばさん、一緒にうたおう」

アコーデオンを弾きつつさそった。

「うちゃ、今から字の勉強しに行かにゃんと。朝鮮の字はむつかしかばい。いっちょん判らんけん、ぐらりするねえ」

「なんやおばさん、自分の字じゃないね、がんばらな」

「そげえいったってあんた、うちは日本で生まれたつばい。日本で生まれてここで育って働いたつばい。日本のことばを使ってなんがわるいか」

「わるくはないさ、けどねえ、自分……　しかし、おれは日本の字もよう知らんけん、おばさんにゃ頭があがらん。なあまあ、がんばりない。とにかくうたおうや。おばさん、アリラン一緒に歌おう」

「うちは知らんよ」

ホルモン焼屋の女はパーマをくしゃくしゃにしていた。小山宏はまた目を閉めて大きな声でうたった。人々はそれをちらと見て、ひとふしふたふし歌うと、またまいめい議論をつづけた。

「雁さん、S・Kはほっときますか」

室井は起きあがって、いった。いつもの表情にかえっていた。

「ああ、ほっとこうや」

と声がかえってきた。何通目かの通知書が来ていた。S・Kつまり共産党の細胞会議である。


明一九日午后六時三〇分より臨時細胞会議を開きます。本町二丁目五郎丸宅で。議題は中央委員会の手紙に対する返事です。前回の定期S・Kに集った同志でそれを決めました。現在細胞長が充分に責任をはたしてないので、細胞委員伊田同志が細胞長と打合せ、又は事後承認でS運動をすすめています。ここ二、三カ月の統計をみると、理由なく又は正当とみとめられないと思われる理由で、S・Kに出席しない同志が何人かいます。Sとしては、まとめて返事できない場合、一部の参加した同志のみでも返事をかくことになります。

この場合出席しない同志の最近の行動は単にサボっているだけでなく、意識的なものさえ感じられるので思想闘争の一つとしてとりあげ、それを返事のなかへ書くことも当然考えられます。これに意見のあるときは、S・Kに出て第二回目の返事に意見を入れるようにして下さい。このまま一部の同志がずるずると参加しない状態を長びかせるのは党建設に有害なので適当なソチもコウじたいと考えます。S・Kに参加する、集団討論して決定を実践することがもっとも大事ですから、今后、すべての活動を党に集中し、党を第一義と考え、基本のＳ・Ｋに参加することは絶対まもるよう強く要請します。

一九六〇年一月一八日　日本共産党中間細胞。　地区委員・堀川正道。同候補・伊田哲夫。

室井はそれを机上に放っていた。彼はまた寝ころぼうとし、横に坐っていた炭坑夫から、飲みない、とコップをおしつけられた。部屋の中は煙草のけむりと炭火が立てる紫の渦とで目がしばしばした。

伴子が「おうちかえろう」という。陵を負い伴子の手をひいて部屋を出た。

店の奥はがらんとして壁がしめっていた。砕けたコンクリートの床に、臓物がゴム管のように渦巻いていた。水がざあざあとそのうえを流れた。女が長沓をはいて動いていた。

わたしは伴子の手をひきながら皿を運んできた女へ声をかけた。

「おばさん、どこで生まれなさったの？」

「させぼ」

「佐世保？」

「あっちこっち行ったもんね。うちは佐世保ばってん、妹はちがうとばい。妹は田川で生まれちょるとよ。うちの人は、あれは長崎の炭坑で生まれちょるとよ」

「朝鮮のおくにはどこ？」

「あそこたい。ほら、港があろうが」

「釜山？」

「いんや、ほら、あろうが、唄の」

「ああ木浦ね」

「そげんそげん、そこのちかくげなよ。それぱってん、おとうさんが十三のときそこば出てきとるもんね。うちは知らんとよ」

「あのね、あたし朝鮮で生まれたのよ。あたしも、にほんのこと知らないの」

「へえ、そんならうちよか、朝鮮のこた、くわしかたい。にほんのこた、あんた、すぐわかるが。なんちゅうこたなかよ。あんた日本人じゃろもん」

「それでもねえ、なんだかちがう気がしてなじめないのよ」

「そうじゃろが。そいけん、うちらも帰ろうごた、ないとばい。いまうちの人が総連の役ばしよるけん、役しよるもんは帰るこたならんけん、よかよ」

「役？」

「うちの人、えらかとげな。いまもあんた長崎に行っちょるとよ。酒ばっかりのんでね、腹ん立つばってんね」

女はひどく顔をゆがませた。

「あんた、うちは頭が痛いとばい。にほん語もよう書けんとに、朝鮮語ば覚えないかんやろが。発音がむずかしいとよ。にほん語のごたないとばい。なかなか、ならんとばい。ぐらりするねえ。店のことせんならんやろが、子のことせんならんやろが、そして朝鮮語もせんならんやろが。あんた、女がなんでんかんでんひっかろうて、そのうえ字まで覚えなんとやけんね。男は口ばっかりたたいてから。朝鮮の字どん勉強して、うちらのごと店しよるもんが、あんた、どこでつかうね」

わたしは子らと夜道へ出る。どこでつかうね、と女がいったなと思う。どこでつかうね、とわたしが心にいう。

わたしの感覚の創造主である朝鮮の群衆と山河がほうふつと浮かぶ。わたしの心が激しく首をふる。あれをほろぼしてはならぬ、という。あれをこのにほんで使え、という。

どこで使うね……朝鮮は岩なのだ。

室井腎をはじめて不快がらせた日のことがよみがえる。泥土がねっとりと耳のうしろについている。六、七人の若者は、室井が話すたびにわらった。ゆらゆら体をうごかして、ぞうり虫がつらなって行くようなわらいを彼のことばにつづけた。人々のなかで、その度にわたしはぽつねんとした。

彼らは室井が郷里を出奔して、女と同棲しているそうなという噂の真偽をなかばはのぞきに来ていたから、室井はしきりと目顔でさそった。わたしに会話に入れ、といっている。彼はサークル交流誌について話をした。それはわたしが話す場合とひどくちがっていた。もっとも言葉もよく分らない。彼は鹿児島県と熊本県とが隣接する地区、鹿児島県出水市のはずれから遊びに来た若者に、彼らの方言で話をしていた。

にほんのどこの方言とも自分が緊密でないことは、わたしを二重に孤独にしていた。定着の場のない思いと、この定着しがたいにほんの外に固定している思いである。

嘔吐がつきあげた。わたしは席をぬけてトイレでげえと吐いた。コーヒー色をしたケーキの溶けたかたまりが便器にたまり、がっくりと気おちした。水を流せば吐物は渦をまき、あっけなく消えた。朝鮮は固かった、と思う。農民といえどあんなふうに決して歯をみせなかった、と思う。それは侵入者への抵抗であるといまは知っているけれども、幼時からそれしか知らぬわたしには、その対決のまなざしが母の教えのように信頼される。あれでなければならぬ、と思う。あれでなければ人間関係の正面切った信頼は生まれるものではないと思う。朝鮮は固かった。あの民族の美しさはその岩にある。わたしはこれからの生涯を、大きすぎるズロースみたいなこの追従の笑いにかこまれて生きるのか。それを愛しようとするのか……　手を放すと便器の水は音たてて吸われていった。

席へもどった。体をゆらゆらさせて彼らは笑っていた。

「……だから、いいか。全九州のサークルが決起すれば風塵まきあげて東京攻略ができるんだ……」

「あ、あ、あ、あ」

「ああ、あああ、あ」

なぜ口をあけて彼らは笑うのか。これは笑いか、声か、否定か肯定か。わたしはにほんへあがって、男たちをみたときの――みられたときの、異様な感動を思いだす。彼らの目はくらげの足みたいにわたしを迎えた。まつわった。それは性からすべりおちた無性のものらのかたまりのように溶けかかり、にんまりした。男性を感ずることが出来がたかった。

朝鮮人の少年の目。それはいつもわたしの性へ挑戦した。あたかも性に対する侮蔑が彼の総体の回復ででもあるかのように、全身でわたしの性の自在さをおしまげんとした。くぼむことのない性意識を持つことにふだんの緊張が必要であった。

わたしはにほんの男らが誰も、おまえはおれのもの、おれはおまえのものというまなざしで、わたしをみるのに驚き、失望し、そして愛せなかった。愛の手がかりがみつからないのである、彼らの性には。

……それでもわたしはここを愛することを知らねばならない。わたしはまぎれもないにほん人なのだから。けれどもなぜわたしはにほん人であらねばならないのだろう……

窓の外を電車がとおった、幾台も。

彼らと別れるや、おさえていた室井の怒りが顔いっぱいににじみでた。むっと口を結んで電車にゆられている。この人は、わたしに怒っているけれど、なぜ、あれらのわらいに怒れないのかしらと、わたしは並んですわっている室井の感情の生理をふしぎがる。玄関をあけるときにようやく彼が口をひらいた。声音を押さえていた。

「組織しようという熱意がないんだな」

「あんなに笑うのに？　あなたがひとこと話されるたびにぬらりと笑うのに？　あんな笑いで」

「そんなに笑っていたか？」

「いやねえ、気がつかないの」

室井腎はガスに火をつけた。電車に乗ってここまで帰りつくのに小一時間かかっていたから、彼がふっと表情をかえて、やかんをガスにかけたのにはわたしは驚いた。あの電車のあいだじゅう、怒りと不快をにじませてわたしを罰しようとしていたから、ふいにくずれた表情はつかみがたかった。

「それでは、さよなら。あたし自分の部屋にかえるわ」

「一緒にめし食おうよ。

……しかし、そんなに不快な笑いだったかなあ」

彼はたたみに坐り、また、あの渋面にかえった。そしていった。

「君、あれは無分別な従属じゃないよ。おれが三年も手がけてきたやつらだぜ」

「それではそれ以前はもっとひどかったということになるのね。

あたし、やりきれなかった。どうしていいかわからないわ、あんなの。せいいっぱいだったのよ」

「南九州に連れて行かんといかんな。阿蘇あたりに行くとよくわかるんだがな、あの意味は。あれはね、へつらいじゃないよ。同意さ」

「なぜ同意できるのよ。あなたが何を考えてるか説明しないまえから笑ってたわ」

「そうか」

「気がつかないなんておかしいわ」

「しかし君もよくないよ。彼らは百姓だぜ。それぞれ工員や公務員になってサークルなどしとるが、根は百姓なんだからね、君はやつらの本質がわからんというが、彼らより君は相手が見えるんだよ。なぜ彼らが説明をきくまえにすでに笑っているのか、君はその笑いの本質に同調できんのであって、その心理は見えてるはずだよ。見えてるだろう？　なぜ切りこまん。君の態度には取りつくしまがないじゃないか」

「切りこむ手がかりがないわよ。あなた方のあのわらいの共有は異質なものへの防禦だわ。あたし、あなた方ひとりひとりになら切りこめるけれど、あれはその中に入るか、それと無縁にすごすかしか手がないわ。論理ではないんですもの、あれは。

ひどいもんだと思うわ……」

わたしはどこやら憮然たる思いでいた。ではおまえはどちらでやってみるか、と問うてみた。あのなかにとらわれてみるか、それとも……

わたしは人質になるほかないと思う。おそらくにほん庶民の悪は、あのなかに、巣くっているのだ、と思う。なぜなら、あれを外から見得るものは、支配の目だけだ。わたしは上眼で室井をみた。その目を室井がみていた。わたしは自分の目をかすませるように室井へ寄り、抱かれた。わたしには、わたしの目がおそれられる。愛はまるでそれにかける黒子のようだ。

――室井はホルモン屋からなかなか帰って来なかった。伴子や陵を眠らせて事務局へ行ってみた。赤木守がにっと笑った。

「あら、あなた飲みに行かなかったの」というと、

「おれは静止こそ原点だと信じているんだ」

といった。

# 六章　「大正行動隊」Ⅰ

一九六〇年六月、九州サークル研究会は機関紙「サークル村」の休刊を内外に通知した。それは内部にかなりの抵抗を起した。そして十月に中村卓美を編集長に、第二次「サークル村」が福岡からガリ版印刷で出された。この誌上では主として六〇年安保後の前衛をいかにつくるか、ということが主題とされた。安保闘争・三池炭坑の闘争とつづいたあとであった。

九州サークル研究会は「サークル村」を休刊とし、当時の主要なメンバーであった大正炭坑の労働者が直面していた合理化反対闘争に直接的に関連しはじめていた。つまり運動の中心であった事務局およびその所在地近辺の「サークル村」会員は、その集団の運動を文化運動から反合理化闘争へと移行させたし、炭坑合理化に直接に関連を持たない会員らはこれまで掘り下げあった階級的創造運動をなお推しすすめることで、崩壊寸前の反権力陣営の再編成を、と思考したのである。

この運動の移行そのものに思想的な問題がふくまれるが、まず「サークル村」が休刊を宣した当時の、「サークル村」内外の情況を簡単に記しておきたい。会員約二百名をかかえて毎月発行していた「サークル村」は、会費の集りがおもわしくないこと、原稿が少ないこと、実務担当者の出入りが激しく事務が乱脈をきわめたことなどでゆきづまっていた。それが集団として文化創造運動をこころざした九州サークル研究会がわずか一年九カ月、機関紙発行二十一号で休刊にはいった直接的原因であった。けれどもこうした現象があらわれたのは、必ずしも会員らの運動への熱意がうすれたことを意味するわけではなかった。九州サークル研究会の事務局の所在地である福岡県中間市には、大正炭鉱と九州採炭の二つの鉱業所があり、隣町には日炭高松が、南隣の町には大辻炭坑が、そして西南へむけては大小数多くのヤマが点散する筑豊炭田がひろがっていた。わずかに東に隣りあっている北九州市が、鉄工業地として異質な面を持つにすぎない。この一面の炭坑地に、合理化の嵐が深刻なひびきで吹きはじめていたのである。

六〇年安保に対してはほとんど動きをみせなかった筑豊が、日本の反権力陣営の勢力を結集してたたかわれた三池炭坑の反合理化闘争に対しては、大量の警官導入によって戦線が弱化したのちもなお生活に直結する問題として耳目をそばだてていた。それは従来のように組合が指令するからたたかうのだといった感じではなかった。炭坑住宅地といわず街頭といわず三池スタイルといわれたヤッケに鉢巻姿の炭坑労働者がその高揚する心をあらわにして右往左往していた。サークル研究会は彼らを組織することを話題にしないわけにはいかなかった。研究会事務局所在地の会員の大半は炭坑労働者であった。

文字や言葉が組織づくりの媒体とはなりかねる多くの炭坑労働者と接しはじめた。「サークル村」の炭坑関係の会員の多くも、どちらかというなら文化創造運動よりも、同じ思想を持つ仲間らとの強力な関係——つまりはわれら一家と呼び得る現実的な人間関係を欲していた。文化を生み出すまえに、もっと生な、人間そのものの肯定をともにしあう関係を必要とした。

こうした傾向は一家意識の非近代的拘束性からの解放をこころざしていた会員たちや、即自的な自己の否定によって階級的連帯を創造しようと努めていた会員たちの傾向とすれちがった。「サークル村」が休刊を宣して、三池後のヤッケ姿へむかって密着しはじめると、それはそれまで行動主義を思想的敗北だと評価し自己否定の強靱さを創造のバネにして結合しあっていた「サークル村」の意識に対する無原則な移行だと、多くの批判が集りもしたのである。

たしかに運動の形態に対する無論理な移行には、追求すべき問題がひそんでいた。ことに言語表現によりリアリティを感ずる個人が、その個別性を破壊することなく、集団的追求の或る段階でその形態を変化させたことは、多様な階層で形成された集団の運動に対する思想的倫理性の欠落という面からも追求されねばならない。

ともあれ、これに対しては後述することにしてその形態移行のあとを辿ってみたい。

「サークル村」は第二次「サークル村」を生み、一方で大正炭坑行動隊を誕生させた。

大正炭坑行動隊の誕生は、行動隊の主要メンバーであり「サークル村」会員であった共産党員と、共産党との対決によって早められたのである。

次の目録は同隊員で「サークル村」の会員でもあり大正炭坑の共産党細胞の一員でもあった沖田活美のものである。沖田日録から共産党との対決に関する部分を抜萃する。それは「サークル村」から大正行動隊結成への行程でもあるのだから。

一九六〇・七・四　全学連第十六回定期大会宛に激電を送った。「闘う学生の旗はすでに坑夫の胸にひるがえっている。六・一五バンザイ。さらに前進せよ。共産党大正細胞」

七・八　日共遠賀地区委員会より召集状を受ける。「第十四回地区委員会総会は貴細胞の党建設に対する意見態度が、第七回大会中央諸決議、最近の地区の諸決議の党建設と相容れぬものであり、また規律違反容疑があり充分討論して原則的一致を計りたい。統一と団結は党員の義務であり、党を強化するため、全員が出席されたい。貴細胞の一人一人に召集状を第十四回地区委員会総会の名において出しているので必ず参加されたい。議題、大正細胞の党建設の意見について」

七・一二　地区党より細胞員全員査問を受く。

七・一四　召集状受く。全員欠席。

七・一五　杉原茂雄・小日向哲也・沖田活美は日共より除名処分を受く。処分の理由は、トロツキスト集団の行動と方針を積極的に支持し党の方針に反対した、というもの。東・大山・土井・矢野は集団離党。（註　除名の三名、離党の四名ともに「サークル村」会員。なお「サークル村」運動の指導者、谷川雁は地区細胞員、除名処分を受く。同炭坑労働者の「サークル村」会員や読者はサークル協議会である青年文化会議の内外に数多かった）

彼らの除名・離党は彼らによって独自の運動体がより強固な形で作られることを意味した。このことは党の地区委員会が熟知していたことである。ために共産党遠賀地区委員会は彼らを個別に中傷するビラを市中にまいた。

これに対して彼らは自己を表明するビラを配布して、これまでの基盤のうえにより行動的な戦闘隊を結成すべく着実な運動へはいった。次にそのビラを抜萃してあげる。これは党員であった彼らのみならず「サークル村」休刊前後の会員の大半の意向であった。が、「サークル村」会員にはこの意見と対立する共産党員もいたし、会員もいた。この人々は当然休刊と共に訣別した。

これでも人民の敵か？　共に新しい時代の先頭に立ちましょう！

（一）

暑さのなかで働いておられる中間市のみなさん、日本の夜明けを信じて闘いをつづけておられる労働者、農民のみなさん、お元気ですか。

数日前、突然みなさんの手に配られた共産党遠賀地区委員会のビラには、ずいぶんおどろかれたことと思います。それには大きな文字でこう書かれていました。「人民の敵、反共〝左翼〟挑発者集団に転落した谷川雁、杉原茂雄、小日向哲也、沖田活美の除名について」——これはいったい、どうしたのだ。今の今まで熱心な党員と信じていた連中が「人民の敵」であるとは、昨日の同志が今日は悪口のかぎりをつくして罵られているとは——そういう疑問がどっと私たちの前におしよせてきました。それはもっともな疑問でありますから、わたしたちははっきりと御説明しなければなりません。

なぜわたしたちは、多年苦楽をともにし情熱をそそぎあってきた戦友たちとはげしい言葉を交わさねばならなくなったのでしょうか。一言にしていえば、それは共産党に共産党としての魂がなくなったからです。この世の中を根本から建て直そうとする者のきびしく、いきいきとした脈動する気はくがなくなったからです。千万言をついやそうとも、それなくして何の共産党でありましょう。

（二）

たとえば党はご存じのように、今度の安保闘争や三池闘争であらわれた全学連主流派の運動をことごとく「アメリカ帝国主義の手先」であり、闘いをぶちこわすためにわざと混乱をもちこんでいる「挑発者」であると言いつづけております。

一月十六日岸首相の安保条約調印のための渡米を阻止しようとした「羽田事件」の犠牲者にカンパすることさえ階級的裏切りであるときめつけ、六月十五日国会前で死んだ樺美智子さんの国民葬に党代表を送ることさえしませんでした。そしてこのような態度は誤りではないかという者に対して、ビラにもありましたように、死者への同情と哀悼を利用してハカイ活動を美化しようとしているというのです。……

わたしたちは必ずしも「トロツキスト」（それは共産党がおしつけた呼び名です）の方針を全部正しいとは思っていません。多くの重大な欠陥もあると考えております。しかし、考え方のちがいはあっても、共に闘う陣営の一部であり、なかでも六月十五日の行動はアイク訪日阻止と岸退陣にとどめを刺すものであったと評価しています。眼があり、耳がある者なら、この事実を否定することはできません。

階級闘争の犠牲者に対する態度は、何物にもまして雄弁にその組織や人間の良心の深さを測るものさしであります。今月二十二日の三池における警官隊の全学連に対する暴行は、総評、炭労が全学連の方からしかけたものでないことを確認しているばかりか、新聞、ラジオ、テレビの記者団まで一致して警察に抗議しているにもかかわらず、おどろくなかれ共産党だけが「トロツキストの挑発」だというのです。

わたしたちがどんなに恥ずかしく苦しい思いを耐えしのび、ついにがまんできなくなったか、この一事でもお分りいただけることと思います。それは党の規約だの何のというよりも階級的良心そのものの問題です。

（三）

大正炭鉱の合理化反対闘争に対して、共産党地区委員会のとった態度もまさにこれと同質のものでした。ご存じのように資本の攻勢の前に、大正の労働運動は風前のともしびとなっていました。もしあのときわたしたちが決然として会社が出した新版の労資協調案、それをオブラートにくるんだにすぎない調査団報告書に全面的に反対をしていなかったら、大正労組は今よりはるかに右の方へ急速に傾いたでしょう。

ところが地区委員会は調査団報告書、つまり現在の拡大生産委員会方式をのめと指示しました。それがどんな結果をもたらすものであったか、いま職場で日々起っている事実を見ていただけば説明の必要もないことです。これをくつがえすことのできなかったのはわたしたちの非力の結果であり、これからもみなさんと共に闘わねばならない切実な課題であります。

それなのに、かれらは誤まった指導を反省するどころか、わたしたちが「党の方針からはずれ、党機関の意志をジュウリンした」と主張します。どこを押せば、そのような恥しらずなことがいえるのか、あきれ返るよりほかはありません。かれらはただ「おれのいうことを聞かなかった。それは規約違反であり、反党分子だ」といいたいのです。上官の命令は天皇陛下の命令――あわれな小役人根性です。……

（四）

まだ数えあげればたくさんのことがありますが、以上の一、二例でもある程度お分りいただけますように、わたしたちは入党したときの真剣な気持を失わず、自分のなかの共産主義者としての魂を自滅させないために苦悶した結果、ついにかれらとたもとを分たざるをえないと決心するにいたりました。

全国の共産党のなかにはまだ良心的になやみながら決着をつけかねている人々がありますが、その指導は果てしのない官僚主義の泥沼に全体として落ちこんでおります。これは今なおわたしたちの痛歎してやまないところです。しかし、みずみずしい意気を燃やす機関車がなければ働く大衆の苦しみはそれだけ今日も明日も深まってゆくばかりです。わたしたちがその機関車そのものだというのではありません。ただ一個の部品、ひとかけらの石炭になりたいと思います。これから全国の同志と手をとり、みなさんと固く結びついて真の前衛の名に値いする党を作る長い道のりを歩いていくつもりです。

いうまでもなくわたしたちは脱落したのでもなければ転向したのでもありません。共産主義者としての組織的な運動を一日の休みもなく続けていく決意をますます固め、新しい夜明けを仰いだ気持でおります。したがって、杉原が市議を辞退するなどということは毛頭考えておりません。杉原は「共産党の地盤」という立場で当選したのではなく、その階級的良心をいくらかでも評価していただいたみなさんの支持によって当選したのであり、それに答えようとする信念の変化はいささかもないからであります。

みなさん！　安保闘争、三池闘争のはげしい階級戦は結果として最先頭を走っているとうぬぼれている者たちの化けの皮をはぎとりました。同時にすべての労働者、農民に「おれたちの機関車をおれたちの手で作ろう」とよびかけ、その情熱と合体しないかぎり、この歯がゆいモヤモヤは永久になくならないことがはっきりしました。

ことは共産党の内輪争いではありません。日本の人民大衆のすべてに背負わされた、避けることのできない大仕事であります。どうかわたしたちの考えと態度に、なおも鋭い批判を向けてもらいながら、力をあわせていただきたいと切望するものであります。

一九六〇年七月二十九日

杉原茂雄　東武志　矢野定彦　沖田活美　大山政憲　谷川雁

沖田活美日録は次のようにつづく。

八・四　日共を除名された三名と離党した四名によって共産主義者同志会を発足させる。委員長杉原茂雄、書記長東武志。事務所を中間市中鶴一坑幸通り五丁目の杉原宅に設ける。

八・八　大正青年文化会議は、三池をしめくくる夕べの大集会の討議をする。

大正細胞への共産党の攻撃は、「サークル村」運動の指導者谷川雁の理論に対する党の攻撃であった。谷川雁は除名処分を受けたが、その思想の具象化をめざして「三池をしめくくる夕べ」を企画した。

この「三池をしめくくる夕べ」は地区共産党が大正炭鉱労働組合へ申入書を送って、同労組に影響力を持っていた「サークル村」会員杉原・沖田ら共産党員の排撃運動を起そうとしたことに対応して、その排撃の意図を超えた大衆運動を指向して具体化されたものである。

その当時大正炭鉱は経営がゆきづまっていて賃金闘争は長期化していた。三池の熱でうずいている労働者たちは、ホッパースタイルで市中を歩きまわり、もはや企業の命運もろとも闘争へうちこむより方法がないではないかというような気運が流れていた。その高揚している気運の組織化を谷川が大正炭坑の同志らと積極的にとりくみだしたのである。

夏のまだ陽ざしのあかるい午後六時に、二百発の爆竹を彼らが全社宅街にうちあげた。組合員はホッパースタイルでぞくぞくとグラウンドに集合したのである。彼らは「われわれの決意」を採択し、坑所内をデモった。組合の指令ではなく自発的にデモったことは彼らにかなりの反応をおこさせて、そののちもしばしば「しめくくる夕べ」は話題となった。

「われわれの決意」は谷川雁の筆に成った。

「……われわれは三池闘争の中で、労働者が、労働者階級の一員として生き抜き、たたかい抜く、崇高な人間像に心うたれてきました。そして同時に生きること、たたかうことの難かしさの深部をも学んできました。われわれの胸にはホッパーの灯が、誰もが消すことのできない〝希望の灯〟となってゆらめいております。

いまわれわれが「しめくくろう」としているのは、燃えかすを取り除き、この灯をより新しく、大きな炎にすることにあります。この総括の行動の上に、貴重な経験と教訓を余すことなく汲みとり、誓いもあらたに壮大なたたかいへの前進を期そうとするのであります……」

こうして「サークル村」は身近かな情況をのりこえるべく、その運動形態を変化させた。けれどもここにはもう一歩深く集団そのものにふみいって考えてみねばならない問題も残されていた。次の文章は谷川雁の「サークル村」創刊宣言の一節である。

――サークルとは日本文明の病識を決定する場所としてこのうえもなく貴重な存在である。その一義的な病因はどこにあるか。それはサークルの集団的性格が必ずしも開放の方向へうごかず、自己閉鎖しやすいことである。言葉をかえれば、単なる自己防衛または自己増殖を発展とみなしてしまう占有感覚である。それは農民の定着性、下級共同体の自衛の姿勢、その規模の狭さなどが原因であろうが、このワクをどうして下から、内側から破っていくかが目下のサークルにとっても最大の問題である。共有感覚がいつのまにか外部に対しての占有感覚になってしまうという喜劇と戦うためには、単に歴史の分析や論理の補正をもってしては動かせない部面がある。創造と生活（労働）の律動が一緒でなければならないという観点をまともにムキにおしすすめて、創造の結果だけでなくその全過程に集団の息吹きをこめようとするもがきがなければならぬ。それは常にとどのつまり集団に帰着する運動としてとらえねばならず、個人に帰着するものはサークルとみなすことができない――

このワクをどうやって下から、内側から破っていくか、が、「サークル村」の二年間の運動の結果でも残されていた。

「村」の内部は会員間の意識の密着がはなはだしくなって、個々人の想像力をいちじるしく弱めていた。思考はパターン化した。会員らはその打開策を模索しはじめていた。が、その現象の原因を思想的に把握するに至っていなかった。

けれども会員らは意識の密着が集団を膠着させていようとも、それを更に追いつめていくことで創造力を回復させようと考えていた。この膠着状況を運動の形態移行で分散させることをのぞまなかった。なぜなら、自己表現の手段を得ようとこころざす会員たちは「サークル村」を、多くの誤りをふくみながらそれを止揚しつづけあう創造者集団として、既成の文化を圧迫し遂にはそれを滅亡させる息のながい未来への通路として育てようと考えていたからである。それらの会員にとっては発足後一年ほどたって起った膠着状況は、情念や心情の近似と論理化の未熟さが引きおこしている一時的症状にすぎなかった。会員たちは、やっとこれからだという感じを「サークル村」に持っていた。

これはその指導的位置にある者と会員大衆との差である。これらの差が、安保後の全般的な挫折感のなかで、互を強力に必要視する気分をうすれさせていた。人々は自己をのぞきこんでいたといえる。

「サークル村」事務局は中間市近辺に燃焼する炭坑の反合理化闘争の影響下にあったが、少なくとも炭坑関係外の会員にとっては運動の移行は、唐突すぎるものがあった。それは文化創造運動を否定し労働運動の絶対的優位を宣言したかにみえた。が決してそのようなものではなかったのである。「サークル村」は解散を宣言したのではなかったのだ。その休刊を告げ、現在の事務局にかかわる者らがその継続的発展にあたり得るならば、内的膠着を突破すべく思想的追求をおこたらぬことを通知しもした。

けれどもこの事務局を中心にした運動の移行は、集団がもつ占有感覚の止揚に対する関心よりも、それの有効な行使に対して、観点が転じたことを意味していた。このことについて思想的追求を行なうことは、「サークル村」に限らず反権力集団の体質が、国家原理と類似しがちな面を越えるための大切なポイントである。

民衆の集団に附随する内的共有と外的占有は集団員にとっては、自己発顕のための否定的媒体である。それは民衆の伝統的な共同体によってつちかわれた傾向性であるために、あらゆる集団に再生産されるけれども、人々はそれを集団自体の存立のための必要不可欠条件だと意図して保有しているのではない。むしろ人々はその必要悪的病識を媒介としつつ共通の思想性に立つ集団を形成させ、それの止揚をめざしつつ、集団員の直接性を発揮し得る新しい集団を創造せんと志すのである。それは日本の民衆にとっては、真の意味での、われらの共同体の幻影であって、民衆は伝統的共同体をいつでも自己にとって擬制的なものであるとし、その限界を食い破らんために、くりかえし集団を形成するのだ。

「サークル村」はその内部の膠着にもかかわらず、その外的占有・内的共有を、肉体の腐敗を堪えつつわが手で切開する医師のように堪える会員を多くかかえていた。それらの人々は自己の痛みを思想化するまでには至ってはいなかった。しかしその方向性の連帯なしに、たんに指導的思想性の強さによって民衆の創造運動は集団化されはしないのである。これは創造運動に限らず反権力集団はそれがたとえ思慮浅い一発主義であっても、潜在する自己肯定と同じ強さで顕在する自己否定を共通のバネにしている。

この点は、集団の膠着状況を自己増殖の結果として痛む階層と、大衆と決定的にことなっている点である。後者は内的共有・外的占有の効率を、集団内の少数者の占有から解放し、大衆の直接性を集団の生命にしようとする。その解放し解放ししてゆく過程で発揮されるエネルギーこそ、真の意味で大衆それ自身を語ると見る。

けれども、集団の社会的効率を集団内の個々人が直接に行使するまでは日本の民衆の組織は、あたかも国家の原理の引き移しのように、それを特定者の占有にゆだねてしまう。炭坑労働者はそのようにして生ずる小集団をこの地域に根強い一家意識との対決に利用した。大正行動隊の解放感の強さと狭さとはここに起因していた。

大正炭鉱は六〇年にはすでに三十六億の負債をかかえていた。九州サークル研究会が中間市に設立された五八年頃は、人々は大正炭鉱はあと三十年はびくともせん、といっていた。事実、炭質はいいし埋蔵量も多い。また納屋制度時代から他の圧制ヤマに比して温情的な炭坑であった。

地方大手坑のなかで、麻生・貝島と並ぶ御三家の一つで労働争議もめだったものはなかったのである。

その温情的な経営の伝統が、戦後の近代化に乗り得ずに多くの負債をかかえる結果となった。大正炭鉱は柳原白蓮との結婚・離婚で世間が記憶にとめた伊藤伝右衛門が開拓し、伝右衛門の甥であり伊藤家の養子となった八郎が社長を継いでいた。更に副社長が社長の甥という同族会社であった。六〇年当時近代化資金の融資を主力取引銀行である福岡銀行からついに拒否されるほどゆきづまっていたのである。

九州サークル研究会の事務局から大正炭鉱の二つの社宅街までそれぞれ多少の距離がある。「三池をしめくくる夕べ」の前後から事務局は大正合理化問題対策所めいていた。「三池をしめくくる夕べ」の大正炭鉱労働者危機突破隊を杉原茂雄を隊長として誕生させて、入隊の呼びかけのビラを配布した。この危機突破隊は組合青年部で組織されていた大正炭鉱青行隊と隊員を重層させつつ合理化反対闘争を展開した。沖田活美日録には次の如く記されている。

一〇・二八　二四時間スト突入。
一〇・二九　三池青行隊来山。大正青行隊（註　杉原・沖田らはその主力である）と交流し激しい討論を行なう。
一〇・三一　県庁・福岡銀行本店へ組合からデモ隊一五〇名行く。そのうち青行隊三〇名。

（註　福岡銀行へのデモは、主力取引銀行である当銀行が大正炭鉱の経営悪化を理由に融資や炭代手形割引をストップしたので、賃金の未払いが続いていたためである）

一一・一一　大正青行隊は会議を開き、大正行動隊と改称することに決めた。また、大正闘争に天下の耳目を集めることにつとめる、条件闘争をさせない、変な幕ひきをさせない条件をつくっていく、以上三点を決定した。

こうして「三池をしめくくる夕べ」を直接の契機とし、組合の統制下におかれていた青行隊を危機突破隊を経て大正行動隊に結集し、政党からも労働組合からも自立した労働者大衆の前衛として生誕させた。これは六〇年安保の闘いを前衛党が大衆統制の形で敗北させ、三池闘争を大衆の次元における遊撃戦の開花へと指導しえず枯渇させた、そのそれぞれの地点を越えるべく誕生せしめられたものであった。大正鉱業の特殊事情は大なり小なり炭鉱業一般に通じていたから、その中で行なわれる大正行動隊の闘争は、労働運動の画一化の突破口づくりでもあった。大衆の抵抗のエネルギーは政党や中央集権化する労組の大組織主義に統合されることで抑圧されるケースが、目にあまるほどになっていた。とはいえ、生活や生産の場でなまなましく突出する大衆の反抗を、その意図を殺すことなく結集する組織者は現われない。大正行動隊は戦後の解放運動をたたかいつづけてきた谷川雁によってその思想の具体化として顕現したのである。それはみずから政党にとってかわることや、労働組合的統括を目標にした集団ではない。どこまでも生まな個体の綜合的な開放をめざし、たたかいの過程も目標もその一点に終始した。集団としての規約を持たず隊員を行動隊に拘束しないことを原則とした。

主要メンバーは共産党を除名あるいは離党した杉原茂雄・沖田活美・小日向哲也ら「サークル村」当時からの七名と、あらたに加わった吉武・岡田ら五、六名であった。そして、この十三、四名の炭坑居住者ら同志に、遠賀・中間地域の「サークル村」会員をひっくるめて、ほとんど連日討議が重ねられた。討議に参加したその場の全員が全力量を発揮すること、が鉄則であっただけである。ために討議で決定したことは全力をあげて現実化された。大正炭坑の組合員三千五百のなかの十四、五名の行動隊員は、あらゆる面で他の組合員に率先することを標章とした。その行動は常に生活内的な発想をとっていて、イデオロギーをふりかざすことをしなかった。あたかも私怨をはらすかのごとき言動は画一的運動にみきりをつけていた労働者の共感を得て、多くの信奉者を得た。気持はおれも行動隊、という者が多く生まれた。行動隊はそれらをも行動隊員と呼んだ。会議への参加も行動への参加もオープンであった。人々の間に思想的優劣をつけなかった。

こうして結集をみせはじめた行動隊の動きに対して、共産党の攻撃は地区の大衆と行動隊との遊離をはからんとするように激しくなっていった。行動隊は炭坑反合理化闘争を組合員の下部から噴きあがらせるために、指令主義で下部の自発性を圧迫する共産党との対決に力を注がざるをえなかった。次のビラ二枚は市中にまかれた共産党遠賀地区委員会のビラに対する反撃である。

挑発集団・分裂挑発活動・の共産党のビラにたいする大正行動隊の公開質問状

三池闘争の敗北は直接的にも大正の第二次合理化攻撃の出発点となりました。その大正闘争の敗北はいままた貝島をおとし入れ、宇部・杵島・高松と激烈な合理化攻撃が展開されています。こうした事実から見ても九州大手の兄弟支部のたたかいは実はわれわれの切実な問題であります。われわれは高松の伝統的な戦闘性で後退を許してきた、合理化反対闘争に新しい転機をつくり出すことを訴えてきました。これは炭坑労働者が生き抜いていくために不退転の決意でたたかっていかなければならない闘いです。

こうした基本点に立って、われわれ行動隊は別紙のようなビラをもって高松の兄弟労働者へ訴えてきました。この訴えは高松のたたかいのなかにある弱さ、方針上のあやまりについて組合員が討議すべきものとして提起しました。だから労働組合・社会党・共産党は敵階級の手先だとか階級敵だとは考えていません。弱点・あやまりを階級連帯の上にたって、思想的に理論的に実践的に克服することを抜きにしては敵の暴力的な合理化をはねかえすことは出来ません。にもかかわらず共産党は、大正行動隊の言論・活動を卑劣な行為で阻止してきました。それだけでなく四月七日付の日本共産党のビラに書かれているように、われわれ行動隊を階級敵として抹殺すると、ピストルをつきつけてきました。いうならば論議の要なし、敵権力の手先だ、スパイだ、殺してしまえ、というべきビラをみなさん方へつきつけてきたのです。われわれは日本共産党のかかる卑劣な思想・行為にたいして断固排撃することは自衛上やむをえないことだとの結論に到達しました。別紙のビラと併せて充分な討議をして下さい。そうして批判をあげて下さい。われわれは共産党の卑劣さを徹底的に粉砕するため公開質問状を大正細胞及地区委員へ発しました。

公開質問状

1　四月七日付の日本共産党のビラについて、その内容を読んだうえで配付したか。
2　ビラでかかれているように大正行動隊を挑発者集団、すなわち階級敵と考えるか。
3　ビラにかかれているように大正行動隊は、大正労組のオルグであるかのような仮面をかぶっていると考えるか。
4　ビラにかかれているように大正行動隊は、高松一坑で暴力沙汰をひきおこしたか。
5　ビラでかかれているように大正行動隊の思想と行動は、三田村四郎ら札つきの分裂主義者と同じ役割を果していると考えるか。
6　もしこのような事実があれば大正行動隊は、労働組合から除名されるべきであるが、そうすべきであると考えるか。
7　闘争方針の対立は、思想的論戦によって解決されねばならないのに、このように相手方を「階級敵」として抹殺しようとする態度を正しいと認めるか。
8　大正行動隊の階級的誇りを傷つけた、このビラの配付に関して全組合員の前に公然と謝罪する意志はないか。

以上の質問状は手交后二十四時間の裕余をあたえます。従って回答はイエスかノーかの端的な回答を、共産党という階級的責任性においておこなうことを期待します。

一九六一年四月十日

大正行動隊

中傷ヒボウを一蹴して労働者の戦闘性を発揮しよう

前衛を自称する腰ぬけロボットどもの挑戦に答える!

さいきんわれわれ大正行動隊に向って代々木共産党や高松労組によって、資本家階級および権力の手先・スパイ・挑発者・闘争破壊者・分裂主義者またはゴロツキ・暴力団とおよそ労働者にたいする最大級の悪宣伝がなされています。われわれはもちろんこのようなナンセンスきわまる中傷に弁解をする必要を毛頭感じてはおりません。

ただ事実と異っている内容や諸点については、率直にことがらの本質と出来事を述べることにしました。それは特に敵の打ちつづく合理化攻撃のなかで、敗退につぐ敗退をかさねながらもいままた、近い将来に予想される新たな攻撃にたいする先制の闘いとして賃闘や山元独自要求を闘かわざるをえない重大な時期に到来しているからです。さて事実はこうです。

四月七日大正行動隊は独自の活動方針にもとづき、高松闘争を炭鉱労働者の危機をのりきる突破口にすべく高松工作の活動をおこしました。十一時過ぎ片山区に到着した時はすでに団結集会は終り、解散デモをおこなっていました。われわれはデモを拍手で迎えて売店前に着き、解散していく労働者、家族へビラの配布を開始しました。

もちろん行動隊は、「大正労組」のはち巻きをしめるだけで労組派遣のオルグと誤解されるという批判を前に受けたことがあるので大正労組名のはち巻はしめず、行動隊の自己紹介をしつつ行動に入りました。日共のいうように「労組オルグの仮面」をかぶったものは一人としてなく団結集会へ「侵入」したものもありません。

しかし行動に入るや日共や民青（日共の青年組織）の妨害がおこなわれ必然的に論争が激しく展開されました。彼等の言分は要するに「組合で決っている方針を独自の行動で批判するのは団結をみだすことになる」という点につきます。そこでわれわれは「言論の自由」をいまこそ労働組合が最高度に発揮させなければならないときであり、方針や考え方の相違を労働者のなかの相互批判と思想闘争で克服すべきことを主張しました。だが彼等は全山マイク、携帯マイクなどで「ビラを受取るな」「耳をかたむけるな」と放送し、ビラの一部は日共や組合幹部の手によってもぎ取られ破りすてられていきました。十三名の行動隊員は三十名から四十名の日共党員や幹部等によって取り囲まれ、尾行されました。

同じ炭労の組合員に自分の思うことをズバリという権利がないなどとはいったい誰がきめた？　労働者であれば腹をたてるのはあたりまえでしょう。われわれは怒りを大衆へ訴えながら吉田社宅のみえる田んぼのあぜ道で昼めしを食って正午すぎ帰途につきました。これが四月七日の行動のすべてであります。

昼間ではいろいろな妨害にあい、いたずらに問題をおこしては目的であるビラ配布がおくれる、と考え、明けて八日の夜、高松二坑の古賀梅の本社宅へ向って行動を開始しました。古賀地区を終了したとき、行動隊の岡田君が労務事務所へ集合した組合幹部に引張られたとの報告をきき、速やかに全地域に散在している行動隊員が集まり労務事務所前で組合幹部との話しあいに入りました。話しあいは一致した結論にはいたりませんでしたが、一応ビラ配布は中止し、ひきあげる途中高松労組の組織部長に呼びとめられ、一時間近く論争がおこなわれ帰途につきました。日共や高松労組のビラのいうように「組合員をとりまきゴロツキに等しい脅迫」をした行動隊の活動とは以上のとおりです。数千の組合員が鼻先にいる場所で十数名のわれわれから包囲され、脅迫されたという主張は、まったくのデッチ上げか、よほど彼等のキモが冷えたので逆上したかのどちらかであることは常識でわかることです。

十日、われわれは日共大正細胞にたいして既報のように公開質問状をだしました。大正細胞員山根竜夫は行動隊の高松配付のビラも日共ビラも読まずに配布したことを述べました。

十一日には大正細胞員亀沢も山根同様にそのことを認めています。また同日夜六時より一坑指導部で大正細胞キャップ原田良夫と対談することを文書までかわして本人と約束しました。しかし約束はなんの通告もなく破られました。だからわれわれはビラ配布をし遠賀地区事務所を訪問する以外にないと判断して、十二日高松鯉口にある地区事務所をおとずれました。

ところがおどろくなかれ訪問の理由をのべるや地区委員長宮本忠人は「君達は日本語が読めるか。読めるようだったらなにもいうことはない。ビラを読め、ここは党の事務所だから帰ってくれ。出ていってくれ」とくりかえし問答無用の態度でありました。行動隊は「〝階級敵〟などと労働者に対して抹殺するような脅迫をおこないながら、その態度は何か。階級的良心と責任はどうなっているのか」と鋭く追究し断固たる抗議をおこなって帰りました。要するに彼等は、われわれの公開質問に対して、ついに責任ある回答の一片もしなかったし、できないことをみずからバクロしただけでした。大体以上が物語りのあらすじであります。

賃闘を柱にする炭労の統一闘争も重大な段階にさしかかりました。十九日からの無期ストを上部からの配給ストとして受けとめていたのでは、刻々進められている山元の次の決戦に見事してやられるのを待つのと同じ結果になります。組合員のなかには、「来年四月になれば賃金も元通りになるのだから一年くらいしんぼうしよう」という甘い考えがあります。だがその時点こそ、大正労働者に大量首切りをふくむ最大の圧迫が訪れる日であり、もっと早く攻撃がかけられることも予想しなければなりません。

統一闘争と独自闘争のからみあいのなかで、われわれは敵の布石を見ぬき受身の態度をすて、労働者の生きる道を体あたりで求めていくよりほかはありません。

高松と反対隣りの九採も遠からず火をふくことが確実です。われわれはまさに闘いに明け、闘いに暮れる渦のどまんなかにあります。このときにあたって、ヒゲを切られた猫にひとしい連中がいかに大正行動隊をヒボウしようとも、われわれはただ「今後の事実を見よ」と答えるのみです。

みなさん！　もうカンバンに頼っていてはやれない。われわれといっしょにこの歴史的瞬間を生きぬき闘いぬこう。川筋坑夫の心意気を運動のなかに注ぎこもう。きたれ、行動隊に！

一九六一年四月十六日

大正行動隊

こうした共産党との対決と並行して大正行動隊は合理化反対・賃金獲得闘争にはいりこんだ。行動隊員を自称する労働組合員は炭坑住宅地にふくれあがった。隊長である杉原茂雄に対する信頼は直線的で、組合員や家族らは彼を潔白の代名詞のように呼んだ。私的な権力欲のない若々しさが、彼を中心とする二十代の行動隊員らに貫徹していた。加入する隊員らは共産党とは縁のない、そして組合運動とも無縁であった者たちが多かった。次に行動隊の闘争の概略を書きしるす。

六〇年は大正炭鉱では給料の遅払いがつづき、賃下げがあり労働者の生活はくるしいものになっていた。同年十二月に「閉山を覚悟でたたかう奴に指導部をやらせよ。闘争できる委員会をつくれ」というビラを行動隊は炭坑住宅一軒一軒にくばった。そして弱気である組合執行部の改選をせまるための署名活動を行なった。

ついに執行部は引責辞職。ただちに行動隊ニュース発行。「階級的ハレンチ行為は絶対にゆるしてはならない。二万一千五百円カクトクのため無期限ストでたたかうぞ！」という方針であった。そして同主旨への賛同者の署名運動を行なった。行動隊からは副組合長に行動隊長の杉原茂雄を、一坑指導部長に大山政憲を、そして中央委員にも六名立候補をし署名運動と共に炭坑住宅街を工作して歩いた。改選の結果、杉原は副組合長に、大山は一坑指導部長に、さらに中央委員に五名の行動隊員が当選した。すでに七分ほどのイニシアは握ったほどの感じであった。

行動隊指導部は、当選決定後ただちに会議をひらき、ニュースを発行した。「うんともすんともいわんが期末手当はどうなっちょるのか！」というビラである。もはや年末はおしせまっていた。

こうして行動隊が組合運動の派生的形態であった状況を越えてその中核へ実質的にふみこんでいた時、会社の状況はどうであったかにふれたい。六〇年八月に伊藤八郎社長は経営困難を理由に会社を放棄せんとし、主力融資銀行である福岡銀行の肝いりで、田中直正が副社長として就任していた。つまり田中・福銀の線で経営を軌道にのせるべく合理化が行なわれていたのであって、例えば五千六百円の賃下げの提案などが出されたりした。これは組合の無期限ストで賃下げ二千八百円に落ちついた。

こうした田中直正の強引な合理化方針は組合員ばかりでなく、彼個人の強引さへの反発を経営陣に発生させて、六一年五月には重役および株主らの田中ボイコット運動が起った。その結果田中直正は辞任。しかし彼の不在は運転資金の調達を困難にさせていた。八月には福岡銀行は大正炭鉱への融資をストップさせたため組合員の給料は支給されなくなった。

会社は赤字七億、負債は福岡銀行の短期融資十二億四千万、開銀融資（長期）四億八千五百万、資材代金八億八千万、組合の借金（労金立替金、組合費、三池カンパの流用など）一億、総額三十五億円となっていた。このような状況であるため坑内の荒廃もひどく保安も気づかわれていた。

そして六一年八月、七月分の給料として金券が渡された。金券とは鉱業所が発行する私幣である。ままごとのような紙っきれで、これでもって鉱業所内の売店で物品を購入し、その日の生を養う。

行動隊は会議を重ね、金融資本への直接行動に出ることを決定し、また労働組合の闘争指導部へもその方針をとるよう要請した。そして行動隊ニュース「福銀への大衆行動を即時おこせ！このままでは殺されてしまうぞ！」を配付。それには次のようにしるされている。

大正行動隊は八月二十六日、労働組合へ次の文書をもって申入れをおこなった。そして指導部が、あまりにも明白な敵・福銀に対してただちに組織的行動に移らない場合は、行動隊は手べんとうで二十八日以降具体的に独自行動をおこすことになった。

当面の具体的行動に関する意見と要請の申入書

福岡銀行の直接支配とその収奪が、今日の重大段階の根源であり主要な敵であることは、説明を要しない事実である。

われわれはいつの日にかは、必ずこうなるであろうと、昨年の企反闘争をたたかった時点以来訴えつづけた。……　指導部の戦術方針が一種のブルジョア的陳情と哀願行動に終っているのはどうしたことか。経営者の後任人事待ちの観をぬぐえないがこれまたどういうことなのか。福銀という強大な敵を後退させることができるのは幹部接渉にあるのではない。組合員大衆の根性を真正面から対決させることによってのみ可能なのだ。……　今後のたたかいの担い手は大衆世論の結集にある。大衆の世論はわれわれの行動なしに自然発生的に生まれはしない。……　①指導部はただちに福銀に対する直接行動に取組み実践指導にはいること。②あわせて大衆世論の支持を結集する活動を総合的にすすめること。③特に福岡市を中心にした行動が緊急に必要である。以上をすみやかに実践するよう取組んでいただきたい。われわれはこれと同時にわれわれ独自の行動として福岡銀行の本質と悪業の数々を大衆的に明らかにする運動を、二十八日以降具体的にとりくむことを申しそえて意見と要請の申入れとします。

——この要請に応じて組合は、二十八日午後五時半から中間市内の街頭情宣、二十九日、三十日の両日は福岡市内において情宣ビラ配布などの活動にはいった。組合は次のように指示した。「大正行動隊参加者以外に各地区分会・主婦会では左の通り派遣者を決められたい。各地区分会選出人員二名、主婦会四名。集合時間、午前八時三十分まで中間駅前集合。携帯品及び服装、ハチ巻・腕章を着用し、軽装にて中食を必ず持参のこと」こうして福岡銀行への攻撃はすべり出した。

行動隊は独自にビラを出し、同じく手べんとうで福岡へ出かけた。行動隊のビラは左のようにしたためられた。

吸血鬼福銀をたたこう！

市民のみなさん！　新聞などでご承知のように、わたしたち中間市大正炭鉱二千人の労働者は昨年春の人員整理、秋の大幅賃下げ、今年冬の人員整理にもかかわらず、いままた深刻な賃金不払いの状態につき落されています。盆までに一万円、あと千円ずつ三カ月分割払いというヒドい条件でおしつけられた夏期手当は、五千円、千円、三千円、千円となし崩し払いとなり、七月分賃金は平均一万三千円の不払いとなっています。退職金はおろか殉職者の弔慰金すら払われていません。新学期を迎えて教科書代もないありさまです。坑木もゆきわたらない坑内で、生命の安全などかえりみるひまもなく働かされています。これが地方大手と称される筑豊のヤマのいつわらざる現状です。

なぜこんなことになったのか。理由をあげれば色々ありますが、何よりも強調しなければならないのは主要取引銀行である福岡銀行の悪ラツ非道な収奪です。一人当り二〇二二トンという出炭率は大手十八社の中でもトップクラスの効率を示しておるのに、福銀は毎月の炭代平均一億六、七千万円のうち五千万円以上、五・六・七の三カ月は八千万以上を元利として吸上げております。今年二月、十五億あった福銀融資が、いま九億しかないところを見ても、その収奪がいかに急ピッチか御了解いただけると思います。その結果、わたしたちは右のような炭を掘っても金にならない労働をつづけているのです。これはとうてい耐えられることではありません。わたしたちは（一）賃金の優先支払い（二）福銀の吸上げの大幅削減（三）労働者への犠牲転嫁反対をかかげて、吸血鬼さながらの金融資本に死にもの狂いの一戦を挑まざるを得ないように追いこまれました。天下泰平、レジャー・ムードの世の中をいささかお騒がせすることになるかもしれませんが、事情かくのごとし、ひさしぶりに川筋男の心意気をお見せしたいと思います。まずは闘いの皮切りに一言ごあいさつを致しておく次第です。

一九六一・八・二九　　大正行動隊

これらの攻勢に対して福岡銀行は次のビラを市中および預金者へ配布した。

拝啓　残暑きびしき折柄ますますご健勝のこととお慶び申し上げます。平素は格別のご厚情を賜わりまして洵に有難く厚く御礼申し上げます。

さて、このほど大正鉱業労働組合、炭労九州地方本部および大正行動隊などの名義で、当行の大正鉱業に対する融資態度を批判したビラが当市中に撒布され、皆様の中には直接ご覧になりました方もあろうかと存じますが、読んでみますと、甚だ事実に相違しあるいは誤解によるものと判断される箇所が多く、銀行の立場としまして洵に遺憾にたえない次第でございます。

ビラによりますと、恰も当行が大正鉱業の経営の実態を無視して債権の回収を強行し、本年二月より八月にわたる僅か六カ月間に六億円もの巨額な資金を収奪したように書かれてありますが、これは全く事実無根であり、凡そ現在苦境の炭坑界でこのような資金の回収に堪えるものが果して幾社存在しうるか、ちょっと考えてみるだけでもお判りになろうと思います。

また出炭能率につきましても、一人当り一カ月二〇二トンの能率を示し大手十八社のトップクラスに属すると書かれておりますが、当行が会社当局から報告されたところによりますと、出炭能率はきわめて低く、昨年十一月のスト以降上記のような成績をあげたのは本年三月のみのようであります。かつ出炭計画と実績の比較についてみましても、この間に計画どおりの出炭ができた月は皆無でありまして、やはり三月の成績がややこれに近かっただけでありました。そうしてこの出炭減が当然売上金の減少となり、強く資金繰を圧迫するに至っているというのが同社今日の現況であります。

当行としましても、永年の親しい取引先であります大正鉱業が何とか今日の難局を切抜け、立派に立直ることを念願することは、同社の役職員、従業員の皆様にまさるとも劣らぬものがあるのでありますが、一面当行の貸出金は預金者の皆様方からお預りしております尊いお金でありまして、その安全のためにはいかなる障害をも排除してまいらなければなりません。

すなわち当社の経営の実態に関して重大なる関心をもち軽々しい措置を許されない立場にあるということを、皆様方におかれましても是非ご賢察願いたいのでございます。

事態が紛糾するにつれて今後とも種々流言が行なわれることかと存じますが、当行にご愛顧を賜わります預金者の皆様方におかれましては、上述の趣旨をよくご了解下さいまして、この上とも当行にご支援ご鞭韃を賜わりますよう切にお願い申し上げます。

敬具

昭和三十六年八月三十一日

福岡銀行中間支店

御預金者　各位

そしてこれに対して行動隊も労組も再びビラを福岡市でまいた。それはそれぞれ次のようなものであって、金融資本と労働者の現実をまざまざとあらわすものであった。

企業再建で血をすいアセをしぼる——福岡銀行は吸血鬼か——

福岡市のみなさん

わたくしたちは、すでに新聞・テレビなどで報道されている大正鉱業に働く従業員・家族でつくっている大正労組・大正主婦会の者であります。

福銀の資金すいあげ政策に端を発し経営陣の辞任、あげくは資材の不足により作業場の悪化、賃金のち払いがなされ、生活の維持のために現金収入労働を決意し九月十日までに会社の最終態度を要求していました。新聞報道などでも御存知のとおり、企業再建のためといって〝未払い賃金を棚上げして、戦前の納屋制度時代と同じように賃金の日払い制、および会社がきめる予定出炭をだすまで働け、石炭がでなければ賃金をち払いをする、会社のいうことに文句をいったらすぐに解雇をする〃など問答無用式な再建案をだしてきました。

昨年の四月の首切り、賃下げも企業再建のため、また十月の賃下げも企業再建のためと合理化を強要してきました。わたくしたち労働者のあわい気持から協力をしてきましたが、今度も三たび企業危機を口実にわたくしたちの犠牲を強要しています。この裏で糸を引いているのは福岡銀行であることは明らかです。わたくしたちの生活の安定は会社の興隆に左右されることに論をまちませんが、再建、再建といって賃下げ、首切りをたびたびされることは不安でなりませんので、わたくしたちは、このようなことのないようにするためにコテ先の再建ではなく労使一体となって再建を要求してきました。

福岡市民の皆さん

わたくしたちは会社のいっていることを認めてしまえば、再建のためといって労働基準法なんかクソ喰えということになり、十二時間・十五時間労働を強制されるようになります。

このような無理矢理な労働を強制しているのは、資金をいままで以上にすいあげようとする福岡銀行の政策であります。炭鉱労働者は他産業の労働者と同じような幸福な生活をするために池田政府の石炭政策を変更をするように要求をしていますが、それとあわせてドレイ労働を強制する再建を認めることができません。

福岡銀行の横暴な態度に抗議をつづけている、わたしたちの闘争に御支援くださるよう願います。

昭和三十六年九月十三日

炭労九州地方本部
大正労組
大正主婦会

あなたの預金は坑夫の首をしめている!

再び福岡市民のみなさんへ。さきにわたしたちが配布しましたビラについて、福岡銀行はかれら一流の数字の魔術を発表することすらなしえないで、ひたすらわたしたちが提起した事実をデマだと主張しております。だが果して、今日まっくらな前途をひしとみつめている大正炭鉱二千の組合員、八千の家族の苦況に対して、かれらが一片の責任もないと強弁することが許されてよいものでしょうか。

昭和廿八、九年の賃金遅欠配、昨年春の遅欠配と首切り、秋の賃下げ、今年二月の首切り、そして現在の遅欠配と私たちの生活が危機に陥るたびに、福銀はその債権をふやし、私たちをタガネのようにしめつけてきたのであります。福岡銀行の利潤の一円一円には、わたしたち炭坑夫や貧しくしいたげられた者のやせた肋骨のきしみ、赤ん坊の悲鳴、妻のくり言、そして坑内で流された血の一滴一滴までしみついているのです。かれらは事実上、わたしたちの生殺与奪の権を一手に握っており、それは何人も否定しえない明々白々たる事実であるにもかかわらず、わたしたちがかれらに要求することは「スジちがい」であるというのです。

スジちがい――まことに蝶ネクタイの紳士方にふさわしい言い分です。ではわたしたちは、勤労によってえた収入のうちから身を削って福銀へ預金されている預金者の方々におたずねします。あなた方はわたしたち坑夫の塗炭の苦しみにつけこんで利益をしぼりとり、さらに一層しぼりとるために、そしてそれを追及されるや「スジちがい」と空うそぶくために、そのような銀行経営者を信頼して福銀に預金しておられるのでしょうか？　あなたの労苦による数万円が私たち坑夫の首つり縄となっていることを知られたらあなたはどんな気持がしますか？

市民のみなさん、預金者のみなさん！　わたしたち坑夫は物事の大スジを考えたい。小手先きの弁解で飾りたててもらいたくない。いったい、福銀はわたしたちをつぶすのか、つぶさないのか。つぶすとなればわたしたちなりの覚悟はある。その返答をみなさんもあらゆる機会に福銀へ迫っていただきたいのです。

わたしたち大正炭鉱ではたらく坑夫によって自主的に組織され、あらゆる勢力から自立して坑夫の未来をこじあけようとしている大正行動隊は、自力自弁でこの訴えをなげかけます。

一九六一・九・三〇　大正行動隊

労組員の家庭の生活は、極度に困難なものとなり、主婦たちが働きに出かけるのだが生活費の維持はむずかしくて、組合は全組合員の生活保護の申請を行なった。このような状況下で福岡まで くり出すのであって、単なるビラ合戦ではなかったから福岡銀行へのデモも頭取宅へのデモも強力につづけられ、また行動隊独自の坐りこみも行なわれた。中間市内の福銀支店への攻撃や、同じ市中の九州採炭の閉山の動きへも隊員は工作に出かけた。

こうした行動隊の独自活動は次第に炭労でも問題になり、第一〇二回臨時大会で、指令指示の拘束力についての戦術委員会の統一見解草案が賛成十一、反対十六、修正賛成二十四で可決され、「独自活動に対する統一見解」の要請書を発表し、大正行動隊代表者に面談申入れをおこなって要請書の説明をした。行動隊はこれに対し、意見ならびに質問書を出して対応した。山元でも友信会という右派の集団ができて、反行動隊ニュースを発行したりした。炭労はうちつづく合理化に対する戦術を政策転換闘争に切りかえて、各地から炭坑労働者を上京させ、ヘルメットをかぶって国会に陳情団をおしかけさせたり、都内をデモったりしていた。なおこの年の八月、松川事件全被告に対し無罪の判決がくだった。

十一月にはいって未払い賃金の五〇％の支払いが行なわれた。組合の闘争委員会は当面の方針として十二月からの臨時休業を決定した。なお会社側も同様のことをほのめかした。

行動隊は山元の沈下した気分を盛りあげんため行動隊ニュースを発行。山元では金融資本の強硬さと年の瀬へむかいつつなお夏の給料さえ未払い分が残る状況に圧されて、もはや声すら立たぬがごとく沈んでいくものがにじみ出していた。行動隊のニュースは左のものである。

最悪の危機こそ最良の好機だ！　ただちに福銀への反撃体制をつくろう

炭鉱労働者の生か死か、いのちをかけて闘った三池闘争が、ホッパー前から崩れ去った直後、おれたちには大幅な賃金切り下げを中心にした第二次合理化攻撃が加えられてきた。歯をくいしばった闘いは、閉山攻撃を恐れることなく続けられたが、この闘いも三池闘争の敗北と同様に炭労指導部の誤った指導によって終結した。それから丁度一年目の今日、福銀資本の直接的な収奪攻撃に屈服しながらも直接的な闘いをおれたちは叫びつづけて、いくつかの闘いの経験を経て、いままた福銀資本の殺人的合理化政策の根本的態度と直面して危機をむかえている。

八月十二日の期末手当支払を契機にした労働者の危機をきりぬける道筋は、唯一つ福銀への直接の攻撃以外にないことを叫び続けてとかくの批判をうけてきた。しかしそのことはいまでも絶対に正しい闘い方であると確信している。

炭鉱労働者の不屈な根性と素朴性は、平和協定という労使協調思想なり、ムードのなかでもじーっとガマンすることのできる根源であり、逆に徹底的な戦闘性をもって闘い抜くことのできる根性でもあると確信している。いまやこの土性骨が、危機をきりひらく基本的な姿勢としてかまえられなくてはならない時に直面していることを物語っている。

組合員と家族のみなさん！　いま起きようとしていることに対してどのように取組まなければならないか。このことを俺たちはみんなに訴える。

労働組合は十二月一日以降の臨時休業に一切をかけて危機打開の問題にとり組んでいる。十二月一日以降の臨時休業方針には異論はない。ただ福銀資本の直接的な収奪と攻撃の根源を月末だけの段階で取除くことができると判断することは幻想である。むしろ闘いは十二月一日以降の臨時体制のなかでしか片はつかないのだ。それは閉山攻撃と結びついたものでもあろう。だからおれたちは、いまこそその危機をのりこえるかまえと行動性が必要だと考える。いまや誰の口からでも福銀のやり方、態度にガマンできない憤激をもらすほど福銀の攻撃・収奪が肌身を刺してきた。

さあ、今度こそ閉山攻撃にもおそれず、危機を根源的にえぐりだす大手術をやろう！　おれたちのために！　そして明日のために、今度こそいままでやり残されていた福銀への反撃の直接行動が取り組める体制をつくろう！

行動隊は最後の一兵まで断固として闘い抜くことを宣言する！

十一月末日、通産大臣は大正炭鉱に臨時休業の中止を要請した。山元では東京での交渉から帰った正副組合長とともに戦術委員会を開催し、静観を決定。というのも近代化資金の貸付が内定したという情報がはいっていたからである。

ところが会社の経営陣の人事が決定せず、石炭協会が推薦した経営者候補も福銀の融資拒否の態度が強硬なのをみて社長への就任をことわり、再建のための態勢がととのわない。これを理由に近代化資金の貸付もとりやめとなった。こうなればいよいよ給料支払いはメドが立たない。山元では福銀攻撃を決定した。そこへ中央の炭労指導部がとんできて、威圧的に同方針を撤回させた。政策転換闘争の一環として共闘すべしという要請である。炭労は三池闘争以後激化してきた政府のエネルギー変革政策に対して、企業固有の労使関係を土台とした山元闘争への集中は敗北につながるとの見地から、政治的に石炭政策と闘う「あらたな形態」であるところの政策転換闘争をうち出していた。一千名に及ぶ炭坑労働者の日本縦断大行進である。また五千名に及ぶ上京陳情団である。日仏炭坑労働者の提携である。

同政転闘争における基本的要求は、㈠雇用と生活の安定、㈡石炭産業の安定的発展、㈢離職者の完全救済、㈣産炭地経済の振興と住民の福祉、の四点であった。大正炭鉱の闘争もこの基本的要求に汲みこまれて闘われる、というわけである。同調せずんば闘争資金を打切るということになる。山元では激論の末、前決定を撤回した。

行動隊は戦術会議を開き、ストライキ決行を決定。次のニュースを配布した。

ただちに闘争体制に入れ！　ストライキを背景に福銀を包囲せよ

炭労は第百一回大会で福銀との対決を決定したにもかかわらず、指導部は反動的方針を出した。その結果第百二回大会で会社再建案による平和協定を多数の力で確認させた。われわれ行動隊は一貫して主要な敵は福銀だ、対福銀闘争へ直接行動を起せと訴えつづけた。指導部は政転闘争や陳情で、第百二回大会から二カ月も経過してなお「工作の推移をみて…… 期末手当闘争も企業危機打開と同時解決云々」といっている。このような具体性を欠いた闘争方針はもはや許すことができない。政府・日経連・石炭協会・金融資本が大正の労働者に徹底的な合理化をかけんとしている現在だ。企業危機打開とわれわれの闘争とを同時にはかろうとする指導部の方針は誤りである。企業危機が打開されるときは労働者の敗北の時だ。ただちに闘争体制に入れ！ そのための大会を早急に開催せよ！ ストライキを背景に福銀を包囲せよ！

行動隊はステッカーを書いた。「金よこせ！ 福銀たたけ！」「会社案との心中はごめんだ」等。このステッカーを組合本部に貼り、同本部前に坐りこんだ。午前十時より午後六時まで。参加者は八名であった。寒い年の瀬であった。

# 七章　凍《し》みる紋章

陽はない。もうかなり歩いていた。流れない水が丘陵の谷をうめていた。わたしはその水を見おろして立ちどまっていたが、足もとの枯草にうずくまると、膝に顔をおとしこんだ。氷雨のごときものが心に降り、塩をふきだす。このまま凍み果てていくにちがいない。ものごころついて以来打ちすえられてきたものが、自己を放り捨てて黒い血塊を吐いている。氷っていく。

強姦されて殺されたのは五月だった。それはわたしらの組織の男と女の事件だった。誰もよその坑夫がやったのだとさわぎたてていた……　けれども、ほんとは、あの事件ののちにも、その前にも、強姦で殺された女がいくらもいた。ひらいた脚を莚からつきだして死んでいる無数の少女がわたしのなかにいる。

わたしらの組織のなかから、わたしらの組織の少女の殺人犯が捕えられたのは十二月だった。が、ほんとは、そののちにも、その前にも、強姦殺人犯は捕えられ、あるいは逃げおおせた。降る雪のようにそれは屋根々々に降りつもっている。わたしのなかに埋もっている。わたしなのよ、と、少女たちは——死んだ少女も生きのこっている少女も、いつも両手を天へのばしている。誰にもきこえぬ波長で。孕む未来とともに。わたしなのよ。

誰もわたしをみないまま、声をきかないままわたしを抱くので、わたしはときどき、わたしの男にいう。「あたし、男とねたことないのよ……」

それはわたしの心のこもった求愛なのに、わたしの男は、いやな顔をする。君はひどいことをいうなあ、という。

それでも、わたしは、男とねたことがないので、夜ごと、心がはじらいで縮かむ。期待にふるえてしまう。

そして失望を知らない阿呆のような心とからだで朝を元気にむかえる。けれども、わたしは知っている。幼ない頃からとどめを刺さんとしつづけた新聞記事の、その強姦殺人でくずれてしまった肉の組織が雨だれにくぼむのを。朝また三行ニュースで。昼にまた。夜をわたしの男と。あの少女らの波がしらが、地中の草の芽に似てわたしなのよ、と土をもたげるとき、男根がやさしくかぶさる。

男根はわたしの招きだから、こじつけたくとも心のなかは強姦とよびようがなく、和姦といいがたく、けれども、それはみえない殺人となってわたしの声をふさいでしまう。なつかしい男の、勃起した男根らが占有する感覚で。それでまとっている形而上界によって。それでもわたしの男がわたしを抱きよせながらささやく。きみを抱くと、いつでも、初めて逢うような気がするなあ。ほんとうにおどろきだなあ。進歩的な思考が女の肉体をひらかせているなんて、知らなかったなあ。そんなことがひとりの女に統一的にあるなんて、信じられないなあ。きみを彼が手離したくなかったはずだよね。

ぼくはね、女が性をよろこびにしているなんて考えられなかったんだよ。女は性交を堪えるものなんだと思ってたんだよ。機能としての性しか女にはないんだと思ってたんだ。

きみは、あたしたちのおまつりよって、いったね、それでもはじめは分らなかったよ。

男性らしい自然さが耳へ注がれるとき、わたしはぼんやり考えている。死んでいった少女といっしょに。女の肉体がひらくって、この人、なにをいってるのだろう……

なぜこんなにさみしいひびきとなるのだろう、あたしの肉のなかで。わたしはわたしのままに男を欲しがっているのに。愛しているのに。でも、うれしそうな顔をしてわたしは笑う。分ったふりをして、なんとなく笑う。一本の糸が通っているふりをしてないと、叱られるのでこわいから。

でも、強姦がそのまま生理の快楽である男のことばを聞いているのは、さみしい。さみしいけれども責める思いにならない。強姦は彼らに与えられた生理条件なのだから。かわいそう……けれどもその殺人はわたしを冷やしてしまう。わたしのエロスを凍み果てさせる。

わたしは丘の水辺まで歩いてしまった。帰らねばならない。凍みている心を溶かして帰りたいとおもう。

どこへ……

この水辺まで来て、枯草にしゃがんでいる。あの殺人が組織内の男によって組織内の少女を殺した事件であったというので、男たちが動揺している。それがわたしの傷をひらいてしまった。手の下しようもなく、肉がくずれていく。心の、意識の、肉が。

わたしのなかには、いま組織の男たちが、海が割れたような衝撃を受けているのと似た痛みが降りつもっている。あの少女の死を知った朝のほうが、その犯人が知れたいまよりも、はるかに打撃はふかかった。犯人は男であって、組織ではないのだから。男の自然を征服するほど強烈な組織をわたしらは持っているわけではない。犯人が組織の男であったとていっこうにおどろきではない。性の自然を征服する組織などあり得るはずはなく、また、そんな組織など、いらない。ただ、与えられた両性の自然条件への悲哀が組織に還流していることだけが必要なのだから。

けれども、その組織づくりは、千の万の少女の死臭と歩く。千の万の、夜を歩く。わたしが死に果て、わたしのあとのわたしが果てて、たくさんの男らの、血を吸い、その死骸をあたためながら歩かねばならない。わたしらの組織はひとりの少女を強姦し殺した。冬空はくらいのが自然であるように、わたしらは、千の万の夜そのままに在るのである。どんなに室井腎とわたしとが、予感をはらんで抱きあっていようとも、彼と肌よせあって幾夜経たろう、その肌がこの夜をいつ溶かすというのだろう。

それでもわたしにはもう一つの心動きがせわしく働いている。詭弁を山と積み、垣根のようにはりめぐらして、組織と、その組織の指導者の一人である室井腎とを囲いたい。彼は「サークル村」以来の、この地区の責任者なのだから。嬉々として命令をくだす室井の、その自己拡張を囲いたい。彼の欲望は野を焼くだろう。野を焼く炎は、少女を照らすだろう。たとえ矛盾に満ちたもの、欺瞞にみちたものであろうとも、火の手を放ちつつほろびたい……。

室井が犯人に逢って帰宅し、蒼白な頬をひきつらせて、

「あいつは殺人犯だよ。これっぽっちも組織のものではない。いまぼくらが考えねばならぬことは、たった一つだ。この瞬間を、組織ごと沈黙におちこませぬことだ。ことにあいつの兄貴をその沈黙に近づけぬことだよ。彼がそこへ近づかぬなら、組織は救われる」

といった。

殺人犯の兄は組織の一員であり、行動力をもつリーダーで「サークル村」解体後のヤマを引きしめていた。殺された少女は同じ組織の、丹羽清の妹である。

わたしと室井とは顔を見あわせ、そして目をそらしあった。組織を救わねばならない。

「なんでもいい、おれはしゃべるよ」

ぽつんと彼がいった。そして一度にそげおちた頬に涙を伝わらせた。

「契子、おれはいやだよ。こんなときにまで、おれ自身を語れぬ自分の業がいやだよ。おれは何もしゃべりたくないんだ。おれはいやだよ。自分の業がつくづくといやだ」

と声をふるわせた。わたしはいう。

「それでも世間の結婚なんて、みな、あれと同質でしょ。あなたが元気をだしてくださると、あたし、うれしいのよ」

わたしは茶を注ぎながらけなげになってしまうのである。ほとんど彼は聞いてない。おれはいやだよ、とつぶやきながら茶をみていた。わたしは、わたしへむかって、あかんべえをしている少女が赤い舌のままわたしの心に住んでいるのをみる。茶をがぶりと飲んで、

「兄貴のほう大丈夫?」

といった。

なぜこう甲斐々々しくなる。室井へむかって、それごらん、性と集団のかかわりぐあいをせめてわたしらの間ででももう少し論理化してなきゃこういう時うろたえるでしょ、とでもなぜ出てこない。わたしには、少女をかばう声々がひっそりして、色のない空をみつめているのがみえる。甲斐々々しくなるわたしのとおくで。

わたしは室井の蒼い顔をみる。いばらせてやりたいとおもう。詭弁を山とつんでこの男をいば

らせたいとおもう。なぜ？　なぜかしら彼には短命なかげがただよう……

「彼ら兄弟ってのは本質は同じなんだよな。兄貴は炭坑夫のなかの炭坑夫らしい性根をもってるが、けどね、それはおれたちによって支えられてるからそれが表に出てるんであって、ここで彼を沈黙させたら弟のほうと全く同質のものが表にでてくるよ。彼も自力で浮び得る男じゃないんだよ。

彼が沈黙したら大正炭坑の組織はだめになってしまう。いまやっと出来かけたところなんだからねえ」

わたしもそう思う。だから少女の死を思想の空洞とはみないで破廉恥罪として片付けようとしている。堪えがたいからだ、ほんとは。室井のなかのその空洞が。わたしのなかのその空白が。そして彼をいばらせたいから。いばっている時の彼は安定していて美しい。

わたしは彼が組織主義的に処理しようとしているとは感じない。わたしらはさみしい。抱きあいながら。あの坑員たちはわたしらが愛惜する河原の石のごとき対象である。彼とわたしは組織のなかの、とある一人について夜が白むまで語りあい、それでも飽きない。対話の流れで彼らひとりひとりの特質を洗い、掘りあげるときにあらわになる個性を、まるで夜あけの雲に打たれるような感動でもってみつめてきた。およそ彼らが予想もせぬその底までかいくぐり、組み直し、彼らの表現の裏まで心をこめてみつめ、そしてプロレタリアートと呼び得る硬質の存在がいまその場にあるかのように、彼らひとりひとりを仮象へとえがき直した。

わたしらは彼らのひとりひとりを、わたしたちが描いた仮象で呼び、それら仮象を組織し、その高みへ語りかけ、そこで発せられる言華のないひびきを、彼ら、と呼んだ。それはありもしない存在を現象させるまやかしではない。また、単なるロマンチシズムでもない。また庇護感情の延長ばかりでもない。その一点でわたしらは階層的落差を破ろうとしていたのである。自らの。そして彼らの。

たとえ発想にどのような矛盾がふくまれていようと、またその発想による組織づくりの過程が組織者の自己拡大にすぎなかろうとも、そうであればこそ、その自己を越える他者を描いていくほかはない。

けれどもわたしは、ふいと、室井と目をそらしあう。互におとなげない幻想をたのしんだなあ、とおもっている。彼らの実像があらわれているだけである。欲情を愛へ、愛を普遍へ転化しえない彼らの。

でも、それでもいいではないか。彼らがひとりぼっちで、焼酎をのみながら、おれは……とつぶやくとき、わたしらは、彼らを、おれだ！　と闇へ立たせたにすぎないのだから。彼らは自己の幻想を描くのがまずいだけだ。わたしらは彼らの中に眠っている彼らの幻想を愛し、それをぬすみ出して彼らへ手渡し、あるいはわたしらの掌で愛玩し、ふたりで銀の胎盤となりながら、かすかにわれを忘れた……

室井の号令とラジカルな戦法は、彼の内ふかくひらいている悲音のごとき無為の淵で渦巻くのである。わたしは彼が、あの無為感をふと忘れたときの微笑を、みていたい……　いばった外形をして……

けれどもわたしは針の爪先でこの世に立っている。わたしらはあるべきプロレタリアートを夜空にみるけれども、またそれが金属質の光線を散らしてわたしらを捨てていくのを待つけれど、わたしらは少女を描くことはできない。わたしの傷がふかすぎるので。彼がそれへ無知覚なので。

野の花や木の実のように、わたしの自然な性も言葉の原っぱにつれてきたい。それだけが欲しくて与えられた性の自然条件を大切にかかえて男たちをたずねあるく。彼らがペニスを闇夜の焚火にちらちらさせ、炎に目をうるませて暖まっている。彼らはしゃべっている。ペニスも焚火にあたらせながら。

あたらせてほしい。あたしなのよ。あたしがみえませんか。ペニスがないとみえませんか。あたしを殺さないとみえませんか。殺してもみえませんか。

彼らが焚火にあたっている。話している。

殺人犯が組織の一人と知れた昼間、わたしと室井はかたく肌よせあっていた。肌のぬくみだけがあり、そのぬくもりが衰えたことばをすこしずつ暖めていった。雨にぬれた鳥が、そのいのちを守るように、わたしらは、わたしらのことばが息をするのを待っていた。

「彼らを招集する」

空にひとすくい昼間が散っていた。室井は起きだすと、炭坑住宅が並んでいる町はずれへ出かけていった。わたしはだまって見送る。陵たちへ夕食を食べさせる。室井が、「人員は揃った。君もすぐ来い」とよびに来た。

わたしはその夜の討議が、ミルクを飲ませられる河馬たちのようにみえた。象皮の四肢で小皿をかかえ、毛ばだつ顎で液体をさがすのをみる。毛穴からさみしさが霧となって走る。わたしは滑るように席をはずした。室井へ耳うちをして。『無名通信』の編集をたのんできたので、ちょっとみてきます。やり直すの、たいへんだから」

そういって逃げる。

銀杏の枯葉が散っている木質の階段をうつむきくだっていると、室井が追ってきて、

「要するに現今の婚姻はすべて強姦なんだ、というところへ持っていけばいいね」

と早口でいった。

「ええ」

といい、銀杏の枯葉の溜りへくだる。そのまま暮れてしまった陥落池のほうへゆっくり歩いた。わたしは馴れていない、エロスを鞭につかうことは。わたしは吐きそうだ、鞭をさげて河馬の群に立つことは。わたしは絶え果てたくなる、かなしみで。男たちがそのエロスをつかまえきれずに、泥田のどじょうらのようにしている……　わたしの、男たちが……

北風に顔を洗わせてから、

「ただいま。もうおねんねしたかな」

と家へかえった。子どもたちは頭をならべてテレビをみていた。

「もう会議すんだの？　きょうは早かったねえ」

とよろこんだ。


わたしは両脚をひらいているのに、そしてわたしの男の目のなかへ、その静かにかすかに動く唇のなかへ、流れようとしているのに、わたしの性器はけいれんしてひらかない。やわらかな亀頭がその奥の鋼のひびきをつたえてくる。幾度も。わたしは応えたくて、男へ両手をさしのばす。心が前のめりに泣いている。それでもわたしの性器はけいれんして拒否する。

かなしまなくっていい、そのままぼくを呼んでなさい。わたしの男がくりかえしわたしを溶かしていく。わたしの性器へ熱い舌をのせて、ささやく。けいれんがとまらない。涙が流れる。愛しているのよ。あたし愛しているのに、もう、からだがついてきてくれないのよ。なぜだか分らないわ。こんなからだ、いやよ。あたしにいれてよ。あたしをこわしていれてよ。おねがいだから、あたしを破ってよ。

だいじょうぶ、きっと、よくなるよ。ぼくは君の、そんなところが好きなんだ。心がひらけば、また君の体はよくなるよ。

心はひらいてるのよ。こんなにいっぱいひらいてるのに、なぜついてこないの。あたしのからだは、なぜ、あたしについてこないのよ。

いいいい、意識がひらけば、また、よくなるよ。

いつ、ひらくのよ、いつなの……

わたしの男が大きな腕のなかに、ねずみのように泣いているわたしをつつむ。

おねがい、あたしに強姦して。ほかの女ができるのに、あたしが駄目なことない。おねがい、ねえ、閉まっていて、いたいのよ。ぴくぴくふるえて、いたい。しまっていて、いたい。いたくてくるしい。なおして。おねがい、あたしをなおして……

大丈夫。泣かなくっていい。ショックだったんだ。おれだって、ショックなんだから、君に変調が生じるのは無理ない。泣かなくっていい。

髪をなでてくれる。隙間もないように肌でつつんでくれる。かたくふくれた男根が熱くわたしの両股にはさまれる。耳のなかへ唾液とともにながれる。さあ、このままお眠り。朝までこうしていてあげる。

わたしの肉が男を拒否してしまっている。しゃくりあげながら、彼の熱で眠っていく。わたしのなかで凍みてころがる残雪がちらと目を射る。「おねむり……」氷河よりかたくひややかなそれを残して、わたしが眠りにおちる。あの氷河の少女は男を許さない。

氷河は男へ伝わる。泣いているわたしなどほうりすてて。わたしはこわい。

わたしは夜をおそれる。

話をしよう、彼へむかって。ことばを重ねよう、彼と。そしてともに寝るのをしばらく止していてもらいたい、わたしの意識が彼の自然をゆるすまで。わたしの心が彼を欲しがっていることをわたしのなかの少女がゆるすまで……

それでもわたしは甲斐々々しくなる。

「契子、裁判になったら弁護を買って出てくれ、おれも出る」

「いいわ、いつでも」

論理は一種のオートマティズムである。感動を除外すれば、殺すも生かすも自在である。そしていつでも局所的だ。

わたしは夜をおそれる。氷河になった少女をおそれる。その氷河の自由をおそれる。さりげなく夜の室井を避け、そして彼の誤解におびえる。彼の誤解など平然とつぶして動くあの氷河の自由をおそれる。

わたしは夜をおそれる。

殺された少女の兄が轢死した。犯人の逮捕後、二週間目であった。わたしが夜におびえて室井と抱きあえないその二週間目に。室井がしらじらしくわたしをみていた、その宵のこたつへ、彼の轢死が知らせられた。大正炭坑の合理化反対の坐りこみの現場から、彼は歩いてくる途中で轢かれた。室井へ報告にやってくる途上で死んだ。

室井がわたしの悲しみを拒絶して、来るな！　と叫び、とび出した。

わたしらは抱きあって泣くことができない。その妹が殺された夜のように。犯人が発見された昼のように。あれらの夜に、みかわした目を、灯を消した闇にひらいていた。堪えきれずふたりしがみつきあって夜を堪えた。翌朝まだ明けきらぬうちに顔をあわせるのを避けて室井はとなりの部屋へ行き、ひとり、すすり泣いた。わたしはふとんを噛んでじっとりとそれを濡らしながら、彼ひとりの涙を侵すまいとした。少女の兄貴の死は、彼には、少女の死よりも彼自身であるのだから。

陵が起きだしてきた。陵に服を着せつつ、ぽたぽたとホックの上に落とした。

「陵、パパはきょうはとっても悲しいのだから、パパのおそばに行かないでね」

と頭をなでた。

「どうしてママも泣くの？」

と陵がいった。わたしの声をまねて耳へささやいた。わたしは、

「陵をだっこしてくださったおにいちゃんが死んだの」

と陵の耳へ一息にいい、いいつくせず、

「陵、かわいがっていただいたのよ。こないだだっこしてくれたおにいちゃんよ」

と声をたかめてしまった。その声で、となりの部屋で、室井が嗚咽を高めた。わたしらは高まる声の寄りそうさえはばかりながら、それぞれ嘆きとたたかった。

台所のしごとは孤独な作業である。わたしはその集団と断たれたひとり作業をありがたがりながら、水へぽたりぽたり鼻水をおとした。手をボールの水にひたしたまま、すすりあげるのをはばかって垂れ流していると、堪え得ぬごとく室井はやってきて、わたしの体をつつみこみ、

「彼は契子、童貞だったんだよ」

と首すじへどっとその燃えた涙をおしつけた。

正月まであと幾日もなかった。室井腎は久子を連れて郷里の父母のもとへ行った。伴子と陵は浦川の新居へ行った。静寂が一度にわたしを閉ざした。ひとりで飲みに出た。

室井が病父をみまって折り返し帰ってくる。寝なければならない。彼といっしょに寝なければならない。また、ひらかなければどうしよう……　ひらくはずない……

わたしは、わたし自身も参加して決定へ至らせたこの事件に対する宣言に、さらに痛んでいた。その断片がわたしの性器の羽毛かざりめく。

——まさにわたしたちのなかに、同志の妹を殺す何物かがひそんでいる。それをえぐりだせ。そういう討論が激しくかわされた……

——対話が存在しないのに女を犯すという思想は何か。男は犯し、女は犯さないのか。わたし

たちの婚姻のほとんど全部が、婚姻ではなく相姦ではないか。そこへ向っての戦いを放棄することを「ふっきれる」と考えていたのはだれか。放棄させたのはだれか、とわたしらは……

「ああ……」

わたしは酒をのみつつ、うめく。どうか帰ってこないで……　あたしの少女は、かたくなになって、あたしを許してくれない。あたし抱かれたいのに、あの少女が、対話が存在しない！　とわめくんです。あたし、あなたを愛しているのに、まちがってる！　とわめくんです。おまえは男を犯している、室井を犯している、彼を強姦しつつ顎をなでてすましている、とわめくのよ！　あなた帰ってこないでよ……

わたしはひとりで飲む。

「奥さんこんやは、ひとりですか。大将は？」

片脚義足の飲屋のおやじがいう。

「ねてるの」

おやじが酌をする。

「寒かですのう。こげ寒かと、脚が痛みますき」

徳利を置いて腰をなでている。わたしのおでんの皿へだまって汁をそそぎ足した。濁った汁に裸の灯がゆらゆらする。

おやじがだまる。むこうの角のテーブルでうつぶせていた男が酔眼をあけ、あごを落としてこちらをみていた。

肉屋の閉めた戸口から細い灯がもれている道を、酔えずに帰る。わたしらの宣言がひびき渡る。――男から犯されるとき、声もあげえないような娘をそのままにしておいた主たる責任は兄貴にある。そんなとき、ニヤニヤ笑って男の肩をぽんとたたき、「そんなことじゃ私の気分が出ないわ」という女であったら、だらしなく殺されたりはしなかったはずだ……

――夜ばいが冒険の一つだと思いこむようなケチな弟をたたきのめせなかった主たる責任は、これまたその兄貴にある……

――血液のなかでの暗い、はてしない戦いが避けがたくつづかねば下層プロレタリアの運動などどこにもないことを知っていながら、その戦いをなめたところに、「サークル村」解体後のわれわれ組織の底の浅さがある……

わたしはわたしらのことばをふり払いつつ歩いた。寒い。肉屋の雨戸の中で口笛がきこえた。陥落池のほうへ曲った。大正炭坑の住宅のほうからくだってきた組織のひとりと逢う。オーバーの肩をあげてうつむき歩いていたその男へ声をかけた。

「ああ……」

といった。昼間、会議のときはヤッケを着ていたな、と思う。わたしは並んで彼が歩くほうへ引きかえした。

「飲む?」

ときくと、

「ああ」

という。わたしは先になってうす汚れたバーへはいった。それでもたずねてみる。

「おでんがよければあっちに行きましょう。今まであそこであたし飲んでたのよ」

「いや、いい」

といった。

彼は扉近くのソファに、荷のように体をおとした。青い顔をしていて、そのまま目をつむった。げっそりとなっていた。

女が、ゆたゆた寄ってくると、

「なんね、注文」

といった。

「酔えないのよ。コーヒーにする」

「では、おれもコーヒー」

女は、「コーヒー?」とかんだかく聞き返した。

「すぐ持って来い!」

突如、彼が怒声をあげた。

「はいはい」

むこうでくたびれた背広の男が女にもたれかかって踊っていた。レコードの音がかさついて壁にはねかえる。顔をしかめると、

「おい、とめんか」

とわたしの連れは音楽の底で鋭くいった。

ふん、と女二人、むこうをむいた。わたしは壁にもたれかかる。彼がわたしをみて、なんにもいわずにコーヒーを待っている。運ばれたのを飲んでわたしは「まずい」という。「ああ」といったまま手もつけずに目をつむった。

湯気が消え、さめはてて、それぞれむっつりと自己へこもっていた。

カウンターにもたれて出前のチャンポンを食べた女らが、客に、

「ねえねえ、おでんさ」

「うちも、こんにゃく好いとるとよ」

という。三人もつれるように外へ出た。

かわいそうなことをしたわね、線路で死なせたなんて……　わたしは声にならずに、カウンターの皿と箸をみている。

いいとこあったわ、と言おうとし、彼をみる。目を閉めて、腕を組んで、ソファにもたれている。泣いているな、とおもう。

「ね、さっきのとこ行って飲みましょう。あそこもまずかったけど」

という。

「いや、お茶の熱いのを一杯飲ましてもらって帰ろう」

といった。重い体をあげている。

連れだってわたしは家へむかった。楠の葉の吹き溜りが、しゃららと鳴りながら小石の坂を吹き散っていった。

茶道具を掘りごたつへ運んだ。男は、湯のみに落ちる茶の音を目をつむって聞いている。

「……あのとき、あたし、ここでこたつに入っていたのよ」

と、とうとういった。彼が、

「……線路がくらかったものだから…… つまんでとっていったけど、まだ石の間に残っているだろう……」

とつぶやいた。湯気をみながら。

散っていたのね、とわたしは胸の中でいう。わたしらは黙った。

室井へ尋ねがたかったその肉の色、血の色を、やっと言葉にして、わたしの心はしずかに坐った。やっぱり茶へも手をふれずに彼が、

「頭の皮が線路に張りついていた」といい、

「はがすときに音がしたんだ」

と、突然涙をおとした。

「ね、飲みに出ましょう」

わたしはわたしらの苦痛をおそれてそういった。だまって返事をしなかった。わたしは湯のみをとりあげて、レールにはりついた皮膚から逃げんとする。轢死した男の内臓が花束になり、その男の像が消える。彼の妹の死が結晶しているようなぐあいに、その男の死は像を結ばない。肉が散り血が流れたその肉体が花のようだ。わたしが、しあわせ者よ、と呼んでいる。その冷ややかな目が、闘いを、思想を、イデオロギーをちらとみてまばたきする。かあいそうなしあわせ者。男を憶う娘のように革命を愛するしあわせ者。

「……自殺したんだ……」

ふいに押しだすような声で男がわたしを破る。見ると小刻みにふるえていた。

「あれほどのことで死ぬような人ではないと思うわ」

わたしはいろんな意味で反発する。いっそうふるえがひどくなった。

「そんなふうに考えないほうがいいわ。自分を気楽にさせたくてこう言ってるのではないわ」

「おれは、あの時疑ったよ。あれの妹をやったのは、やっぱり……」

わたしは黙った。わたしらの禁句だった。

「あの時、口に出すべきだった」

わたしは立とうとする。男はがくがくと体がふるえてとまらない。

「ね、寒いのでしょう？　寒くない？」

「いや」

口をつぐんだ。いっそうふるえがひどくなり、こたつにうつ伏した。

「ね、飲みに出ましょう、あたたまるわ」

頭髪がこたつの上で音をたてる。

「すぐ直る」

とうつぶせたままいった。背が波打った。ふとわたしに赤木守がこの部屋で発狂した時の姿が浮いた。引きしまってぴくぴくとふるえた頬。その頬を伝って流れおちた涙。とりすがるようなあの目の奥の光。

「ね、赤木守です。赤木さんです。ぼくは赤木さんです……」遠去かる汽車のようにおびえながらちいさくなったあの目の奥の光。あの時もわたし一人だった。わたしの前に膝を正して坐り、赤木です、と頭をさげ、涙を垂れ、垂れ流しつつ激しくふるえて、赤潮が磯をおそうような異様なさざなみがその目のうえにふりかかった。人は泣きながら、狂気の底に消えるのだ。消すことのできぬ正気を抱いたまま……

「ね、お医者さま呼びましょう、気分が悪いのでしょう?」

「いや、なんでも、ない」

歯がうちあって音をたてた。ふるえる手でオーバーを引きよせて頭からかむった。オーバーのなかで小さなモーターのように頭や肩が音をたてた。わたしはそれへ毛布をかけ、異様な発作をおそれながら、「そのままじっとしていてね。疲れているのよ。お酒買ってきてすぐあつくしてあげますから」

という。履物を探していると、毛布のなかで低い声がした。

「え？」

寄って行くと毛布ごと揺れながら、

「ここに、いて、ください」

と顔をあげた。まぶたも首もうちふるえ、毛布の端をつかんだ右手がごつごつとこたつの端で音をたてた。

「ちがう……」

と歯を鳴らしていい終えて倒れた。茶がこぼれた。

「すぐお医者さま呼ぶわ。しっかりして」

「ちがう……」

わたしへしがみついた。唇を探さんとし、すぐがくがくしながら立ちあがり、こたつで脚を打ち、壁でしたたか肩を打って、オーバーを引きずり、

「さよ、なら」

といった。

わたしは反射的にその手をつかんだ。

「このまま帰っては、だめよ」

ふるえながら倒れこんできた。わたしにはよく分らない、なぜこんなに激しくふるえているのか。安心してね、とわたしはいう。みんな、なにもかも…… ね、安心して、ね。わたしはささやく。その背へ手をまわしわたしを安心させるように、わたしを撫でるようにしてすこしわらいかける。彼が目を閉めた。腕に力をいれてわたしをとらえ、ふるえがすこしずつおさまった。

わたしは唇をよせ、そしてささやく。

「こっちの部屋があたし好きなの」

男が恥じらうのをおそれるように、わたしはさそう。殺人と死と自殺と、三人三様の悲痛さのなかにちりぢりになって剝りついたわたしらの自己愛を、いま呼びよせ、互の手もとへ返そうとするように、どこかぎこちなく、けれどもまるであれら強姦にはじまった一連の不信はふとした狂いであったかのように、ういういしく体を寄せあう。――はかない思いが散った。

わたしの肉体にやさしさが帰ってきた。ことばもなく。わたしは陵を連れて丘陵の水辺まで歩く。わたしらの体験の、ほんのひとかけらが芥のように浮いている。わたしと誰かの間に。誰かと誰かの間に。

# 八章　葦生える土地

共同水道の鉄管だけが突きでていた。まわり一面牛舎のあとのように、木質や藁や砕けた瓦が散って、しめっている。新手炭坑は閉山したわけではない。従業員を半減にし、ひとところに集めて、空家をとりこわした。土地は競売にかけられた。残った坑夫らはいつ渡されるかわからぬ給料をあてにして坑内へくだり、女たちは日雇いに出ていた。取り払われた住家の跡は、うねうねとひろがって、尿のにおいがする。小学生の赤い鉢巻が落ちている。一棟だけ虫歯のように残った長屋に、数年まえの退職者が住みついていた。

小道をはさんで二坪たらずの店がむきあっていた。どちらも人のけはいがない。裏は雑草が茂り、崖となり、その草の底で水音がした。畠中マキはひとまとめにされた残留者地域の中ほどに転じていたが、仕事に出ていた。信夫が下校してきて、

「かあちゃんは仕事。あんなあ、隣のおばちゃんはおらすけど、きのうまで山にかくれとったん

ばい」

　といった。

「山？」

「うん、あそこ」

　崖のむこうの藪となった小高い一角を指さした。結婚して三カ月になる妻が、姿を消し二日たち三日たっても帰ってこない。出て行かれる心当りも家人にはないし、出て行くあてもありそうに思えぬ。或る夜半、台所でこそと音がするので、家人が「ぬすとじゃ！」とわめいてとらえた。とらえてみると姿を消した妻であったという。おばちゃんがな、食べもんぬすみに来とったとばい。食べもんとって、山にかくれに行くとばい。狐がついて、狐としか話はせんとげなよ。

　誰も通らない。どの納屋も戸口の板戸が閉められている。半びらきの一つから幼児がすべり出て、またぬるりと内へ消えた。

　水道の鉄管のあたりへ、ゆらりゆらり女が歩いてくる。

「きょうは仕事休み？」

　わたしは声をかけた。

「いんにゃあ。うちは、いま下宿しちょるとよ」

「下宿って？　どこに？」

「うちがた」

下宿しちょるとよ」

「うちの残りもぐらのところたい。ばってん、うちはあれとは別れたとよ。別れて、あれがたに

「うちがたって?」

彼女は話しつづける。

給料の遅配がつづき、ストライキがつづき、それでも残りもぐら(と彼女はいった)の夫は、ヤマに見切りもつけきらじ、うじうじしちょる、け倒しちゃろうごとなるとをこらえて、彼女は日雇いに出て、そりゃ惜しかごたる男(と彼女はにんまりした)に惚れられた。あいびきすりゃ帰りはおそうなる。おそうなりゃ、残りもぐらが髪ばひっつかんでぶっ叩く。翌日仕事場であの男に告げた。流れもんのごたなか男(と彼女はいった)は、そげ、おまえばっか叩かれたら体がもたん、おいが話ばつけちゃる、ち、いうて、日曜日に納屋に来てくれた。

残りもぐらは、ことがそこに及んでいるからには、あっさりしたが男の花道、ち、いうて、うちばあっさりあん人にくれたったい。あん人は、いまは自分は男二人と下宿ぐらしじゃけ、女を下宿にいれられん。すまんばって、おれの女を家が見つかるまで、ここに下宿させてくれんか、と残りもぐらにいうたったい。それで残りもぐらは、男は度胸ちいうて、うちをそのまま下宿させたと。彼女はにっこりした。そして、

「いまあれは穴にもぐっちょるけん、うち一人ばい、来ん? マキちゃんがたに行かなんと? おらんばい」

といった。

「うん、行ったけどいなかった」

わたしは彼女と倒された納屋の瓦や竹を踏み、シャツや帽子が土とまみれているのを踏んで彼女の家へ行った。

「食べないよ」

皿に豆腐をのせてさしだした。

「ありがとう。それで仕事休んだの？」

「あの人が八幡に家ば見つけよるとよ。家が見つかるまで仕事に出らんでよかというとよ。やっぱし、女をよそに下宿させたまんまちゅうのは人目のわるかろが。あの人恥かしかつばい」

「子どもたちどうするの」

「もう中学出て仕事しよるけん、世話なし」

と首をふりふり笑みこぼれる。

「もう卒業したんね。そんなら、世話なしたいね」

わたしらの声は壁をかじるねずみのようだ。地面の中にいるような奇妙な落ちつきのなさを覚える。隣近所、戸が閉められていて、ここばかりぽつんと生き残された感じになる。

「……そしてどこさへ行ったとおもう？」

彼女は話しつづけていた。話に飢えたもののように。豆腐をつついているわたしに問う。

「え？」

「タキ江しゃんな、そいで、どこさへとび出したと思う？　相談もせじ退職するちゅうがあるな、ち、おやじに言うて、その足でとび出たとばい。紙芝居屋家《げ》たい。紙芝居はもうけるげなよ。あんたも紙芝居ば書きない、もうけるげなよ。紙芝居屋のおっちゃんはひとりもんたい。もう、すっぱり、もぐらは止めとるとたい。もう何年前じゃったかの。ばってん、家はタキ江しゃん方のまん前たい。タキ江しゃんは、男の子ばっかり三人おるばって、ようしたもんたい、家出した先がまん前じゃけ。子はあんた、あっち行きこっち行きたい。わが家が広ろうなったと同じこったいな。

あのなあ、男はおなごにビンタくらわすと損がいくばい。うちの残りもぐらのごと。ばってん、おなごにビンタくらわして得した奴もおるばい。唐木ちゅうとはな、わがおなごが監督とでけちょるち聞いて、ビンタ張ったったい。おなごは、なんごつもなかとに喰らわせられて、たまるもんかい。おなごが腹かいて監督に、これこれこれです、ち、いうたったい。さあ監督がおなごに同情した。同情して監督が家《や》に連れっ帰った。監督のおなごも同情した。めおとづれ同情したけん、唐木はかなうもんかね。監督が家さへ行って、手えついちょるとたい。わがおなごにも手えついちょる。あたりまえくさ。

けど監督はでけた人じゃん。唐木にこんこんいいい聞かせた。いまヤマは見切りどきばい。ぐずぐずしよりゃ、鼻までぬかってしまうが。今んうちに建築に移れ。

そいけん、唐木は建築に移ったんばい。ばってん、家がなかろうが。そいけん監督が家に下宿しちょるとたい。いま、めおとづれ下宿しちょるよ」

わたしは彼女と別れて畠中マキの家へむかった。まだ帰っていない。マキはいなりずしの材料を仕入れに行き、ばらずしの握りを底井野の店へおさめて帰ってくるのだから、もう帰宅してもよい時間だった。だらだら坂へ行ってみる。信夫が土くれを草のなかへ投げいれてひとり遊んでいる。

信夫と崖ぎわの小店へ行き、数えるほどの品物のなかから駄菓子を買って与える。室井が「君はおれが外界とふかく拮抗すると嫉妬するんだな！」と仁王立ちでにらんだその目が浮かぶ。わたしはがっかりして口をききたくない。彼のギブスの腕をみる。男が小店へ三、四人連れだってやってきた。ラムネを口にあてて地面にしゃがんだ。

……そいでとうとう朝の三時になったとばい。社長もくたばっとった。けど、まあよか線の出たったい……

「あなた、なぜそんなふうにおっしゃるの？」

室井はこん棒でうちかかられて左肱を骨折していた。翌日の夕ぐれ、紘一らが頬をこわばらせて集った。

「いっしょに帰りゃよかったのう」

「なし、ゆうべだけおれたち一坑に残ったとじゃろか」

「畜生、うち殺してくれる」

彼らは縁先とたたみのうえに脚さえ引きつったかのように、ぎこちなく坐った。その夜の帰途を室井と同行した裕が、

「めちゃくちゃばい」

といった。沈黙して、みな次のことばを待った。あの夜高松の版画サークルの者や採炭夫らといっしょに中鶴一坑の行動隊員をたずねて行き、彼らと話しかつ飲み、高松の四人と行動隊の裕と、室井は連れだって帰っていた。中鶴一坑は町はずれの遠賀川ぞいの炭住だから、そこからぶらぶらと昭和町に出て、一本道の商店の並びをとおり、わたしらの家までかれこれ三十分はかかる。人通りは早く絶えてしまう。大正炭鉱が賃金は未払いで金券などを発行して炭坑の構所内の売店で買うだけだから町の店々も早く戸を閉ざす。それでもうすぼんやり灯のあるガレージは、中間タクシー営業所で人影が二、三、空のガレージに立っていた。

「そのまえをぶらぶら歩きよったったい」

「そこに杉山が待っとったつかい」

裕と近夫が同時に言った。

「景気がよかごたるの、とかなんとか、気のきいたことをおれたちにいったよな」

室井がいった。

「あいつは虫がすかんっちゃ、おれは」

裕がいった。

「京都にバーテン見習いに行ったつじゃろが。なし帰っとるとの」

誰かがいい、

「いや、おなごば連れに来たげなばい」

と誰かが答えた。

「ふうたんぬるかくせに、気どっとるもんな、あいつは。行動隊におる時から」

「だいたい、あいつ、なんのために行動隊にはいったとな?」

「知るか!」

室井が、

「要するに、われわれを偵察しとったとばい。あのとき、あそこに待ち伏せとったんだからな」

といった。

「チンピラですよ、あいつは。行動隊から出て友信会にはいったのだって、あいつのチンピラ根性の結果だもんな」

共産党時代から行動をともにしていた武がいった。

「おお、あんたか。えろう早う尻割《けつわ》ったな、とおれがいったよね」と室井。

「あれで、かっ、ときたごたったね」

「なんや？　もういっぺんいうてみい、といったから、京都じゃもてよるかね、ヤマの尻割りは。まあ、しっかりやんない、てなことを言ったな、おれ。

とにかくおれたちは気にとめとらんだったんだ。実はその点がうかつだった。敵はしじゅうねろうとるんだぜ」

「けたくそ悪かったから、おれが、女のけつばっかりが世ん中じゃないばい、ちゅうたら、なんちゃ！　えばるな。おまえらがなんか。おれは小畑を支持しとるけんな、とかなんとか、そげ言うたよ」

裕のことばにみなうめきのような声を出した。くそっ、しめ殺せ。友信会め。

「はっきり言ったね、その点は。おれは小畑を支持しとるけんな、おまえらには一票もやらんけんな、ふてえ面して、あとで泣くな、といったぜ。

挑発なんだ。いいか、みんな。いまこの時点で挑発にのるな。いまのったら票が逃げる。それだけじゃない、あさっての組合選挙だけでなくて、行動隊がまるごとつぶされるからな」

ラムネをのみながら地面をみつめている男たちの声が語尾ばかり強くきこえる。信夫が飴をなめた。な、……二億円出るとばな、……　じゃろうが、……　あとの話があるとくさ、……　じゃろが、……な、三百からの業者がねろうとるけんな、……　会社が投げ出すちゅうとたい、貸すとじゃなかばい。ああ、そうくさ、な、……　一銭も出らんばい……

わたしは信夫に「さよなら」という。だらだら坂に石が出ている。おれは小畑を支持しとるけんな、という挨拶をほんとに真に受けたのかしら。

室井は「おまえらに一票もやらんけな、とあいつはいったぜ。たしかにあれは奴らの手先だ。例の殺人犯を行動隊員におしつけようと奴ら必死だからな、挑発だ。いいか、みんな乗るな」と見まわした。

「おれはあの時、おまえ、えろう気のきいたことというじゃないか、京都の水で垢ぬけたの、となんの気もなくいったんだよ」

「その時つっかかってきたとな」

「おれを馬鹿にするとか！　おまえはいつでん人ば馬鹿にしくさって。畜生、おまえを殺すけんな、といったよ」

「そしてつっかかってきたとな」

「殺すちおまえがいうなら、そりゃしょうがないたい。殺すなという権利はおれにはないもんな、とおれはいったよ。そういうよりしょうがないじゃないか」

裕が、

「そしたら杉山が、よし殺してよか、ち言うたな、といって打ちかかってきたったい。左んほうにごみ箱があったとば、そのふたをとってふりかかったったい」

くそ……　誰かがうめいた。

「おれがそれば取りあげた」

裕らがこもごも語った。だらだら坂で坑夫らとすれちがった。片腕がなかった。昨夕、裕らは杉山の件をこまかに語った。

「やめんか」

「なんや！」

杉山はタクシー事務所へ走った。

「出刃庖丁借せ！　庖丁！」

誰もとりあわなかった。

「おい、あれ持ってこい、おい、どこ行ったんか、あいつらも呼んでこい！　おい！」

杉山は口走りつつ道路にころがっていた一寸五分角で半間ほどの棒を彼の連れにひろいあげさせた。杉山の連れは十代を出るか出ないかの細長い少年であった。「な、杉山さんやめんな、な」といい、それでも一行の誰彼にも「なんや！」と肩をはってみせたりした。

「おい、くだらんこた、すんな」

裕がいった。杉山が棒を振りかざし裕へ打ちおろそうとした。酔っているのかゆらりとして、それを高松炭坑の上田が払った。横へ振った棒はそのまま横ざまに道の端にいた室井へうちおろされた。後に壁があり、さける余地がなかった。室井は左腕を曲げて顔をおおうようにかたむけた。棒はその肱にあたった。左肱の下にあげていた右手首にも棒がかすった。

「おい、一度なぐったから気がすんだろう、もう止めー」

室井がいった。杉山はぶつぶつとつぶやいたがもう乱暴はしなくなった。光を消したパトカーがすうっと寄ってきた。

「どうしたんだ」

「いや仲間の者どうしだ。それぱってん、おれをつかまえるちゅうなら捕えたっちょえぇばい！」

杉山はつっかかった。

「いや、そげなこつじゃなか」

パトカーは行きすぎた。その少しまえにも光を消してパトカーが通ったようにおもえた。

室井たちは、けたくそわるい、飲みなおそう、とわたしらの家の近くにあるトリス・バーまで来て、そこで飲んだ。しばらく飲んでいた。裕がしきりと興奮していた。

二人男が入ってきた。一人は文学バーのマスター、他の一人はそこの常連である。文学バーとは、同人誌などを出していたマスターのもとにその仲間らが出入りするので室井が奉った名である。同人には県警の刑事部長もいれば共産党員もいる。スパイも公然と出入りする特殊なふんいきのバーであった。

――集合して熱心に耳かたむけている隊員へ室井と裕がこもごも話していた。室井が「あの印刷屋のおやじ然としたやつが、その刑事部長にちがわんぜ」

といった。

「一坑へおれたち行ったときにマイク放送したろう。行動隊のもの集れと集合をかけたろ。あの放送でおれたちの動向をつかんで、帰りをねらっていたんだ。警察はこのまえの殺人事件を行動隊のせいにしてぶっつぶしを計っているからな、杉山におれをやらせて、おまえらがふんげきしてさわぐ。そこを一挙にと考えているんだぜ。やつらの手は」

「畜生！　杉山をやろう！」

「待て」

室井がいった。

「杉山をひっとらえて泥を吐かせることが先決だ。敵の正体をバクロせんといかん。あさっての組合選挙が終ってすぐ杉山を連れてこい。おれが泥を吐かせる」

「そげふうたんぬるいこっちゃ、いかんばい」

「いや、おまえのような跳ねあがりをさせるのがむこうのねらいだぜ。行動隊のなかに清の妹を殺《や》ったやつがいるというでっちあげを作ろうとむこうさんは必死なんだからな。いいか、みんな決して暴力的になっちゃいかん。いいな」

「畜生……どうするかおぼえちょれ」

彼らはめいめい表情をこわばらせていた。なかの一人が、

「おい裕、おまえパトカーに四人乗っちょったといったな」

と問うた。

「ああ四人おった。たしかに四人おった」

「パトは、二人乗用と決まっとるんばい。おれがぬすとの見張に立っちょったとき通ったのも二人だったばい、二人乗用に四人乗っちょるちゅうのも、おかしいばい。たしかに行動隊をねらって網張っとったつばい」

「それは当然さ。杉山は警察のワナだよ。おれは網にひっかかったんだぜ」と室井。

「これから一人で歩いちゃいかんばい、あんた」

「おれ今夜はここに泊ろう。ひょっとしたら杉山らおしかくるかしれんばい」

「ああ、三、四人泊れ」

そして室井が、

「全国的にばらまいてやるぜ、樺美智子をやった日に、おれにテロをしかけてきた、と。おまえらも天下の耳目を集めとる闘争をやりよるんだから、性根をすえろ、いいな」と念をおした。

「よし、ビラくばりに行ってこい」

行動隊員らは三々五々連れだって、谷川雁が旅へ出るまえに書いて行ったビラをくばりに出かけた。

谷川は、行動隊の会議で決めた北九州労働者「手をつなぐ家」建設の基金募集のうちあわせに上京していた。わたしたちは、その「家」ができる日を、わたしらの故郷の建立のように待った。わたしはようやくわたしにも、このにほんに、心のかよう具体的な場所ができる思いで、待たれた。土地は硬石山がま向いにみえる小さな丘に、そこだけ彫りそこなったじゃがいものかけらのようにくっついていた。市有地を払い下げてもらっていた。

彼らが出てゆき、二人になった。誰もいないところで彼へ話しておかねばならない。わたしはそれが室井のこころを傷つけぬことを願いながら、その呼吸をうかがった。案の定、宙をにらんで燃えている。そしていった。

「……全国的にばらまくぜ。樺美智子一周年に敵はおれにテロをしかけたんだ」

「あのね、そのことだけど」

といい、

「つまらんことをいうの、止してね」

といった。

「それじゃなんか、おれがただチンピラにやられただけだと君は考えるんか。君はおれが外部にふかく拮抗すると嫉妬するんだな」

とにらみつけた。

「そんなこととちがう……」

思わず顔がゆがんだ。室井はじっとわたしをにらんでいた。しばらくして語調をかえるとわたしへいった。

「君は聞いてなかったかもしれんね、めしの用意してたから。あのときパトカーがあちこちに光を消して待機していたという情報はつかんでいるんだぜ」

わたしは唾をのみこんで言いだした。

「そうだと思うわ。あの事件のあとですから、いいチャンスだとうかがってると思うわ。

あのね、あたし、いいたいのはね、ね、労働者がその意識を確立していく過程をね、そっちのほうがね、それをね、大切にとらえたほうがいいって、そう感じるのよ。あなたの傷について政治的にとらえることも大事でしょうけど、ね、チンピラでも杉山は行動隊にいたことのある男でしょ。

あの人が、なぜなぐったか、その……」

「だから、テロだといってるだろ」

「そのテロがね、ただなぐれといわれたからなぐる、それだけでない。杉山自身のものがはいってるわ。そこのとこをね、あたし、労働者とあたしたちの関係として」

「君はおれが、単にチンピラにやられたと、いいたいんだろうが」

「……そうじゃない……　そんなこととちがうのよ……」

だらだら坂の石は岩盤の背のようにみえた。下ったところに溝があった。木のふたが細かに細工をして伏せてあった。ひとまたぎもない細い溝に。溝のむこうの土がぬめっていた。葦が生えている。家と家との間が沼になりだしていた。

わたしはあの時、「あたし、二通りの見方をしたほうがいいとおもうわ」

といった。

「杉山に対してか？」

葦の間にあひるが放してあった。わたしはしっ、と声を出す。左右に傾き傾き逃げていった。

なぜ彼は、肝心なところで対話をこころみると、君はおれが外界と結びついているのを嫉妬するのか、というのだろう。もう幾度きいたことだろう。少しも……　わたしは声をのんでいる。外界との結びつき方がまちがっている、とわたしは告げようとしているのだ。まるでわたしらの愛がその地点でゆらゆらと分れようとするのを怖れているように。

「杉山のことじゃないの。あなたの骨折に対してなのよ」

「どういうふうに」

「……よくいえない。

あのねえ」

もし夜一緒に寝なくていいのなら、わたしはずばりと話せたろう。あのねえ、あのねえ一つはあなたのおっしゃるようなこと。チンピラを使ってでも行動隊をぶっつぶそうとしているということ。もう一つは、チンピラと行動隊員の意識の基調は一脈通うものがあるのだから、つまりね、一家をもちたいという、だからね、あなたにしかかったということももちろん大きなことだけど、私怨をはらすという暴力行為で彼らは思想を語ろうとするのだから、その私怨の内容を考える必要があるんじゃないかしらってこと。でないと、そこをみないでまるごと敵側へおしやったら、そしたら、あんまりいいことじゃないでしょ。そうでしょ。あのねえ、まるごとこっちへ抜きとることとおんなじで、そりゃすかっとはするけど……

室井のぎらぎらする目をのぞきながら、わたしは話す。今夜、彼と寝たとき、しこりが残らぬようにしたいから、話すことと話さぬことを天秤にかけかけ、それでもわたしはそろそろと話す。そうでしょ、だって労働者が暴力にうったえるのは、彼の思想を語ってるんでしょ。暴力とは思想でしょ、彼等の。私怨を晴らしているのよ。どういう私怨なのか、そこんとこを一皮めくってみないと、そうでないと、その質は行動隊の連中にも通じているのかもしれないし。あたしたち、ほんとはそこのポイントだけをみてればいい。そんな気がするのよ。

わたしのどこかがへとへとになる。「よし、分った。おーい陵、散歩に行こう」彼がギブスの腕で陵と出て行った。わたしががっくり食卓にうつ伏す。硝子のように張りつめていた心がへとへとになる。たったこれっぽっちの、彼とわたしの持ち札のちがい。その表と裏の色調の差をとりかわすことの苦痛がわたしの骨を砕く。でも……

それでもその一筋を抜いたらわたしらが肉体労働者と共闘などし得る何があるというのだろう。マキに逢えずに葦の間の小道を歩く。わたしのなかの少女が……あの殺された少女、莚の間からひらいている脚の少女らが、わたしをさしのぞく。わたしのしあわせをさしのぞく。わたしの愛を……

「……猿まわしもくたびれるよ。労働者はしょせん猿だからな。奴ら、現実参加のメドを持たんもんな」

「持たない？　持たないって？」

「現実とはね、虚実見渡す立場に立てないとだめなんだよ。労働者は両者にまたがれんからなあ。そこに踏み立たん限り世界は動かんもんね。

　レーニンが自然発生的なものからはイデオローグは生まれんといったが、あれは真実だよ。生産関係に首までつかっとる奴には、資本対労働の矛盾がもっている形而上的部分が十分には見えんのだからなあ。そういう存在は現実を動かす思想を育てることはできんさ」

「でもねえ、労働者は現実参加のメドを持たないっておっしゃるけど、あれはね、持たないのじゃないわ。彼らがみている虚実ってのがありますよ。彼らはそれを見わたしてますよ。ただその実があたしたちには実ではないと信じられてるのとちがうの？」

「実は実だよ。権力は実体だからな」

「でもね虚実ってのは絶対ではないでしょ。段階的なものでしょ。あたしらがさわれるそれだってかなり限定されてるでしょ。労働者も同じだわ。ただ違うのはそれを対象化するための媒体だわ。

　彼らだってそれなりに具象化してるわ。ただ抽象力がそれに比しておくれてるけど」

「奴らを君のようにみるなら、彼らを思弁に引きずりこむぜ。思弁に引きずりこむと彼らは不毛だよ。

奴らの特質はその存在の渇きにあるんだからな。存在のもつ渇きを思想やカテゴリーは固定させるぜ」

わたしは止そうと思う。思いながら深入りしてしまう。いつものように。彼と話すのはたのしいからゲームのようなものでもある。けれどもまた、そうでもないものがわたしを執拗に追いこむ。互に知れきっていることばのなかへ。

「……だって、そんな思想やカテゴリーが問題なのであって、彼らが永遠に渇きっぱなしであり得るはずないでしょ。それに存在の渇きは彼らの占有物ではないわ。いまだって、あたしたち彼らのそれを利用してるわけではないでしょ。それに窓をあけたがってるのとちがう？」

そしてわたしはふとおびえる。異質なものの間に交換法がみつけられてはいないことに。男たちとあの少女。少女とわたし。わたしと朝鮮。朝鮮とにほん。にほんとわたし。……わたしは室井の目をみていう。

「ねえ、あたしだって渇いてるのよ、どうしようもないのよ。どうかしてぇ」

そしてわたしは室井の膝の上にうつ伏す。彼がわたしの背へ手をおろす。

「まだ飯食いよるんな。あんたら晩めしに何時間かかると？」

わたしは顔をあげる。行動隊の数名がはいってくる。わたしらの夕食。時に暁までかかるその夕食。

「要するにわれわれヤマの崩壊にたちあう者は自分自身の頽廃がそれと重っているところをみつめるほかないぜ」

彼がいまの対話へその結論めいていう。行動隊の者らがだまって椅子にかける。わたしは立ちあがり、「飲む?」

という。そしてコップを並べる。

……われわれヤマの崩壊にたちあう者は、自分自身の頽廃がそれと重っているところを……　わたしはあひるの尻を追いつつ脚を急がせる。下腹がかすかに痛みはじめる。……　ねえ、おなかいたい。北側もすっかりとりはらわれてたわ。あたし、彼らを思弁へ追いこもうとは思ってないわ。ただ……　彼らの……　ねえ、おなかいたい。

空が薄ねずみになる頃、陵を負って、またそのとりはらわれた炭住の跡をたずねた。牛舎くさい家屋の跡をふみ、マキをたずねた。まだ帰っていなかった。夕やみがまっすぐにこの半壊の丘の上へおちてくる。

女の姿をみたと思った。が、たちまち煮えたぎる湯をぶちまけたように、一時にどっと女らが薄闇にあふれた。地鳴りがするさわがしさで、細い炭住の路上をゆきかう。きい、と咽喉を締めるような笑いを出して女三人、わたしの横をとおりすぎた。

「かくしといてやりい。うちが、また取りくるけん」

「どげあるな、見つかったっちゃ」

「よかけん、かくしといちゃり」

そして、けたたましく笑った。

きのうストライキ中の大正炭坑に行った時も、女たちが悲鳴のような笑いをあげた。

「逢った？」

とわたしは聞いた。おさえかねる笑いは彼女の咽喉で悲鳴になって、ああ、くるしか、といった。逢ったんだね、とわたしはいった。

女たちが石鹸をもむようなぐあいに身をよじっている。もうおかしくてかなわない。こわれてしまった。何かが。女たちがとめどない熱のように身をよじり、隆子までシャモット焼の人夫を止して、バーへ行きだした。その赤い、皮膚の固い顔で。

「あんねえ、郵便くばりよるとよ、うちのあれ。ううん、まあね、やっぱり若かとがよかよ。もぐらはつまらんばい」

ストライキがつづく。女たちがとめどない熱のように身をよじる。新聞が報道する。ヤマの女房ら共稼ぎに出る。母を待つ子ら。賃金ストップ一カ月を経た悲惨なくらし……

「あんた、たまがったねえ。くだけたもんばい。P・T・Aなんか行くよりかバーで働いたほうが先生と気易うなるとよ。人間はくさ、表ばっかし見ちゃでけんよ。うちゃ、ストのおかげで勉

「ああ、オンリーはばからしかよ。一人にサービスするも二人にするも同じこっちゃろもん。な、なし男は二人も三人も持っちゃでけんち、法律は決めちょると？」

「知るかね。うちが決めたつじゃなし」

「おやじ一人にサービスして、ほかの男は男と思わんちゅうとがまちごうとるよ。男はどれでちゃ、男じゃろもん」

　マキは何をしているのだろう。スピーカーが、……しがないやくざの土俵いりでござんすう……とレコードを流す。……惚れていたって女は女……「あったりまえのこんちきちき」と頰かむりした女がどなって通りすぎた。

　わたしの心はうろうろと熱をさますように歩く。きょう午後、かわいた日ざしの中を室井は行動隊の一人に杉山を呼びにやった。隊員の誰彼が、黒白をつけねば気がすまん、といい、わたしらはわたしらで陵まで戸外を幾度ものぞいては誰もいないのを確めたりした。

　杉山が呼び出されてやってきた。わたしは彼の姿をみて内へはいった。杉山はひょろりとした少年を従えてやってきた。少年は樹の下に立った。

「よか、おまえ帰っちょれ」

　といった。少年がためらった。

「帰ってよか」

杉山はその小柄な体をそちらへよじってそういった。このちょっとしたしぐさが、彼には必要であるらしかった。少年は坂を下りた。ふいに杉山は小腰をかがめて戸口を入ってきた。

「奥さん、すみまっせんでした」

彼はわたしをみつけてそういった。

「あら、あたしはちがいますよ。どうぞ彼は中にいますから」

「すみまっせんでした」

ぼそぼそ口の中で声を出していう。室井が椅子にかけて、入ってくる杉山のまっ正面でじっとその顔をみていた。

「どうぞ」

幾度か声をかけ、彼は腰を降ろした。わたしは彼を連れてきた紘一らと次の間にねころんで、彼らと同じようにテレビをみるふりをしていた。

「なぜこういうことをしなければならなかったんだい。行動隊に対して何かふくむところが、あんた、あるんだろ?」

と声がした。

すみまっせんでした、わるうございましたとくりかえしていた杉山が、その小柄な体を折りまげている声で、ぼそぼそと答えていた。

「いいえ、そげいわれると困るんですが、わたしは、行動隊はわたしのできんことができる者たちだと思っとります。そんなぐあいですから、行動隊にふくむところなど全くありません。行動隊に残りきらんだったことが、わたしは、自分のひけめになっとりましたから」

「しかしそうであるなら、なぜ、こういう事をせねばならなかったんだね。矛盾しとりゃせんな」

「なぜやったかといわれると、喧嘩のはずみで、つい、怪我させた、ほんとに申しわけないというほかありまっせん。ほんとうにすみませんでした」

「おれはあやまってもらおうと思ってるんじゃないんだぜ。あんたの本心をたずねてるんだ」

「わたしはほんとに行動隊に対してどうこういうのはありまっせん。行動隊のなかの裕が以前から虫がすかん。おたくが、わたしを虫がすかんやつと思わっしゃるごと、わたしも裕がなんだか虫がすかん。生意気なやつ、と、むかしからわたしら気が合わんとです。ですから、あれが、ふとい面しておたくと通るのをみて、むかっとしたもんですから」

「しかしあんた、小畑に加勢しとる、といったろ。行動隊をぶっつぶす一役を、買っとるんじゃないな」

「いいえ、とんでもないです。そうじゃない。こんど帰ってきたら人が行動隊から杉原が組合長に、東が副組合長、沖田さんが書記長、それから小日向さんが教宣部長に立候補しとるときいて、ほう、とうとうこれだけ出るごとなったとだなあと思ったとです。小畑に加勢するといったのは、あれは、裕と、それからおたくに、いやがらせがいいたくて。ほんとです。わたしは退職してしまっとるし、小畑から頼まれたわけでもないとです。ほんとです」

杉山は恐縮しきって、ぼそぼそとくりかえした。

「しかしな、おれは、この人間はだいたいここまでの人間だという線がわかるんだがね。その限度を越えて、あんたが、あんなに執拗につっかかってきたのには、なにか背後にあるとしか思えん」

杉山は追いつめられて何度もくりかえしいった。

「おたくがきいとらっしゃることは分りますばって、わたしは、そういわれても会社から金もらったわけではないとです。会社の誰も知らんし。政党にもはいっとりません。親分をもっとるわけでもなかです。わたしはほんとに申しわけないことをしました。中間タクシーで友達のところへ、京都に連れていく女のことで話に行こうとおもって車を待っちょったら、おたくが、連れだって通らっしゃった。そこに裕がおったもんだから、このやろう、きいたふうな顔しやがってと思ったら……

ほんとにわたしは二十九日には女たちを連れてむこうに行くとですき……」

「おまえを殺す、といったろ、おれに」

「おたくにそういった記憶はなかです。ばって酒が入っとったもんだから、言うたとおたくがいわれるなら……わたしは常日頃、殺すぞ、とはよう口にするもんですき。おたくに当って、あっと思いました。一度なぐったら気がすんだろうといわれたとたん、何かはっと気がついた感じで……」

いつまでも杉山は同じことをくりかえし、そして詫びをいれた。室井はくたびれた声で、

「行動隊に対して君が思っていることがあるならどんどん討論をいどめ。しかし君が討論しかねるところを腕力でやるというのはよくない。君はある程度までは理解できる男なんだから。今後は知力をつくして堂々とやれ。いいな。労働者は全知力をふるいたたすんだ。

一体君は今後自分をどうしようと思っているんだい」

といった。そして、彼へこまごました将来の方針を立ててやった。また今後、行動隊および隊員やその運動の一切に手出しをしないと誓わせた。

「君は裕を虫がすかんといったが、裕のほうでもそうだろうな。そのまま互に虫がすかんじゃしょうがない。裕をいますぐに呼びにやるから、それぞれ相手のことが多少なりとも分る関係を作っておこうじゃないか。君のほうの虫だけおさえるわけにはいかんからな」

といい、行動隊員に裕を迎えにやらせた。そして裕をまじえて三人で話をしていた。

杉山が帰ったあと、彼らは、

「ちくしょう、歯には歯をじゃん。腕の一本二本たたき折ってくれる」

「なし帰したんな。おれは虫がおさまらんばい。腕ば折ってきてやる」

としばし不服をもらした。

彼らが闘争本部へ引きあげると、テレビをみているわたしの横へ室井は坐り、そのギブスの腕をまげたままやさしい声を出した。

「杉山に対するぼくの処置はどうだった？　あれでいい」

　わたしに涙がこみあげた。ごめんなさい。ごめんなさい。わたしは涙になる声をころし、テレビをみながらこたえた。

「感心してきいていたのよ。どうなるかと思っていたのよ」

　彼がわたしの腰へ手をまわし、テレビをみて笑った。悲しみがわたしをみたす。許してちょうだい。あなたのままでいてほしい。わたしは何かをあやまった。室井がわたしを引きよせる。わたしが、彼にもたれて、彼と一緒にテレビを笑う……　そして、わたしはマキをたずねた。いや、その牛舎のあとへと、逃げた……


　その夜わたしは彼の片手に抱かれて、その胸へわたしの詫びに似たことばを吐く。

「ね、人は、くずのような死に方をするものなのよ、ねえ」

　室井はいつもの声でいう。

「あたりまえじゃないか。いっさいは喜劇なんだぜ」

　ようやく、わたしは室井の肌に頰をつける。のたれ死にする一対のように。ようやく、わたしらは眠る。

# 九章　「大正行動隊」Ⅱ

一九六一年の五月から社長が決定せず、経営陣が不安定であった会社は、六二年一月、佐藤通産相のあっせんで再度、田中直正が出馬しようやく経営を軌道に乗せるかにみえた。しかし田中新社長の再建構想は発表されず、田中直正の就任後も福岡銀行の手形割引は再開されない。労働者の賃金未払いは一人平均一万三千八百円となり、一月の賃金も一律四千円と一人あたり十キロの米購入券が渡されただけであった。

これで人は生き得るのか。これでもなお労働者は会社で働かねばならないか。労組は未払い金の即時払いを要求。二月一日正午までの期限つき回答を求めた。要求がいれられない場合は労働組合として閉山するという最終的な態度を決定したのである。坑内条件も極度に悪化していた。

田中直正は社長就任にともない、伊藤一族の持株を預かることとなり、また全役員の辞表のうち、生産・営業・経理・総務など担当の役員の辞表受理を行なった。

山元の闘争委員会が決定した「全員退職・閉山へおいこむ」という戦術は炭労大会で否決された。同戦術は企業放棄につながるので、柔軟な条件闘争を行なえという決定をみた。そして生活闘争資金千五百万のカンパが報告された。

山元の実情が反映されない同決定は、労組員の怒りをあおった。組合大会が開かれ、緊急避難を行なうという臨時休業戦術が決定。二月七日から二千人の全労組員が一斉に休業し、同時に福岡市にある田中直正宅および福岡銀行に大規模な攻撃を開始することを決めた。決めざるを得ない。

この攻撃にそなえ、組合員のアルバイトを組合は禁止した。女房・家族が働き、労組はあげて闘争を行なう。生活対策として組合員一人千円の生活費と県のあっせんによる米二百俵が配布されることとなった。また全組合員の退職願を労組本部で一括した。女たちの内職や就職のあっせんがはかられた。全学連の学生らが続々と支援につめかけた。

七日から一斉休業に入った。炭労現地指導部が設置され総決起大会が行なわれた。前日鉱山保安監督部による保安実態調査の結果が発表されていた。保安警告が発せられていたので、労組の緊急避難による休業は支障なく行なわれた。組合は全組合員世帯千六百の生活保護を中間市に申請した。

十六台の貸切バスで全組合員は福岡に出動。県庁前で総決起大会を開いた。同大会には九炭労はじめ福岡地区労などの二千名が参加し、大正炭鉱労組のたたかいを政策転換闘争の核としておしすすめることが決議された。大会ののち福岡銀行へ抗議デモ。さらに田中社長・伊藤会長・福銀頭取等の家の前でもデモを行ない、坐りこみを行なった。

女たちが出稼ぎに出て留守なので幼児連れの姿もまじった。主婦会は臨時託児所を開設。福銀へのデモで同行では通用門や横門を閉ざし、窓にシャッターを降し、私服五十人を配した。また九日からは市内四店の窓口を通じて、百円預金戦術を開始した。これは前年夏のさみだれ戦術と同様、組合員が集団で預金や引出しをくりかえして業務を混乱させる方法である。

十七日からは保安要員も総引揚げ。労組は中鶴本坑と新中鶴の坑口にピケをはった。こうした山元の闘争と呼応して、行動隊は三名の隊員を上京させ、日本銀行と福銀東京支店にデモをかけた。隊員三名は社会主義学生同盟・マルクス主義学生同盟の学生らと両行にデモをかけ抗議文を読みあげた。創立以来、二・二六事件当日以外には閉められたことがない日本銀行の正面入口は、このデモで急ぎ閉ざされた。この報告は山元の士気をいっそう高めた。同決議文は次の如きものである。

日銀・福銀に抗議する!

独占資本の殿堂、日本銀行に、われわれは怒りをこめて問うものである。君たちは、圧制というものを知っているか! 豊州炭鉱の水没で死んだ六十七人のはげしい怨嗟の声をしっているか!

筑豊をゆるく流れる遠賀川と、自然発火をつづけるボタ山の対比のなかで、積年、幾千の坑夫たちの心臓につきささった圧制の鉄柵が、昔は「俺は河原の枯すすき」の歌を生み、赤銅御殿・花嫁人形で名を売った伊藤資本の経営する大正炭鉱をつくったことをあなた方は知っているはずだ。

死んだやつはしゃべれない。水で埋った、坑道の中では、だれもきいてはいない。しかし、われわれは死んだ連中に代って断乎として、あなた方に問う！

炭坑夫に暴動を起させる気か！

さらに、炭労幹部という、労働貴族に問う！

炭坑にタコ部屋制度の復活するのを敢えて見過しながら、資本家と妥協して、自らの地位を守りつづける気か！

われわれは、この年末にも失対事業より少ない手当三千円、賃金は欠配遅配、貧苦の泥沼に落され、更にまた、首切り、労働強化を押しつけられようとしている。

再建案を呑まなければ閉山首切り、呑めば災害死か、食うにも足りない生活がやってくる。

昭和二八、二九年の賃金欠配、一昨年春の遅配欠配首切り、秋の賃下げ、昨年二月の首切り、そして現在の遅欠配と、われわれの生活が危機に陥るたびにその債権をふやし、収奪に収奪を重ね、巨利を積んでいるのは、ひとり福岡銀行である。

福岡銀行の利潤の一円一円には、虐げられた者たちのやせた肋骨のきしみ、赤ん坊の悲鳴、妻のくり言、そして坑内で流された坑夫の血の一滴一滴までが、しみついているのだ。

弱小のヤマをつぶすという炭坑合理化政策が、そのまま、北九州炭坑夫十一万人を押しつぶすことはいうまでもない。すでに、北九州では、就職するに家もない炭坑夫の前に、極悪条件、極低賃金の生活が立ちはだかっている。

〝ぼたは降る降る　炭車は走る　炭掘るおいらは空っけつ〟と歌う、われわれが、それに屈すると、君たちは考えているのか。

炭労幹部の取り引きと妥協は、君たちを満足させようが、われわれは、君たちの気にいられようとは、全く考えない。われわれの腹はにえくりかえっている。われわれは田中圧制・福銀・日銀の奴隷になる気は全くない。

ふところに、川筋男の土性骨をのんで、いま、君たちの真正面から闘いをぶっつけようとしている。

釜ヶ崎、山谷より、筑豊川筋男はなお怖いことをお見せしよう！

総評炭労が闘いを止めても、俺たちは止めない。閉山・首切りくそくらえだ！

君たちがネを上げるか、俺たちが肉の一片までたたきつぶされるか、ひとつとことんまでやってみようではないか！

日銀・福銀よ、大正行動隊の名を胸に叩き込んでおけ！

大正行動隊

一斉休業にはいっている労働組合が、全組合員世帯の生活保護を集団で申請するのは全国でも珍しいケースだが、大正炭坑の労組が市に申請して一カ月後に、申請者の中で特に生活が困窮している二十七世帯に生活保護の受給が決定した。地労委は職権あっせんに乗りだしていた。組合員には、負けてもともとだ、とことんやれ、という雰囲気が定着しつつあった。それは悲愴さというよりも、居坐ったものの快活さ、ふてぶてしさであった。ユーモラスな放言とドスをのんでいる傍若無人さとが表裏一体となっていた。そのヤマ元に会社幹部はまったく姿を現わさない。もし、ちらとでもすればたちまち組合員が指令ぬきでつるしあげや洗濯デモを行なうから。課長や係長も坑員らから洗濯デモをかけられて倒れた。

社宅街にはどんづまりにまで追いこまれて開花した炭坑労働者の殺戮的な自己主張がみなぎっていた。中間市内の福銀支店長も街頭に引きだされてつるしあげられたし、その車が泥をはねかけてはクリーニング代を賃金の一部としてとられた。それら一種の開放祭的気風のなかへ、六〇年安保後下降的方向を持ちだしていた学生たちがはいってきてその数を増した。組合員らは「全学連さん」あるいは「おい、全学連」と呼んで迎えいれた。炭住に泊ったり、谷川らがカンパで建てた「手をつなぐ家」に泊っていたりした。労働者を肌で知りたいという言葉を、彼ら学生はしばしば口にし、休業中土方仕事に出る労働者に同行したり、組合幹部のつきあげに加わったりしていた。

行動隊はニュースを発行し各戸に配布した。

大根土一帯を〝蜂の巣城〟に――敵の強行突破作戦に至急そなえよう

「犬死しなくてもすむ保安をやれ、労働条件を下げるな、賃金をちゃんと払え、辞めた者、辞めたい者には退職金を払え」小学一年生でもわかるこの要求をかかげて、われわれが緊急避難に入ってから、すでに二十余日になる。長い間、食いつなぎ、ごまかしてきた生活は、女房を働かせ、カンパをもらっても、古い布団からはみだす綿のようにおさえきれなくなっている。うめきたい、どなりたい、蟻川や田中直正が顔でも見せたならタダじゃすまない気持が足のウラからたぎっている。このとき会社がしたことは何か。豆炭の値上げじゃないか。

蟻川は一方では家族をどこかへ避難させながら「ゴルフをやる」と称して東京に残っているといわれる。田中はただの一度も山元に姿すら見せない。ヤマが全滅するかもしれないというのに、たいした連中ではないか。だが、彼らは昼寝をしているのではない。かれらはひそかに機会をねらっている。かれらはあと一カ月この事態がつづけば切羽はつぶれ、かれらにとって重大な損害を招くことを知っている。休業いらい比較的おだやかに推移してきた戦雲は、いまようやく動きはじめようとしている。

かれらがやろうとしているのは何か。かれらはいますぐ組合の切崩しをやることができないのを知って、遠巻きに兵糧攻めをしながら、組合員のなかに混乱が起きることを期待して、チヨッカイをかけている。ビラ問題、豆炭問題をめぐる言動はそのあらわれである。

さらに、このねらいが無効であり、これ以上待てないと判断したとき、かれらは一歩進んで攻撃に移るであろう。それは坑所内の要点をふくむ地域に「立入禁止」処分をさせるとともに、ピケラインを突破して、にわか作りの保坑部隊を侵入させることである。もちろん警察力の応援のもとに。

この作戦は当然に組合の抵抗を受けるばかりでなく、保坑のための人あつめも、保坑そのものの効果も大した期待はできないはずである。にもかかわらず、かれらはわれわれの心中にクサビをうちこむために、あえてこれを強行する可能性は大きい。

たとえ「立入禁止」に敵が成功したとしても、なんら動揺する必要はないが、この敵の攻撃は闘いの第一段階におけるヤマであるから、われわれはこれを利用して大正闘争をさらに世論にアピールする機会にしなければならない。こどもでもわかる要求に耳を傾けず、法の名のもとに資本主義社会の全弾圧装置を動かしてくるかれらに、真の正義とは何であるか、炭鉱労働者の背骨がどんなに固いものであるかを思い知らせなければならない。坑所内の要点を敵に占領させるな！　この合言葉のもとに、大根土一帯を「蜂の巣城」にしよう。正義はわれにあり。一の金貸企業である福銀の利益のために、八千人の労働者家族の生活を破滅させてなるものか。

指導部に要望する。あらゆる大衆の智恵を動員して、奇策縦横、難攻不落のとりでを築きあげよう。形式的な日本帝国軍隊風の統制ではなく、労働者らしい生き生きと血の通った組織運営で、超長期化することが明らかなこの闘争の第一段階をみごとにのりこえよう。

「負けてもともと。勝てば勝つほどけっこうだ」というのが、いまの組合員の心境である。そして労働者にとっては、どんなに負けても、もうダメだということはない。闘う道はかならずある。いまほど皆の創意工夫と、それを汲みあげる組織が必要なときはない。

蟻川よ。直正よ。中間市民主再建同盟とやらいうユーレイ団体のビラを飛行機でまくような道楽がしたいなら、おれたちがピケの合間にひねるドドイツにでも賞金を出したらどうか。「釜ヶ崎より山谷より、大正中鶴はなお怖い」てなやつを知っているか。

六二年五月、会社側と炭労との中央交渉が重ねられた結果ようやく企業再開のメドがつくかにみえた。しかし会社側の再建案は向う三カ年間の平和協定を結ぶことと、退職金の半額切捨ておよび残額の十四回払いなどを条件とし、その上三百人のくび切りを骨子とする話にならないものであった。

炭坑労働者がいかに非人間的な条件下におかれていたかの一例に、この再建案をあげておく。しかもこれは闘う炭労が妥結した案であった。

一、向う三カ年間労使は平和協定を結ぶ。　二、当面の出炭規模を月産四八〇〇〇トン、能率三一トンとする。　三、鉱員三〇〇人を希望退職とし、退職金は半額切捨て、残額は十四回分割払いとする。　四、賃下げは二〇％とするが、その額に一方《かた》につき六〇円引きあげる。五、本給を整理是正し、請け負い給部分に対する標準作業量を引きあげる。また基準外も整理し、割り増し賃金を改める。六、夏・冬の手当ては支給しない。業績によってはモチ代程度は年末に考慮する。七、社員貯金、組合員への債務は昨年十二月以降の未払い賃金を除いて五〇%を切りすて残りは三カ年据え置く。

この中央交渉による妥結案が山元へ持ち帰られると、騒然となった。炭労不信は一挙に表面化した。行動隊はただちに行動隊ニュースの号外を出した。

炭労の裏切りと脅迫に屈伏するな！　指導部は下部を信頼して白紙撤回でたたかえ！

いま俺たちの直面している事態はこうだ！

それは「俺のいうことを聞かなければ金を切る」という労働者の上級組織にあるまじき炭労の犯罪的脅迫を俺たちの胸元につきつけていることだ。

それだけではない。生・死の運命をかけたぎりぎりの闘いにたいし、強盗的田中政策の片棒すらかつごうという、労働者とは全く無縁のクサレ切った指導性が自らの手によって暴露されてきたことだ。

炭労は、百余日にわたる俺たちの闘いを、どこまで裏切れば気がすむのか！　どこまでフハイし、転落すれば気がすむのか！　全国の炭鉱労働者を金融資本のエジキにすることは、大正闘争を契機にして、もう許されてはならないのだ。

大正労働者は、金融資本の殺人的合理化攻撃を真正面からうけて闘ってきた。まさに狂暴化した資本の代弁者田中と、ぎりぎりに追いつめられ、一寸の後退も許されない労働者との闘いである。敵の後退か労働者の敗退かをせまられた闘いであることは誰もが腹の底から知りつくしている。

われわれは、闘いに起ちあがるときに、炭労や指導部の方針がどんなものであろうとも、徹底的に体を張って闘う土性骨をすえたことは忘れもしない。敵への憎しみ・怒りは、一杯や二杯の振舞酒では消え去らないホンモノになっているのだ。百余日の闘いは伊達やいい加減なかまえでやってきたのではない。また単なる実感や感傷でもない。資本の片棒をかつぎまわしているクサレ切った炭労の指導がいつかはこういう結果に落ち着くことは知っていたのだ。追いつめられた者の真の強さは、いまからの闘いにこそあるのだ。

山元指導部は「企業再建」という名にかくれて一切を放棄することと同様な道を進もうとするのか。山元指導部は下部組合員の土性骨を信頼せよ！　闘いはまさにいまからだ！

白紙撤回のかまえで、炭労のダラ幹どもと闘い、独占と田中の攻撃に断固として闘え！

この会社案の三百人の希望退職は、最初、三百人の指名解雇であったのを、こればかりは認められぬと炭労が反対を重ねたすえ、希望退職ということになり炭労本部によって呑まれたものであった。この会社案に対し山元の全組合員による賛否の一般投票が行なわれることになった。

「手をつなぐ家」に結集し討議をした行動隊員は白紙撤回方針を決め、教宣活動にはいった。一般投票の結果は反対九百六十一票、賛成七百三十七票で否決。ところで炭労本部は、いまの段階で反合理化の全山闘争はあやまりである、大正鉱問題の基本方針は不変だ、と東京折衝重点主義をとって、山元の否決案を無視した。そして会社と妥結。このことは山元の闘争心に火をかけた。

行動隊ニュース発行。

「妥結案で退職金はとれない。田中打倒が先決。空証文を信じれば閉山でパアだ」

炭労幹部が山元説得に来山。しかし、山元の組合の戦術委員会は炭労大会の決定には反対して、閉山し退職金闘争でたたかうことを決定した。翌日五月三十日、この方針を闘争委員会にはかったところ賛成が十二、反対が十四で否決された。で、ふたたび炭労妥結案について全組合員の賛否を問うこととなり、六月二日に一般投票が行なわれることとなったのである。行動隊出身の委員はもとより、一般の行動隊員も支援の学生らもこの闘争委員会をとりまき、はげしくつきあげた。また反行動隊派から学生がなぐられるなどの一幕もあった。

六月一日は暑い日だった。大正鉱業労働組合は中間市公会堂で炭労幹部をまじえ全組合員大集会をひらいた。会社再建案は福銀と田中の個人融資の奪回だけが目標であることは目にみえているすさまじいもので、組合員の将来に対する不安は各家庭の事情に応じてそれぞれ深刻なものがあったから、働きに出ている主婦らも仕事をやすんでつめかけた。下部の組合員の苦痛にふれず、それらの怒りを結集もせず、全産業構造の変革に対する長期的な対策もなく、目前の妥結をせまる炭労に対して、組合員の怒声は激しかった。

組合員集会はこの世の極貧困者の結集さながら、上半身裸体で首にタオルをまきゴム草履をはいた男らと、髪ふり乱して叫ぶ女達であふれた。公会堂は異様な熱気と怒声に満ちた。壇上にネクタイをしめて並んで腰をおろしている炭労幹部の説明も説得もほとんど聞きとれない。会場に入りきれぬ市民が窓からのぞきこみ、つめかける人の流れが絶えない。

会場の中央と両側とに行動隊員らは座を占めて激しく反撃していた。彼らの表情は闘争にかける闘士というようなものではなかった。不安をむきだしにして、ただ怒声だけが光だというかのように、四辺をかえりみず一途である。どなっている目が充血していた。炭労幹部のことば尻にもくいさがった。

「ああ、オレは貴様《きさん》らのごと労働者じゃなかど。くそ、うっ殺すど！　納屋ちゃなんか、納屋ちゃ。おりゃ炭坑労働者じゃなかど。くされ納屋で生まれたくされ坑夫たい！　くされ坑夫ば、大根のごたる労働者と同じにみるな。労働者なんか帰れ！」

いっせいに、労働者帰れのシュプレヒコールが起った。「さっさとひっこめ、火ばつくるど」女が引き裂くような声をあげた。学生のひとりが心配そうにささやいた。「あれでいいんですか」なぜならその前夜行動隊は当日の戦術をねっていた。再建案では妥結しても先の見通しがないこと、再建案の具体的裏づけである資金の追求、妥結案拒否の場合に対する炭労のハラについての打診等を集会で打ち出した上で、妥結案拒否に持ちこむことを。たとえそれに対して炭労が闘争資金の打切りで対応してもなお、組合集会の結論を拒否の線にとどめつづけることを。行動隊の討議には闘争支援の学生らも参加していたから、そののしりさわぐ声は彼らに戦術の停滞ともうつった。

やがて行動隊長の杉原がこれら声々をふまえて炭労の真意を問いはじめた。そして一般投票にもちこみ、その結果が知れたのは夜の十一時であった。妥結案拒否が八五六票。賛成が八三五票。二一票の差で拒否決定であった。わたしたちは「手をつなぐ家」でその結果を学生や行動隊員数名と聞き、ごくろうさん、をいいあっていた。

そこへあわただしく報告がはいった。開票にミスがあったという。無効票とみられるもののなかに賛成が四〇、拒否が一〇票残っていて、結局妥結案の賛成が八七五、反対が八六六、白紙五、無効一八となったというのである。集まっていた者らは不正投票だといきりたって、まっくらな坂を組合本部へ向って駈けて行った。

その夜のうちに行動隊ニュースが発行されて全戸にくばられた。次にそのニュースを抜萃する。

　賛成者の諸君にうったえる、再投票してともに闘おう！　十億の金をみすみす棄てるな！
八七五対八六六。おれたちの運命をはげしくゆさぶったかにみえたこの数字は、不可解なナゾを残したまま、いま再び訂正されるよりほかない事態となった。ケチのついた投票は、崖っぷちに立たされている時だけに、全員がなっとくいくようにやり直されねばならない。

賛成した諸君！　考えてもみてくれ。坑内は荒れている。いま休業しているから、どうにかもっているものの、掘りはじめたらバラバラだぜ。

賛成した諸君！　考えてもみてくれ。一昨年秋の例でわかるように、額面四千何百円の賃下げは実際には二・五倍、一万円以上のマイナスだ。それに市中なみの電力料金その他が待ちかまえている。保険等級は暴落する。それらに従って、退職金・失業保険・厚生年金など全部下がる。その退職金すらも現状でさえ一円の予算もない。これを合算すれば、実に十億近い金を自分から棄てることになるのだ。

賛成した諸君！　考えてみてくれ。そんな時は国家が保証してくれるって？　闘ってこそはじめて社会の耳目を集め、資本家政府にほんの少しだけ譲歩させることができるのに、妥協し屈服したままでゼニがとれるものか。それができるくらいなら筑豊の黒い失業地帯なんかとうに解消しているのだ。

賛成した諸君！　夢の中のゴチソウでは腹はふくれない。まして妥結案は夢の中のカユめしだ。これでは生きられない。おれたちといっしょに今度こそやろう！　福銀——田中はすでにぐらついている。断固として闘う限り、彼らの地位はあと数カ月しかもたないだろう。

開票の翌々日行なわれた臨時大会で再投票に対する採決がとられて、五二対四七で再投票が決定。これがもめにもめ、幾度か収拾案が出され、結局希望退職募集でもって残留か退職かを各人決することになった。炭労はこの分裂がさけられぬならば残留者には再建の責任を持ち、退職者には退職金獲得で協力するということで決着した。希望退職の受付は十七日から十九日まで。

行動隊はビラを発行した。

地獄行きのつき合いは御免だ！　炭労案反対者は全員退職で闘おう！

組合員諸君！　行動隊は確信をもって呼びかける！

炭鉱労働者の基本権・生活権の総てをかけた独占資本との闘いであった大正闘争は、独占擁護の片棒をかつぐ炭労ダラ幹共の脅迫と裏切りの指導によって圧殺された。この憎しみは誰もが忘れまい。

それだけではない！

大正労働者の「生・死」をかけ、全員退職の決意にたって闘った百二十余日の死闘は、田中体制の分裂のくさびと、炭鉱労働者の魂と不屈の土性骨を抜かれた思想によって敗北へひきずりこまれた。この責任はまず独走闘争をやる気のなかった山元指導部にある。この明白な事実は一生涯、いや孫子の代まで忘れないぞ！

組合員諸君！

賃金の切下げは妥結案の額面どおりに受けとることが出来るであろうか。否！　と答えるであろう。いうまでもなく、実質賃金がどれだけ吸い取られようと、どうにもならないのが敗北の内容だ。労働者の権利の主張も反対も一切通用しない職場、会社職制の命令だけしか存在しない職場、これが炭労妥結案の意味であり、仕組なのだ。敵の真のねらいはいまや第一段階が見事に達成され、これから本格的に推進される。彼らは、今後発生するあらゆる条件を最大限に、徹底した収奪体制を達成する攻撃の手段に利用するであろう。四万八千トンの石炭が出なければ出ないで攻撃の手段になる。経済情勢は不況の一途をたどる。金づまりはひどく悪化する。まさに攻撃の最良の手段となる。必ず近い将来、閉山――会社解散整理――第二会社へというコースをまっしぐらに進むであろうことはみえすいているのだ。

組合員諸君！

炭労ダラ幹共の脅迫と裏切りは、大正労働者を地獄の釜に突き落しただけでなく、炭鉱労働者の地獄行きのレールが敷かれ、特別列車が仕立てられたのだ。我々は、地獄行き列車に乗り込むことはお断りする。妥結案と田中体制とに断乎として闘うために、退職金全額獲得を目標にして今後も闘争を継続する。この道が真に敵の攻撃と挑戦に対する唯一の方向だと確信する。

炭労妥結時点の反対派の憤激と闘争継続の決意をいまこそ全員退職で闘おう。

すでに多数の退職者が出た。退職の自由は憲法で保障され、今回の妥結案の前提条件としても保障されている。敵は指名解雇予定者以外には卑劣なダマシの手による説得をするであろう。自らの意志を守れない者は去るがよい。しかし、卑劣な敵の退職のボウ害に対しては断乎として闘うのみだ。我々は一般組合員の退職の自由の保障が闘いとられた時点で全員退職する。この闘いが退職金獲得の力につながるのだ。敗北の中から労働者らしく生きていくための展望を拓くために、全力をあげて田中体制と闘うのが我々の唯一の任務であるからだ。

退職期間は十九日午後四時までだ。憲法にも協定にも退職の自由は保障されている。

会社の説得を断乎拒否するのが退職金獲得だ。生きる闘いだ。

会社の説得で願いを引っこめる者は去るがよい。意志の弱い連中はおらないがよいからだ。

百二十余日はダテで闘ったのではないど！

一九六二年六月十八日　大正行動隊

十九日の締切り前に続々と退職願はとどけられた。そして遂に退職希望者は千七十一名に達した。残留者は八百十二名である。この残留者の殆どは中高年齢層であった。

これでは会社再建案の千五百人・四万八千トン出炭体制は根底からくずれ去ったことになる。会社は幹部を総動員して、これはと思う者の慰留工作に奔走した。そして結局、今次退職者数八百六十四、残留者千十九名ということで落ち着いた。しかしこれでもって再建案は再検討をせまられることとなった。

行動隊は次の闘争形態へむかっていちはやく出発した。それは退職者らの結集した団体を生誕させて退職金闘争へふみ出すことである。大正労組には行動隊の結成以前からいくつかの勢力グループがあった。それは主として労働組合運動の体験者を軸とし、その縁者らによって固められていた。というより縁者一族中の一個人がその血縁集団的連帯を基盤に組合執行部に出たりしていたわけである。

その中の有力な一グループである血縁集団や、社会党関係者や、諸職場活動の体験者等と行動隊は協議し、退職希望者募集中に、退職者同盟結成準備会の声明書を発した。


退職者同盟（仮称）結成準備会の発足にあたっての声明書

大正労働者の運命をかけて闘った大正闘争も六月十四日、炭労の無責任な責任によって、遂に全面妥結調印を終りました。

激闘一二八日！　戦後十七年間苦しい闘争のなかより築きあげてきた労働者の生活と権利は、わたしたちの味方であるべき炭労幹部の手によって福銀資本と田中体制に売渡され、組合員の首切りと、三年間のドレイ労働が約束されました。

皆さん！

「去るも地獄、残るも地獄、田中体制打破、再建案粉砕、敵よりも一日長く闘おう」このスローガンは、わたしたちの意志とは逆に「田中体制への無条件降伏」という結果に終りました。しかし、一二八日の闘いを大正労働者の死活の闘いとして真剣に考え、最初から炭労の力量を見定めていたわたしたちは、今日の結果が来ることを二月四日の第一〇四回大会において既に予見していました。

皆さん！

今次闘争の終結が、大正労組をして残る人々の集団と、去る人々の集団とに二分させることになったのも至極当然の結果でありましたし、炭労及び大正労組が、今後益々激化する資本攻撃の前に無限の後退と自滅へのコースをたどり、御用組合におちていくことも又自ら明らかなところであります。

皆さん！

わたしたちは皆んなで話し合いました。大量に予想される退職者の人々と「共同の利益擁護と退職金完全獲得」を目的とし、田中体制の高い姿勢にあくまで対決し、炭鉱労働者の土性骨を貫き通すために大正鉱業退職者同盟（仮称）を結成し同志を結合して闘い抜くことを決めました。

退職を決意された皆さん！　お互いの幸せと、共通の目的達成のために、いかなる困難も踏み越えて運命を切開くためにも、更に団結を強め統一を深めて頑張り抜こうではありませんか！

闘う労働者万歳！

一九六二年六月十七日

大正鉱業退職者同盟（仮称）結成準備会世話人一同（氏名略・著者）

大正鉱業退職者同盟は七百五十九名の退職者を結集して結成された。同じ日に会社は残留者によって企業再開へふみだした。一斉休業いらい百三十六日ぶりに、大正炭坑の労働者はふたつに袂をわかったのである。

# 十章　地の渦

犬の首に荒縄を巻きつけて引きずりつつ駈けてきた子どもが、わたしの買物籠にぶつかり、

「あむなかじゃんの」

と、にらみつけて行った。犬は尻をおとして四つ脚ごとずるずる地面を引かれて行く。ちいさな祠《ほこら》のそばであった。それは稲荷だか山の神さんだかの祠で、幼児がひとり坐れるくらいの大きさのものである。その屋根も胴体の朱色も古びてあちこち穴があき、台座の下に長いコンクリートの脚桁をもっていた。幼児らがその脚桁に蟬のようにとまったり、その下をくぐりぬけたりして遊んでいる。祠の屋根すれすれに樅の木の洞が口をあけているので、小学校へあがった者らは、コンクリートの脚桁をよじのぼり稲荷の屋根にまたがり、そこから樅の木の洞へもぐって、かたわらを通る大人らを小馬鹿にした顔で見下した。

老婆の眼、白く濁ったその眼だ、あの川は……　とわたしはさきほどからそう思いながら歩い

ていたから、あむなかじゃんのと子どもににらみつけられたとき、その子は白眼を開けている遠賀川へおちていく死骸のようにみえた。犬の死骸の色は、栗色だな、と思う。

劇場のまえの小広場の中央にこの稲荷があり、右はわたしや行動隊の若者らの専用バーである。夜そのバーへ行けば、東京のごたる、と彼らがいうけれど、夕食の野菜を買いにその前を通るときは、いつも、どこか一つは破壊個所がふえていて、きょうはまた便所の小窓が粉々だった。わたしは心中にやりとする。小綺麗にしたくて、このトリス・バーのマスターである江頭某は、きのうも扉のよこの柵を修理し水色のペンキをぬったばかりだ。昼間は看板かきの稼ぎに出ていた。

劇場のドアーへ石を投げつけて遊んでいた七、八人の子が、どよめきながらその破れ裂けた扉から真黒な建物の奥へ駈けていった。小犬を引きずっていた子も板を蹴って、そしてその反響している建物の中へ消えた。小広場は子らの叫びと商店の呼び声でじっとりしている。

「買わんの、買わんの、やすかじゃん。あんた金持たんとの」

「ほうら、安か安か、馬鹿んごたるよ。ほんなこて。こげ安かとば買わんもんは馬鹿ばい」

トリス・バーのななめむかいは八百屋が三軒、そのごたごたした角は、くじらの肉のこまぎれを盛りあげた板台をつき出している魚屋、その隣は、きのう逢ったとき、大正炭鉱に退職願をだして、退職者同盟にうちもはいりましたとですばい、といったうどん屋のおやじの家である。亭主がうどんの汁を煮ていた。

「さっそく煮方ですか」

といえば、

「ああ、女房がどげしてもバーにつとめたかちゅうもんやけ、困ったもんたい」

といった。

「そりゃ結構ですね」

というとにっと歯をみせた。

「結構といや結構たい、ほんなこと。バーは消防や学校の先生がどんどん金ば捨てるけん、当分、うちがうどんば煮て、あいつはそっちでやりゃね、炭坑行くよりか、よか」

「同盟もおっちゃんのように炭住以外の人がだいぶんいるんでしょ」

「ああ、まあね。けど市内のもんは、あんまり熱心じゃないね、わが商売持っちょるけん。けどうちは、熱心ですばい、ほんなこと。田中ばどげしたっちゃやっつけないかんよ」

と、コトコト七輪をあおぎながらわたしへおせじをいった。

「買わんね、ほら。金持っちょろもん、五十円ばい」

八百屋のおやじが背後からどなった。わたしはうどんやといっしょに、にやりとする。隣の八百屋が更に声はりあげて、

「うちは、一山四十五円ばい」

といった。女らは無感動な表情で地面に並べられているトマトやきゅうりのしなびた幾盛りかを見下ろしている。

「おっちゃん、これが食いもんかい」

ひとりが言った。

わたしは陵を負っていた。あの稲荷と劇場の間の子らのごたごたは、歩きながら空想してしまうわたしには邪魔になる。わたしは、老婆の眼にこだわっていたから、そのあたりで陵を負い、そのどろりと年輪を重ねた遠賀川に心をゆだねていた。

陵をおろした。

「なあ、これが食いもんかね」

また、女が言った。仕事帰りの頰かむりをしている。西陽は炊《に》るようにこの小広場の人々のうえに落ちて、樅の木で蟬が鳴きつづけた。

土方仕事の帰りらしい女が並んで、

「うちが欲しかもんは、いっちょん無かじゃい」

と追いうちをかけた。

「あるもんば買え」

上半身裸のおやじは頭に巻きつけたタオルをほどき、ぎりぎりとそれをよじってまた頭に巻きつけた。氷屋の角の細道から絣《かすり》の上着ともんぺを身につけた女たちが、一団となってやってきた。市内の炭坑がストライキつづきで、この女たちは町はずれの農家に田の草取りに行っていた。彼女らはその帰路うどん屋にはいり、買物をしてかえる。この小広場も彼女らの帰路になっていて、店々は今はわたしら町方の客よりも彼女らを上得意としていた。あれたちゃ、がっぽり太う買うけんねえ、八百屋のおやじがそういう。

「あんた、やぶれおやじに何ば食わすな」

と、そのなかの一人がいった。連れが答える。

「なんにしょうかねえ。あげなやつ、なん食わすこともいらんがねえ。自分の口一つ自分で食いきらん男の世話するこた、いらんがね。そげあんた思わんの」

「ばってん、おなごは上ん口は自分ひとりで食えるばって、下ん口は男がおらな食いもんがなかろうもん」

「そりゃ、そげんたいな」

わたしは、陵の手を引いてその会話のそばから遠去かろうとする。聞こえぬふりして、

「陵ちゃん、こんや何食べたい？」

という。

「なあ、奥さん、そげじゃろもん」

ぼいんと肩を叩かれた。

「そげな人ばからかいなんな」

と連れの女。

「なしな、なあ奥さん、そげじゃろもん。下ん口がかわいかばっかりに、あんたも晩めしの買い

もんに来たっちゃろもんなあ」

と、さしのぞかれた。若い女であった。

わたしは真実、閉口する。炭坑社宅のあの黄色い街頭の下で、こうした女たちや裸の男たちと、退職主義について論じあい、あげくの果の猥談でさわぎ、その場に室井がいないことにほっとするような一時を持つけれど、そのときわたしはこんなふうに当惑することはない。わたしはそこにのめりこんでいるから。ああ、そげんそげん、とわたしはいう。

それでも陵を負い、老婆の眼をした川を憶い、そこへ犬の死骸のように消えるあの眼この眼をおもい、そして煮えたトマトを見おろしていると、なあそげんじゃろもん、あんた下ん口がかわいかけん、晩めしば買いに来たろうもん、といわれると、わたしは少し動揺する。そんなにすぱっといかんなあ、と、そのタオルの下のふっくら丸い頬をまばゆがる。

「なあ?」

と女がうながした。

「うちん亭主は、ろくなつじゃなかとよ」

わたしはまごまごとしていう。

「そげえいったっちゃあ」

と女は顎をつきだして、

「ゆんべのにおいがしよるばい」

といい放った。

わたしはいっそうまごつく。ゆんべのにおいはわたしの何の匂いかと一瞬ひるむ。その女の流し目が皮肉な視線を放つ。わたしはまごつき、それでもその目に惚れる。ゆんべのにおいが、わたしに何やらうす汚れて香りたつ。わたしはあの渦まき荒れた怒声の、「ああ、おりゃ炭坑《たんこ》のガキたい。骨ん髄からくさっちょると。がたがたいいよると、け殺すど！」と、それはもう彼らのうちの、ほんの些細なちがいまで敵だといわんばかりににらみつけてどなりあい叫びあいながら津波のように高まった、その律動と熱とに、わたしのゆんべが及びもつかぬことがふとした情事のあとのようにいやになる。

それでもわたしらはやさしく口をよせた。ただ、わたしが、このままがいい……といったことをのぞいてはあの高まりとそう違いはなかったのだ。わたしらの本質は。

このままがいい……

ぼくはいやだよ。

あたしこのままがいい……あたしお魚になりたい……

遠すぎるよ、君が。もうぼくに見えないくらいだ……

そんなことないわよ、あなたのすぐ近くにいるのよ……

わたしはわたしの心と体とにひびき流れているあの高まりのように、わたしらが行為できないだろうことが、自分をひるませているように思う。それはまた室井腎の心と体に脈うっているあの高かまりよりも、低くかなしげな交合になることへの禁忌のようだ。わたしらはマラソンを終えた選手のような、あるいは、魚を生みだした海のような、とてつもなく大きな呼吸にゆすられながら、この小味なものへ不器用な視線を寄せているのである。

ねえ、浜を裸で駈けたいわ。海岸ですっぱだかで抱かれたいわ。そんなのがいい。

でも、砂がはいるよ。

彼が船酔い気味のわたしへ、しんぼう強い梶をとってくれる。彼がそういって笑ってくれたから、わたしもほっと、笑った。ふたりの笑いを。さしむかいの、うっすらした笑いを。あの津波の笑いから、ここへ、かえって。ねえ、海を駈けたい。裸で駈けたい。波のように男らのさざめくなかで、あなたと逢いたい。ゆんべのにおいは、ちぢれている……

「こら、やくなやくな」

連れがそういってわたしを救ってくれた。

「おっちゃん、あなたの店にゃ、ただのもんはないとな？」

「なんや！」

「ただの品物はなかっかい、ち、聞きよるとたい。かあちゃんのおそそだけな、おまえんがたのただのもんは」

「あれがいちばん高か。おりゃ汗水だして買うちょるとばい」

「そんならこればただでやりい。うちはただでおっちゃんと寝ちゃるけん」

「おまえと寝るくれえなら、わしゃ、ぼうぶら抱いてねる」

「いっぺんうちば食うてみ。忘れられんが」

店頭の女らはにやにやする。わたしはうまく笑えない。女らの中で頬がぴくついた。

「あなた！　こん油にゃ、ねずみが浮いとりゃせんかい。なんか動きよるばい」

食用油の缶をのぞいて誰かが声をあげた。

「ねずみの死骸も味のうち」

おやじがどなった。そして声はりあげた。

「ほら買わんね買わんね、安いよ安いよ」

「いらんねいらんね、くじらが安いよ」

と、向いの店である。競いあっている。わたしはつっ立っている女らの間を通りぬけて八百屋のおやじに声をかけた。

「おじさん、原稿料がはいるまで貸していただけません？」

「いただけますよ、いくらでん。店ごと持ってってってええばい」

心中ふかくほっとする。闘争にかけまわっていて家計をかえりみるいとまがない。けれども金にこだわらぬくらしはわたしの性にあっている。子どもらはうちは金持ちだと思っている。出入りする坑夫たちも。あんたはうちらの三倍も買物してくるのう、という。そして彼等もコーヒーの味を覚えた。あんたらが来るまで、わしゃ、コーヒーとハムば、食うたこた、なかったばい。

けど、うまかね。彼らは闘争をつづける。ハムの味を覚え、そしてコーヒーはブラックがええばい、といいながら。けれども彼らは家庭にそれを持ちこまない。嘲笑されるから。わたしはじゃがいもを籠にいれた。半分は彼らの食べものになる。マヨネーズも。

遠賀川は老婆の眼である。けさもどろりと灰白色に曇って、変化する朝空を鈍重にうつしていた。が、あいつはそんな底の知れたものではないのである。一見鈍感なばばあ、その濁った化粧のいろ。

「あんた、あの坂の上じゃろ？」

女の一人がいった。

「ええ、あそこ」

劇場のむこうを指さす。

「知っちょるばい」

にやりと笑いながら、

「おひなさんのごたるめおとが来らしたなあ、ち、いいよったんばい。うちはあんた、いつでんここを通りよるもん」

かさかさした声である。おひなさん、にひっかかった。女を見かえしたが、よく分らない。

「どうぞ遊びに寄って」

というとわらった。

帰りながら思いだした。中鶴一坑のあの炭坑家屋の中央あたりの、そこはがらんとしていたから、たぶん空家で退職者同盟が地区の休息所の一つにしていたのだ。女たちはほとんど出はらっているから、向いの長屋もみな閉まっていた。退職するか残るか居住地集会が幾度もひらかれていたいつかの夜、わたしもその一つの集まりに行っていたが、横に立っていた男からどうぞ、と煙草をさしだされた。

「どうもありがとう。のまないのよ」

というと、

「作家はのむとじゃないとな」

と暗い電球のかげでうたがわしげな顔をした。彼は話しかけてきたときは、もう、同志のふぜいで、実はおれも退職に決めたばい、と肩でも叩きたいところをぐっとこらえて、どうぞ、と煙草などさしだしたのだ。ヤマの男がこんな気のきいた格好で近づいてくることは、まずない。ほとんどこちらから声をかける。すると、なんな、とぶっきらぼうをよそおった親しさでぐいと寄ってくるのである。だから、ぐいと踏みこんでいく。この煙草の男は、少々モダンなのだ。それだけ軽はずみにちがいない。わたしは彼の好意にこたえて、今夜はもめるわね、といった。

男は、白っぽいケースのふたをぱちんと閉めて、とんとんその上でスリーAをたたいた。あっはあん、と思う。新生がふつうだから。なし皆は分らんかのう、というその男とわたしは灯の下に立って、傍観することにした。その彼が数日まえ、おれの小学校の時の写真ば見する、面白かばい、こないだ刑務所ば出たつはおれの一番の仲良しで、入学式の時のおれの横に並んどる、というので、はちまきをした彼について行き、ここでちょっと待っときない、とその空家にはいった。湯のみ茶碗が十二、三箇もたたみにころがって、週刊誌が一つひらいたままになっていた。

彼が四、五枚の写真と二人の連れをともなってはいってきて、彼らはこもごも、刑務所にはいっとるやつ、半殺しを働いてもう出とるやつ、隠坊しとるやつ、そして火つけをしてこいつはおなごだが見どころがあったばい、というやつらの、そのなつかしい幼なじみの話をしてくれた。わたしは、わはわは笑った。

ほんとばい、あんた嘘ちょ思いようが。彼らはわたしがショックを受けて大笑いしたあと、顔をしかめて、いくら先生に叱られたからって子どもが鉛筆呑むなんて、ある？　というと、いや、ほんとばい、なあ、と相槌を打ちあった。先生に叱られて鉛筆呑んで、胃を切って出した。先生はその手術の金を払って、クビになった。

へえ、なるほどねえ。彼らはそれ見たか、という顔で、こいつは、と皺がよってうすれた一枚の写真のまん中あたりを指さした。

こいつはいまどけ行ったか、姿も屁もみえんがね、わがおふくろに子ば孕ませたつたい。うそおっしゃい。

わたしは写真から顔をあげた。あんたたちどこの小学校？　中間小学校ばい。そんなら中間の学習院じゃないの、うそでしょ。嘘いうかい、なあ？

中のひとりが、おふくろちゅうても三番目じゃけん、ほんな親じゃなか、とわたしをとりなした。そしてどこ行ったか分らんの？　分らんねえ。大阪かもしれん。おふくろも後からおらんごとなったもんね、といった。そして、おれめし食い行ってくる、と写真といっしょに来た連れの二人が出て行って、わたしがまだ浮かぬ顔をして、ほんとかなあ、あんた達わたしがまぬけなつらしてるんで、おどしてんでしょ、と写真をまだみつめている男へ言ったとき、

「なんばしよっと？」

　と女が顔をのぞかせた。

「おまえ仕事よこうたんか」

　写真の肌を掌でこすりながら男が言った。仕事を休んだその女は、

「ああ、よこうた」

　といい、にたりとわたしをみて、

「ああ、よこうたよこうた。やっぱ、よこうてみな分らんばい」

　と、うたうように言った。なんがや？　と男がいい、なんがや？　と女が口真似をしてわたしらを見かえり見かえり窓のまえを通った。

　その時の女である。お雛さんのごたるめおとの来らしたなあ、ち、いいよったとよ、と言った女は。

　わたしは少しばかり快くなっていた。まだ彼女はあれをからかっている。からかわれる相手が

炭坑労働者だということは、みぞおちの奥を、ぞくっとさせる。わたしはあの腹巻きがこわいのである。気味がわるいのである。けれども、からかわれるということは、あれに近いものに見られたことではないかしら、と、わたしは少し満足である。

少々浮きあしだって、陵をまた負うと、お尻に野菜籠をことこと当てながら、肉屋の前を急ぎ足で表通りへ向かった。炭坑の同盟本部から帰ってきて、室井がパチンコへ行っていた。そのパチンコ屋の、赤と青のペンキ絵のごたごたした扉を押した。

中央あたりで、室井は真剣な表情で指を動かしている。女と男が半々で、赤ん坊を負った男もいた。

「あのねえ、ほら、これみんなあたし借りてきたのよ。借りたのよ、みんな。はい、どうぞ召しあがれ。これも貸してくださったのよ」

煙草を渡した。室井がにやっとした。

「経験とはたのしいもんだろ。君はしあわせだよ、好奇心がのこってんだからな」

「好奇心だなんて。あたし生活してるのよ」

「おれは三歳のときにもはや生活を知りつくしたねえ。することがないんさ」

という。パチンコ店のすさまじい音を彼の声が貫く。

「君もしないか」

「する」

彼がひとつかみの玉を掌にいれてくれた。くぼみに快い重さであった。陵を抱いてる感じである。

「ぼくも」

陵にちいさな玉をいれさせる。ガラスの箱のなかをくるくるまわった。

室井がパチンコの成果をウイスキーとチョコレートに替え、陵とともにうたいながら帰ると、いつものようにあちこちのサークルの者らがあがりこんで飲んでいた。闘争支援に来たのである。

「おい、おまえら、カンパ集りよるんか。福岡組はどうなんだい。八幡のほうは？

知らんぜおれは。おまえらがおれを養っとるんだからな。おれがひぼしになったら、おまえらの責任だぜ」

室井が彼らをみるやそういった。みないっせいにふりむいた。若者らはもう赤い顔をしていた。

「大船にのった気でいてよかですばい」

誰かがいった。

「あたりまえじゃないか。

しかしどうなんだ、湯浅。おまえ舵ぐらいとれるんか、福岡の」

「水先案内ぐらいわけないさ」

「うそつけ。金のつかい道も知らんくせに。やっとこのごろ見当がついてきとるんだろうが。まあせいぜいおれを養うんだな、みんな」

そして座に加わりつつ、

「おい、真剣に考えろ。すでに煙草も吸えんのだぜ。禁断症状で大崩壊の現場を泳ぐんだぜ。おまえらどうせ何一つしきらんのだからな。全力あげておれたちを養え、いいか。おれたちは二、三日うちに子どもと海水浴に行ってくるから帰ってくるまでに闘争資金を集めとけ」

といった。

「闘争資金は集めて、同盟本部へとどけましたよ」

誰かがいった。

「あたりまえじゃないか。おれがおまえらに言ってるのは、おれ個人の闘争資金だぜ。たたかいは長いんだから、おまえらそこのあたりは考えて、個人別カンパの組織もつくっとけよ」

「ああ、そうかあ」

「だめだな、おまえらは。なんにも分っちゃいないねえ」

室井はうんざりした顔をした。くらしのぜんぶを闘争に注ぎこんで、夜のささやきもその本質と重なっている。生活の金は労働者は失業保険と生活保護とでぎりぎりにくらし、彼らのたたかいに直接参加して本部につめっきりの外来者は、労働者たちが出しあっている闘争資金から最低保障を行っている。けれどもペン持つものはその例外である。ペンで食うのを原則とする。自ら食いつつしかも家族内に金をとどめない。つまり財布は開放されていて、同盟員は個々の用件にそれを使っているのである。本来なら支援に来るうからやからへ、自己の場に丸裸でとびこめといいたいところだという表情の室井は、

「おい、預金や貯金をしとるやつ、手あげろ」

といった。彼らは顔をみあわせた。

「そんなやつは同盟の敵だからな、釜の底までいただくぜ」

彼ら町々のサークル員は、どこやらしらけて酒をすすった。

その夜も大根土《おおねと》地区の同盟員たちは餌物をさがす野犬のように、その高台にある会社の事務所のまえをうろうろしていた。事務所は灯が消えていて街灯にステッカーがひらひらする。会社の事務所と空地をへだてて労働組合事務所があり、その南の一棟を退職者同盟が本部にした。北の一棟は残留者たちの組合である。

同盟本部は深夜まで灯がついていて交代で泊りこんでいるわけだが、昨夜は本部にたむろする者らが、会社の幹部がくらがりの中を急ぎ足に通るのをみつけてさわぎたて、追いかけ、ついに大根土派出所へ逃げこんだのをその前に群がって、「やつをここへ出せ!」と警官らにつめ寄った。

派出所まえは売店になっていて、戸が閉ざされてしんかんとしている。それでなくとも炭坑の夜は早い。夏でも九時ごろは眠りについている家々のそこここから、同盟員らは駈けだしてきて派出所前に集まった。首に縄つけて引っぱってこい。退職金払え。払うちゅうたろが。おればな

めるか、きさん！

警官隊が出動してきて遠まきにしたからいっそう元気が出て、ああよう来たの、おまえら。おまえら退職金ちゅうとはどげしてとるとか、ようみとけ。どうせおまえたちゃ、万年巡査でぽいになるとたい。おまえらも止めるときゃ一銭でんふとうとれ。ふとうとれちゅうとは銭金の問題じゃないとばい。そげじゃろが、わが一代すりへらして、おれたちゃ働いた。働いた金はもろうとらん。つまり日本銀行に貸しとるとたい。おまえ、分っちょるとか。おまえ、こんや夜勤か。夜勤手当いくらか。あ、いくらか、いうてみい。いえいえ、いわんとこみると夜勤手当ないとやな。なんや？　おまえもそんなら日本銀行に貸しとるとたい。そげじゃろが。働いた分がとおまえもとれ。おれたちゃ働き分だけもらやよかと。よけえくれえち、いいよるんと違うばい。働いた分だけやれ、ち、いいよるとたい。なんかまちごうとるか？　あ、いうてみい。なんや？　まちごうとらん？　そうじゃろが？　な？　そうじゃろが。分ったなら、帰れ。いや？　まだ聞きたい？

彼らはうずうずしているのだ。大根土は中鶴一坑の居住地域よりもスマートである。社宅の外観も、住んでいる者たちも。住民には敗戦後の食糧難時代に都市から移ってきた者とか引揚者とかが多いので、男も女も靴をはいている者が多い。ゴム草履ぱたぱたいわせてステテコ一枚、首にタオルといういでたちは、中鶴一坑のほうがぴたりとする。中鶴から大根土の会社の事務所まで市内を抜けて数十分かかるというのに、事務所まえに坐りこむやつはきまって中鶴が多いし、同盟本部でどら声あげるのも、むこうが威勢がいい。先日なんぞは、事務所の壁に労務部長をはりつけにして、こっちの端から椅子ふりあげて投げつけたやつだっている。もちろん投げ方が、それがテクニックというやつじゃけの、といった。阿呆、当るごと投げて暴力なんとか罪でやらるるごたる下手するか。「なんやっ！」とおれが体斜めに椅子ふりあげ「男と男の約束やないか、きさん、あの時なんちゅうた。あ？　誉めよると承知せんぞ、いえっ！」というと、もうそれだけで背広の体がたがたさせ、「田中社長がいま東京で金のくめん……」ち、いうたけん、「ちんぽば出いたり引っこめたりするごたるこた、いうな。払うちゅうたろが。男がいっぺんいうたなら、女房子ども叩き売って払え。他人に罪ばなすくるなっ」ち、でえん、と椅子ばほうったったい。ああ、おりゃ重うなったから、ほうったったい。やつの脚すれすれに投げおろいたったいな。ああ、金はとった。退職金じゃなかばい。おりゃ、自分ばっかりよかめをみようちゃ思わんぜ。あの金はおれの治療費たい。坑内で怪我した時の治療費たい。飲みさえすりゃ、ようなる。と、そういったのも中鶴のチョンガーなら、福岡の社長の家族が毎日毎日デモやビラをかけられるので固く玄関も廊下も窓もこの暑いのに閉めきっているので、「電報電報」と玄関のドアーを打ったたいて、ついうっかり開けた隙間からはいりこみ、一一〇番にかけない。いま、退職金ばやれちゅうて、強盗のごたるとが来た、ち、電話しない。新聞社にいいない。さ、おまえらが電話かくるまでおりゃここば動かんばい。天下におれは自分の言い分ばいいに来た。きさんら世の中がわが思うごといくとでん思いよると、首根っこばたたき折らるるど。どこの世界に、ただ働きして米も買われん子も学校へやれん、それでもがまんして金無しで仕事やめろちいわれて、はい、ち、いうとがおるかね。それが理屈でとおるかね。わしゃ、あんたらのおやじがあんたらになんち言うちょるか、うすうす分っちょる。

どうや、奥さん。おい、そこのあんたは娘かね？　おまえは長男か。坐ってきけ。坐れ！

おりゃゆすりじゃなかばい。それだけは、まずはっきりいうとく。ええな。ただ働きに人ばこき使うこた、いいこつか、悪いこつか、どうな。いえ。いうてみい。

そういって社長の家族の口から、わがおやじの考え方がまちごうとる、と、はっきりいわせて帰ってきたのも中鶴の男だ。数えりゃきりがない。大根土にもいくらもそんなのはいるけれども、どうも、ばしりといかん。少しばかりきざっぽくなってしまう。いや、そうでもないはずだけれども、とにかく、この大根土に会社の事務所があり、御安全に、と、へたな大文字の横看板のかかった繰込み場があり、へなへなした残留組が首垂れてその坑口に消えるから、空気の洩れたボールのように、わが言葉がぎらぎらしない。

こんなこっちゃ、けたくそ悪くてろくろく寝られやせん。

彼らは、同じ社宅街に、残留組と退職組とが、白ごま黒ごまふりまいたように混交しているなかを、まるで労働者のイデーを背に貼りつけたもののように心たかぶらせて歩いていた。ステッカーを書いては事務所や坑口の外壁に貼りに行った。彼らの貼ったそれを剝ぎとる者はもういない。同盟本部と向いあった労働組合のなかが、開け放った戸口や窓からよくみえる。同盟員の声高なのに比して、概して低音で頭を寄せて話している。

わたしは朝々中鶴一坑へ通う。炭住の一角で託児所を開いていたからだが、その朝は、遠賀川の堤防を信房と中鶴までの小一時間を歩いていた。自分でいいなさいよ、とわたしがいう。口に出していえるくらいなら、あんたに頼みやせん、と彼がいう。ストライキになるけんね、そげなったら逢えんけんね。なんて言えばいいのよ、どうしょうもないでしょ。だから頼みよるやなかね。彼女は亭主と別れるっていってるの？　さあ、知らん……

遠賀川は午前九時の夏の陽に光って白ペンキのようにしていた。葦がむうっと匂った。信房が唇をとがらせ額に皺をつくって、それでも、所在なげな目をそのあたりへ投げながら歩いた。

あんた会社にデモかける時は、まっさきにどなったじゃないのよ。あの元気はどうしたの。相手が仲間の女房だって、そんなこと、しょうがないでしょ、惚れちゃったんだから。ぶっつかんなさいよ。

そげ言ったって、女は勝手がちがうもんねえ。あげなふうにいかんよ。だいたい女ちゃ、どげな考え持っちょると？

どげなって？

なんば考えちょると？

いろいろ。

いろいろちゅうたっちゃ、分らんもんねえ。あんたでちゃ、おれは分らんばい。

彼はむっつりしながら歩いていたが、

「ほら、あそこたい。渡し舟。渡し舟たい」

と指さした。葦のなかから小舟がゆるゆると出てゆくのがみえた。

「すこし本気で聞くけどね、信ちゃん、あんたは彼女をどうしたいの」

信房はだまった。赤黒い顔をして、厚い肩幅をすぼめていた。おれは……　けど、彼女がどげ言うかわからんもんね。おれはまだ話をしたこた、ないもんね。

話したことはないの？　まだなんにも言ってないの？　なんにも？

ああ……

小舟は川のまんなかを風情もなくゆたゆた動いた。話をしたこともない他人の女房へ、恋心を伝えてくれという。ねえ、あたしはね、恋愛ってのは自分でやるほか興味ないたちですからね、ひとさまのお世話はだめよ。あんたをくどくほうが上手よ、きっと。彼はすこし赤くなった。それぱって、あしたから、ストじゃけんねえ、坐りこみしたら、いつ帰れるか分らんもんね。もし、その間……　その間になに？　逃げられたり取られたりするはずはないでしょ、奥さんなんだから。けど、あのとき、おれ、手応えあった気がするったい。なんの手応え？　そげ言ったたって、ただ、なんとなく……　それが……

わたしは道端の草をちぎって空へ投げた。粉をふいたような葉であった。彼女の夫は行動隊に出入りしていたからそちらも気にはなるけれど、信房が、写真をみせつつその小学校時代の友人らの話をした時の、あの生気もなく、「手をつなぐ家」へふらりとやってきて泊っている学生らに、おまえら労働者労働者ち、かんたんにいうけど、労働者ちゃなんな？　おりゃそれが分らんけん、はらわたこんぐらがるほど考えよるがね、それでも分らんねえ。おまえら退職者同盟は労働者で、組合のもんは糞んごというがね、そりゃおれでん、そげいうがね、そこんとこはおれとおまえはちっと違やせんかね。組合の者でちゃ食えんけん残ったとじゃけんね。おれたちでちゃ食えんけん退職したとやけんね。腹の底の底はいっしょだもんね。おれたちゃ田中直正に義理だてしとるんと違うとばい。こげいうと、おまえら全学連の気にいらんじゃろがね、そこんとこが分ってから、労働者のこたいうてもらわな、おれは腹の虫がしくしくするばい。勝手に労働者ばこねくりまわすと、腹の虫がぐじぐじするけんね。と、青い毛糸の腹巻に左手いれたましゃべっていた折のねばりもなく、ぐずついているのが気になった。若くもない様子をしていたから、独身とは思わなかったが厚い肩をやや猫背に歩くのをみると、童貞にすらみえる。

あんた、いくつ？　と聞くと、二十一、といった。わたしはそれじゃ十も年上に見ていたわけだな、と思いかえす。よし、そっじゃ、話してみてあげるよ。あたしはただ信ちゃんがこんなこと言ったってことをいうだけですよ。それ以上のことは知らんよ。自分でやんなさい。あたしがなんとかしてくれるだろうと思ったら、だめよ。ああ、分っちょる。信房は張りきった声をだした。

その信房を、わたしは捲場のピケのなかに探した。見当らなかった。捲場小屋は、同盟員が占拠していた。ヘルメットに赤いはちまきをし、ヤッケを着た彼らがびっしりと小屋にはいってどなりたてていた。小屋のまわりにはドラム罐や炭車や材木などでバリケードを築いて、紘一が横たおしの炭車の上からたらたらと重油を流した。

「おい、来るなら来てよかばい。そんかわり命は保証せんばい」

彼は執行吏の一行へどなった。警官二百人がこの捲場をとりかこみその後に県機動隊一個中隊がひかえて遠巻きにしていた。木工所や発電小屋や繰込み場にかこまれた裏手の捲場付近は、廃品となった機械類や炭車などが野積みにされていて、おのずと城壁を形づくっていた。捲場は新一坑四百馬力のエンドレス捲場と新二坑六百馬力の本線捲場とがコの字型に並んでいて、小屋からまっすぐ本線坑口へロープがくだっている。途中で数台炭車がとまっていた。揚場はこのロープで石炭を積みこんだ炭車を坑内から引きあげる操作をする場所だから、彼らに占拠されて掘った石炭は地上へ出ない。またたく間に坑内現場に溜まって、やっと再開した作業は継続しがたくなっていた。

かえれかえれ。なんばぐずぐずしよっとか。命が惜しかならかえれ。かあちゃんが待っちょるばい。小屋の内外から口々にどなり、誰かが爆竹を警官隊の足もとへむかって爆破させた。とてつもない音がひびいて警官隊の列が乱れた。びくびくするな、花火じゃんか。みなどっと笑った。坑口ちかくまで来た執行吏一行に同盟執行部は食いついていたのである。執行吏らは立入り禁止と妨害排除の仮処分の執行に出向いてきて、二日目であった。同盟の役員らの或る者は説き聞かす調子で説明し、或る者は激して指を立てて、彼ら執行吏一行に仮処分の内容に対して異議を申し立てていた。その彼らの立ち話しの輪を捲場小屋から同盟員らはじれったそうにみつつ、なんばごやごやしよっとか、叩き出せえ、といい、或る者はゆったり警官隊に近づいて行き、おまえなんしげ来たとや、ここでいま、なんがありよっとか、知っちょるとか。知ってきたつか。おまえらも労働者やないか。おまえらが一等気の毒な労働者ばい。おりゃそう思うちょるがね。おまえがどげえ思おうと、そりゃおまえの勝手ばい。おまえの勝手ばって、ほんなことはおまえらがいっとう哀れな労働者たい。使うしこ使われち。給料は安かろが。帰れよ、なあ。怪我せんうち帰れ。帰っておまえら組合作れ。そんほうがかしこいばい、といった。顎ひげのある中年男であった。

警官隊の若者らは頬をこわばらせ、あらぬほうを凝視して何かを堪えていた。紘一が横倒しになった炭車の上から、よお私服よう、きのうは玉は入ったかね。当分おれはパチンコは休業せなんけん腹が立つがね、おまえもおれば尾行してしたくもないパチンコにつきあわんちゃよかけん助かろうが、と遠くへむかっていった。鳥打帽の男はちらとそちらを見て人群れにはいった。あの人上手？　パチンコ、わたしは紘一が、ちえっ、といいながら炭車から飛び降りた時に聞いた。ちょうど望遠鏡を同盟本部へ持ちかえりかけていた時であった。わたしの手の望遠鏡をとりあげて紘一は私服のあとを目で追いながら、あいつは見込みあるばい、大学出にしちゃくだけちょる、といった。望遠鏡はずっしりしていた。同盟員のひとりが満州から持ち帰ったものであった。彼らは市民ラジオ局も設けていて、もしもし山から川へ山から川へ、こちら異常なし、もしもし、もしもし、聞えますか、全員坐り込み成功。どうぞ。ああ、山から川へ山から川へ、を本部との間に取りかわしてもいた。それを誰彼が口真似して、ああ同盟から警官へ同盟からポリ公へ、こちら異常なし、全員引揚げよ、どうぞ。といい、むこうの小屋から、ああ警官から同盟へ警官から同盟へ、こちら空腹、早く帰りたいよ、どうぞ。といった。晩めしはなんかね、どうぞ。こんこにめざし、どうぞ。これじゃかなわん、どうぞ。おれは帰るよ、どうぞ。ああ同盟からポリ公へ同盟からポリ公へ、それじゃアバヨ、どうぞ。

「おーい、がたがたせんで、蹴たくれえ。なんしょっとか、本部は！」

マイクを口にして大声でむこうの小屋から、本部員と執行吏一行の立ち話しへどなった。同盟の小柳執行委員長がスピーカーで説明しはじめた。彼は背の高い男でヤマの青年学校の教員をしていた。

「ええ、経過を報告します。公示文の中の、妨害排除の項を削らせることに成功いたしました。われわれ同盟は妨害を行ってはおりません。よって立入り禁止の仮処分の執行のみということになりました。しかし、執行吏諸君は夜間の執行令状は持ってきておりません。夜間とは何かで今もめとりますが、本部としては、夜間は日没以後だと信じます。よって、ただいま、刻々夜間となりつつありまして、ああもう日没です。ほら、太陽は完全にはるか遠賀川土手に沈没しました。

本日の仮処分は以上で時間ぎれとなりました」

わっと爆笑と拍手が起こって、同盟員がばったのように小屋から跳び降りた。九月下旬で空はまだ青かった。捲場は中間市街が一望に見下ろされる台地に建っていた。西側へむけて枯れそめた夏草の硬石の斜面が急角度にくだっている。草と人々と廃棄された機材とにあかあかと夕陽が落ちた。

わたしはふいと、陵たちを思いだした。夕食のこまごましたものへ心が飛んだ。急いでパイプをまたいでいると、逢うた？　と声がした。ふりかえると信房がヘルメットの下にタオルの頬かむりをして立っていた。今から、といった。ああ、といい、すぐ人群れに消えた。繰込み場の人一人通れるきりの出札口めいた区切りのなかを急ぎ足でとおり、散らばる報道関係者やヤマの主婦らのなかを駈けて、細い坂を町中へとくだった。陥落池でぐずっぐずっと気泡があがっていた。

夕食のあと、子どもらを連れて川へ出た。暗いばかりで、空だけしろじろしていた。細い月がかかっていた。町並は静かで、この町の一隅で離職者らが結束していることなどに無関係な灯があわくともっていた。

「うるさくてかなわんもんな。養子はやっぱりつらいばい」

「そんなこともなかろう、あんたとこは。しょっちゅう黒崎のあそこへ、あんた、行っとるじゃないね。

きのうも行っとったろ？」

「しっ！」
川からのぼってきた小道が十字路になって表通りへ出ている。その角の薬屋の主人が、厚い唇に指を当てて急ぎ足で飲み屋へ消えた。

翌日、執行吏一行が警官および会社側と両捲場の立入り禁止の仮処分に来たとき、同盟一同拍手で迎えた。捲場はどちらとも空であった。同盟員らは捲場小屋から数メートル坑口に近いロープ調節車付近に坐りこんでいた。ロープ調節車を彼らは矢弦といっていた。これは坑内の炭車を捲揚げて地上へ運び出すロープの調節を行うもので、ここを占拠されれば捲揚機の運転は可能でもロープはすり切れてしまう。矢弦に赤旗をくくりつけて、数名の同盟員らが乗っていた。坑底へくだっているロープの上へ腰をおろした同盟員らは、彼らが捨てた小屋に仮処分の立札が立つと、ごくろう、と口々に声をかけた。そして矢弦を囲んで莚《むしろ》小屋を建てた。なかにも莚を敷き、各自寝ころんだり週刊誌を読んだり碁や将棋や花札をはじめたりした。そこここに車座ができた……　けどね、盲のせんずりはむごいもん。わがばっかりよか気色でせっせとしごきよったげな。そこへそおっと寄ってきて、松葉でチクリ。盲が、おや？　というぐあいに首かしげた。毛虫かな？　そしてまた、ちんぽの先を松葉でチクリ。盲が、風もないのに松葉がはらり、はてな？　英夫は話しながら白眼をむき出し顔つきだして、首かしげた。その白眼で空を仰いだ。風もないのに松葉がはらり、はてな？　数人がまねした。話し手が交代する。馬鹿がおったげな。

猿がせんずりかくのをじっと見よったげな。そしてわれも真似した。おや、これはなかなか。そこで明けても暮れてもエテ公の真似したげな。頬はこけるわ目はひっこむわ。そこが馬鹿のあさましさ……

誰かに似ちゃおらんな。

誰かじゃあるめえし、おれは女にゃ不足はせん。

どうだか。

まあだまって聞きない。えーと、そこが馬鹿のあさましさ。さあ村人が心配した。ありゃどげえかしてやらな、いかんばい。そこで知恵者が集まって馬鹿に教えた。おい、おまえ、それは子の種子ぞ。種子まきゃ子がでくるったい。そげ無駄に捨てるもんじゃなか。瓶にいれてとっときない。

馬鹿がなるほどと感心して、毎日毎日瓶を持ってふところであっためた。毎日毎日、日向に出して陽にあてた。まだ子は出らんかのう。

さあ村人が心配した。ありゃどげえかしてやらないかんばい。そこで知恵者が集まった。そして馬鹿がおらんすきに、瓶の中に青蛙をいれてやったったい。

おりょっ、子がでけた子がでけた。馬鹿がとびあがったとたんに蛙が逃げた。おい、待て待て。青蛙が跳んで逃げるとば、おい待て、とうちゃんじゃが、とうちゃんじゃが……　おい、とうちゃんじゃが……

会社側が申請していた大根土の本坑構所内全地域の立入禁止の仮処分が認定され、執行吏の保管に移されるまでの六日間、交代で同盟員はこの莚小屋に寝泊りした。谷川雁も室井たちも支援の学生や労働者らも、この莚小屋につめていて、誰もが花札が上達した。

わたしは育子が中鶴の家へ仕事から帰ってくるのを待って、信房の話をした。育子は、うちねえ、家ば出ろうかと思いよるんよ、といった。どうして？　うちん人は気が弱いもんねえ、行動隊でみんな一緒の時は威勢がいいばってんね、うちはもう、ふるふるあげなどぶ板のごたるとは……真似ばっかり。

どうするの？

うちはね、他人の尻について偉そうなことというやつは好かんよ。信ちゃんちゅう人にもそげ言っといてくれんね。偉そうなこと言わんでよかけんね、わがことはわが力でせろ、ち、いうてくれんね。

そうしてるでしょ。

なんがや。人の尻について顎たん叩くだけたい、わが仲間がおるときだけ。あとは猫々。借りた猫といっしょ。

わたしは育子が野菜洗いに共同水道へ行ったとき、別れた。ぺったり腰をセメントの枠におとして、赤ん坊を負った女が茶碗を洗っていた。ちょっと、と育子が呼びとめて、寄ってきた。

あんねえ、家ば出るちゅうこた、言うちゃでけんばい。うちはね、といい、いま砂利運搬に行きよるけどね、砂山の露口知っとる？　知っとろ？　ちっとよたもんのごたる。あれほんとはうちの腹ちがいの弟になるったい。腹ちがいばって、うちはとうちゃんがあの弟が生まれたあと、また嫁さんもろうたけん、あの弟と一番気があうもんね。

　あの弟がね、こないだちょっとかまったもんね。ちょっとなんかしたけん。そんとき、うちは、うちん人に、頼んだったい。すまんばって、うちは砂利運びに行かなんけん、ちょっと警察に顔出してくれんの、て。あの人はぶらぶらしとろうが。そいけん。

　そしたら口ばっかりばい、こげ言うた。血がつながっとる者だから助けたい、ちゅうことはまちごうとる。おまや血のつながっとる者だけ助けりゃよかとか、ち、こうばい。うちはね、血がつながっとるから助ける、ち、いいよるんとちがうばい。うちしか力になり手がないけん、あたりまえのことばしよう、ち、思うだけたいて、いうた。あの晩、うちら喧嘩したつばい。うちはね、あんた行動隊でん同盟でんどこでん行って、うちがまちごうとるかどうか言うてきない、て言うたんばい。そしたら、ちょうどそこに信ちゃんが来て、信ちゃんは隣の村越さんがたに来とっとばってんね、あの人が「好きで悪さするとはおらんもんね、おれの友だちは三年前にどこさいか行ったけど、もう少し辛棒して中鶴におったなら同盟にはいって役に立ったとばってん。その弟の人も同盟に呼んできたらどうな」て、うちの人に言うたったい。

　うちはね、呼んでくるのはよかち思うよ。けどね、こげな時に一人で警察でんどこでん行ききらんなら、しょうがなかろうもん。

わたしは、なるほどその折のことか、手応えがあったと信房がいったのは、と思う。育子は信房よりも四つ五つは年上で、そばかすが陽に焼けた頬に浮いていた。四歳になる女の子もいて、年よりいっそうふけてみえた。わたしには信房の思いがよくわからなかった。ただ育子は笑うとその目がいかにも愛くるしかった。きかん気だな、と、そのまっすぐ伸びた脚をみて思った。

同盟本部は全山マイクで全同盟員を結集させた。本坑構内全域を執行吏の保管に移すという福岡地方裁判所の決定にもとづいて仮処分執行に一行が入山してくる朝である。

彼らの到着と同時に爆竹数十発を打ちあげた。そして坐りこみ現場を固めた。福岡県警機動隊一個小隊と北九・筑豊全署から動員された警官五百が出動していた。

執行吏一行は会社事務所へはいり、やがていつもの道をとおって繰込み場付近へ近づいていた。その間に坐り込み現場では、現場の行動隊長である杉原茂雄が同盟員一同へ極秘戦術を発表した。われわれは強制執行に対する緊急避難を行う。われわれの意図はあくまでも退職金全額獲得のため、生産阻止を続行することにある。無益な衝突などでわれわれの意図を曲げるわけにはいかん。したがってわれわれは坑底にくだって坑内矢弦と運転指令室をおさえる。しかし全員坑底にくだることはできないから坑底抗議団数名をつのる。家庭的に身軽な者に限る。他の者は地上から全力をあげて坑底抗議団を支援し、地上と地下の団結でもって田中粉砕へすすもう。われわれ一行が地底へくだったあと、残る全員はただちに鉢巻をはずして構所内に散れ。残留者らがおしかけて見ているからあの中へ散れ。警察には見分けがつかなくなる。そして宣言文を読みあげ、同盟員らは、おう、とこぶしをあげて応えた。彼ら一行二十五名が隊長を先頭にして炭車用坑口から二千メートルの地下へくだるのを、がんばろうの歌をうたいつつ送った。がんばろう　つきあげる空に　くろがねの男のこぶしがある　燃えあがる女のこぶしがある　たたかいはここから　たたかいは今から。

忙しくなった。同盟本部に大釜を据え、野切守はねじり鉢巻で米を炊いた。みごとなできばえで、女らは、やっぱ飯炊きは男がうまかねえといいつつ坑底の二十五名の握り飯を作った。夜は焚火を燃やしつつ坐りこんだ。会社の事務所前と繰込み場の前にあかあかと火の柱が幾夜も立った。信房は坑底抗議団に加わっていた。育子の夫も坑底にくだった。育子が、うちは家ば出ろうち思いよるとよ、といっていたけれど、杉原隊長の妻らと共に着替えの用意などをして本部へ持ってきた。

「おくさんおくさん、いま坑内から電話がかかっちょるばい。あんたらも何か一言いうちゃんない」

本部役員がいった。

「よかよ。うちは。うちの人、いつでん穴にもぐっとったとやけ、なれちょろもん」

と育子は人らの後へかくれた。

「もしもし、あんた？　いまね、星一が電話かけるからね、星一にかけさせるからね」幼児を負って一心に電話口に話しかけている妻もいた。鉢巻をしめて人らの中で頬を染めて、それでも机上に子をおろし、ほら、はい、ていいなさい。おとうさん、ていいなさい。おとうさん。大きな声で。あんた聞こえるやろ？　なん？　焼酎？　いやねえ、うちの人焼酎がのみたいていうんよ、と、はにかんだ。地下から地上へ通信がとどけられはじめた。

わがやのカアチャンよ、ほかに変りはないか。浮気しちょるめえな。こちらは元気でいるよ。だがひとつ困る。××立つ苦しい。だけどこればかりはどうもならん。しかたがないからガマンするよ。ああ無情。吹くは無情の嵐か。風よ心あるならば、カアチャンの心を運んでおくれ。とかなんとか、ちょっとした事をいってアカチョコベー。

キーちゃん、何時も呼ぶ声も久しく言えないね。もう既にわれわれの坑底での行動も知っている事だろうが一筆書き送ります。われわれの断固たる覚悟の真意はわかってるのだから省略して、われわれ毎日、皆朗らかに、漫才や漫談に明けくれ、退屈を、しのいでいます。マージャンの相手がおらなく、専ら小生、先生様でお知へて、その内イタダキし様と思ってます。坑外は大分冷えこんできた相ですが、こちらは相変らず同じ丁度良い温度で皆三々五々本読んだり寝ころんだり花札で遊んだり、お陰で小生かへって身体の調子良好。ガソリンが切れて（わかるだろう。ショウチュウ）一寸参り相だが、しかし食生活は満足そのもの、皆んなの真心が

そのまま坑底へ通じて来ます。では最後までがんばります。昇り又会えたらゴッソリイタダキしますよ‼

放屁四発プププノプー。今鳴るラッパは起床の知らせ、六時半だとすぐわかる。キャベジン特別潜行隊の一日が始まる。寝呆けた瞳にみなぎる闘志。わたしゃシッコに行くわいな。性理現象には潜行隊員といえどもチョト弱い。直立不動の×××を人知れずなだめるのも一度ならず二度三度。実に涙ぐましい努力の数……　ああ無責任時代とはよく言った。田中のオヤジが悪いため。ああしかたがない、わが××よ。

トンチャン恋しや　ほうやれほう。焼酎恋しや　ほうやれほう。風呂が恋しや　ほうやれほう。かあちゃん恋しや　ほうやれほう。

地上からトンチャンを焼いてどっさり地底へとどけた。けれども焼酎も風呂もかあちゃんも送れない。地上の本部は、火の上に自らをあぶっている勢いで会社と折衝をつづけた。また中間市の添田市長も度重なる斡旋に、またふみ出した。

地底への食料その他の運搬は、残留者で坑内保安のために入坑する労働者が当っていた。地労委も三度目の斡旋にのり出した。新聞は連日大見出しで書きつづけ、同盟員の家族が死亡した折には退職金未払いのため葬いにもことかくさまを報じた。中間市は炭坑の町である。炭坑の町とは炭鉱の会社の町というわけではない。人々の意識の問題だ。同盟本部には市中や市外から多くのカンパがとどいた。
同盟本部は坑底抗議団の計画を極秘にして作戦を練ってここまできたのである。わたしらはこの独創的な戦術をみずから同盟が生みだしたのを知っている。けれども炭坑の歴史には坑底坐りこみによる抗議が、やはりヤマでたたかった先達らによって踏みしめられていたのだ。それは、労働の現場に徹す者がおのずから開く捨て身の、解放への手段であった。昭和六年、嘉穂郡幸袋町官営八幡製鉄高雄一坑で、女坑夫をのぞき、男坑夫百数十人が坑底で坐りこんで賃上げ闘争にはいった。女坑夫らはスラを引く手で仲間であり夫である彼ら抗議団へ食糧と水を送りつづけたのだ。いまは六十代となっている彼や彼女たちが散在する筑豊である。同盟が坑底に坐ったとき、無署名の女文字の手紙が同盟本部にとどいた。筆は老いていた。

どうろ、しっかり、はたらいてそしてきゅうりょうをもろうてくらさい。きゅうりょうをもろうとき、貴方がたみんな、こうないにおって、きゅうりょうをもろうというまで、こうないにおってくらさい。それから、みんないっしょに上ってくらさい。

わたしは「こりゃ一体誰じゃろかね」と、本部の一役員からみせられたとき「やっぱり同盟の闘いは誰かに正確にとどいているのね」といったのだが、そうではなかったのである。それは無名の一老婆が、かつての坑底すわりこみでの挫折点について、まだ年若いわたしらのたたかいへ、内部分裂のいましめと敵の狡猾さについてけんめいに教示していたのであった。彼女らは百二十八時間の坐りこみを、世間と断絶していたヤマで、しかも圧制激しい納屋制度時代に争議権すら持たぬ一般労働者にさきがけて、わたしらの闘いの下準備をひっそりと行っていたのだった。どうろみんないっしょに、きゅうりょうをこうないでもろうてくらさい。どうろ、こうないでもろうてから、あがってくらさい。彼女は昇坑後賃金を払う約束がとれたので全員昇坑したところその場でとらえられていた。

わたしは育子が「これ坑内のみんなにあげつくれんの」と梅干のつぼをかかえてきたのをみて、その場を引揚げようとした。そして野切守が、

「どけどけ女は。めし炊きはおれにまかしない」

と平釜の米を大きなしゃくしでまぜ、平にし、米の水がちりちりと野天の光を収めていくまでみつめてから、そっとその木しゃくしを立てるさまを、見ていた。やさしい手つきと誇らかな目をしていた。

「えらい熱心に見ちょるのう」

とんと、背を叩かれた。

「いいひげね」

わたしはどちらへともなく言った。平釜をみつめる守と背を叩いた那田内健とに。那田内健が、いやあ、といい、あいつはめし専門といい、はすかいに頭に巻いていた手拭いをとった。彼は空手専門であった。空手をポチ公の眉間に一発見舞い、ころりとねたところを料理した。彼が肺臓を引きだす時、ポチは、はふっと口を動かした。きゃっ生きちょる！　ヤマの男がとんきょうな

声を出し、東大生のチュウヤンが「肺の空気が出たんだよ」といった。

「やっぱ東大生ちゃ頭のよかねえ」

その話をささやくように言い聞かせた労働者の声を憶い出す。赤犬の肉を唐辛子の粉と胡麻とにんにくの小片とを交ぜたたれにひたして、焼きつつ食べた。紫がにおうような煙であった。夜ともなれば火柱立つ坐りこみ現場は、ポチ公の宴がひらかれた。犬がおらんごつなったのう。ストは犬にとっちゃ地獄ばい。誰かが言った。


　地底抗議団が医師の説得によって十日ぶりに地上へあがる夜、育子は女の子を負い、うすいネンネコをかけて焚火の遠くにひっそり立っていた。他の女房たちと離れて。わたしは、冷えてきたねえ、と寄って行った。あのなあ、砂山の露口な、大阪さへ行った、とぽつんと言った。つぎつぎに昇坑してきた。しっかりした足どりで手を振る者や、毛布をかけられた者、黒眼鏡をした者などが皆笑いながら人々の間を通って車へ乗りこみ病院へ運ばれて行った。あっという間であった。信房にわたしは気づかなかった。

# 十一章　大正鉱業退職者同盟

大正鉱業退職者同盟は六二年六月二十二日に結成され、ただちに福岡地方労働委員会に対して、労働組合法による資格認定の申請を行なった。申請は認可され労働組合としての資格を得た。そしてその資格にもとづき大正鉱業に対し、退職金の支払いについて数度にわたって交渉したが、会社側は退職金総額約三億円の頭金三千万円（一人当り約二万七千円）を確保しながら、社宅退去と残額の約五十カ月払い等を条件に支払いを行わず交渉は全く進展しなかった。

同盟の要求は、次の七項目であった。

一、退職金の頭金三千万円の無条件支払い。
二、未払い賃金、期末手当、公私傷全額二千五百万円を十月までに支払う。
三、退職金残額二億五千万円の手形保証。
四、緊急の場合や県外移住者に退職金の内払いをする。

五、十月に予定される政府融資二億円が確保できず、退職金が支払えないときは全重役が退任し、同盟のいかなる行動にも異議がないことを約束する。

六、炭労との協定を破棄する。

七、福利厚生については別途協議する。

退職者のなかには親子二代・三代にわたって坑内労働を行なったものもかなりの数ふくまれていた。これらの人々も退職金の頭金二万余りで社宅からの退去を命ぜられるのである。それはその日から路頭に迷うことを意味する。全額支払いののちに明け渡すことさえ家庭によっては困難な場合すらあるのに、わずかな頭金での明け渡しなど同盟として受諾するわけにゆかない。遂に実力行使にふみきった。同時に次のビラを、残留した大正労組員や市民に配布した。

組合員と市民のみなさんへ！

大正労組・職組・及び中間市民の皆さん、われわれ退職者同盟は、このたびの退職金獲得闘争にあたり、さらに暖い理解と支援を訴えます。

われわれは六月二十二日同盟結成以来七十数日にわたって、労働者の命の綱でもあるべき退職金の支払いについて会社側に対し、隠忍自重、数回にわたって請求してきました。

その間、会社側は退職金総額約三億円の一部である三千万円の確保をしながらも、社宅退去を条件に支払います（一人約三万円）、残額は約五十カ月払い等々、考えても無茶苦茶な、当初の約束とはおよそかけはなれた回答をしました。そのことは今度の同盟が組合として認定され正式に団体交渉をした結果に於ても、団交の回数を重ねるごとに改悪されてきました。

市民のみなさん、組合員のみなさん、考えてもみて下さい。いまの世の中で二万円か三万円で家を立退くことが出来るでしょうか。又退職金は当然無条件で支払われるべきであり、法的にも常識的にも社宅退去と引換えに退職金を支払うという事は無謀な事であります。

さらに退職金の未払いから派生して、失業保険が日一日と切れつつある今日、就職するにも見通しを妨げられている実状です。これら人権問題も無視した会社の態度に対し、われわれはあらゆる努力をして解決をはかって来ました。しかし、ことここに至ってわれわれは、会社側の反省をうながすべく、労働者階級の立場に立って、労働者の権利を守るため実力行動に踏みきらざるを得ません。

同盟は今日より、争議権行使の実力行動を決行します。しかし、大正労組員の人たちと激突したり摩擦を起こすことは、労働者同士の問題として絶対避けるべきであり、市民のみなさんにも迷惑をかけないよう考えております。

そのような、われわれの立場を御理解下さって、われわれの今後の闘いに御支援のお願いをします。そのことによって、一日もはやい解決の途が見出されると考えております。

八百人の退職者と家族の死活をかけた退職金獲得闘争に御協力をお願いします。

昭和三十七年九月五日

大正鉱業退職者同盟

そして同時に、同盟員へ次の指令を発した。

大退同指令第一号　昭和三十七年九月四日

退職金全額即時獲得のための争議権の無期限行使に関する指令

大正鉱業退職者同盟闘争委員長　小柳繁之

われわれは退職以来今日まで、退職金全額即時支払い、または支払い実行のための七項目の要求に基づいて、会社の責任と義務によって平和的に解決されることを希求して鋭意努力をかさねてきた。しかし二カ月余にわたる経過や努力にもかかわらず、会社の最終的回答は、退職金支払者の責任と義務を誠意をもって応えようとしたものではないことは歴然としている。そればかりではなく、回答の内容たるや、いすわり強盗的な主客転倒した「条件」を強行しようとさえしているものであり、これは絶対承認できるものではない。

断固としてこれを拒否し、七項目要求の貫徹を迫るものである。われわれは、一三六日にわたるたたかいの末、福銀と田中の殺人的合理化政策に無条件屈伏した炭労の指導性にみきりをつけ、困苦した生活のなかで、ただひたすらに退職金そのものに全生命をかけているのだ。まさに退職金はわれわれの生命そのものである。

今日までの努力にもかかわらず、現在の状況下では七項目要求支払いの進展はありえないと判断し、好むと好まざるとにかかわらず、労働組合としての基本権である争議権行使によって要求問題の進展をはかる段階に到達した。従って同盟員は、こうした情勢、会社のかまえを十分討議し、争議権行使によって会社の基本的態度、具体的処置の変更を求めるために、非常時体制に即応出来るよう各々重大な決意を新たにするべきである。依て左記の通り指令する。

一、如何なる行動・事態にも即応する心がまえ及び指令・指示に取組みうる行動態勢の意思統一と結集をはかること。

二、実力行使は無期限とする。戦術の方法内容は戦術委員会に一任し、行動日に指示する。

三、全同盟員は、九月五日午前六時に鉱業所前に集結せよ。

1 本坑地区同盟員は午前六時に鉱業所前に集結せよ。

2 一坑地区同盟員は午前五時三十分に一坑グランドに集結せよ。

四、服装は次のとおり軽装とする。坑内帽（持ってない人は止むをえない）、ハチマキ、ヤッケまたは作業衣、脚絆、地下足袋、弁当、水筒。以上地面にごろ寝できる服装とする。

五、行動上の統制指示については次のとおりとする。

1 集結後の行動及び配置等の一切の行動上の統制指示は総隊長または各隊長が行なう。

2 何人にも侵害されない労働組合の基本権行使であることを十分認識し、労組・職組との紛争は惹起しない配慮にたって行動する。

3 警官隊及び会社の挑発行為にかかることのない態度にたって行動する。但し、争議権侵害の具体的行為には断固としてたたかう。
4　会社施設及び器物の破損のないよう注意する。不可抗力の事態の場合は止むを得ない。
六、隊編成と指揮系統は次のとおりとする。（以下略・著者）

同盟の実力行使は退職した労働者集団と前雇傭会社との争議であるために注目をあびた。中労委が、退職した労働者の組合や同盟はこれまでもあったが、労働組合としての資格認定を受けて実力行使にはいったのは大正鉱業退職者同盟がはじめてであろうと報じたり、新聞紙上で同盟のピケは正当か否かが論ぜられたりした。

同盟の実力行使は、炭坑に残った労働者の職場を封じる結果になるため、大正労組としては労働者の生活をおびやかすといって反対した。炭労は対決もやむをえぬと報じた。次のビラは大正鉱業労働組合が配布したものである。同盟・労組ともども最低の生活保証すら確立せず、生活権を要求しての行為であった。

　退職者同盟の実力行動によってわたし達の生活はどうなる
市民のみなさん、このままでは山・街がつぶれる。

市民のみなさん、わたし達は長い闘争期間中の合言葉として〝去るも地獄〟、〝残るも地獄〟といいながらも、その苦難な道の中より大会の決定にもとづいて自分から残る方を選び、去る六月二十二日より就業しています。坑内はその長い闘争後だけに非常に荒れ果てていました。

まったく危険そのものでした。しかし〝働かざる者喰うべからず〟の原則の如く、労働者は働かねばなりません。今、職場では苦しい中でも毎日二時間～三時間も残業をして石炭を出すために頑張っております。労働組合としても今迄何回となく社長に退職金を払うように交渉を重ねて来ましたが、政府の融資が決らないので出来ないといっています。実にでたらめです。その様な回答に対して退職者は不満をいだき遂に実力に訴えました。

九月五日午前六時石炭捲上機を占拠して石炭を一函も上げないようにしています。そのため坑内で働く人が入坑しても仕事が出来ない状態が問題になっています。この状態がこのまま続くようであれば又大変なことになります。わたくし達は〝ストライキ〟を決行して再建が出来るなら何時でもストは出来るわけです。今の企業を続けるには就労して今しばらくは頑張る道以外にありません。この儘の状態では残ったわたしたちは何の生活補償もありません。

市民のみなさん、労組はそのような退職者の代表とよく話合い、理解し合って全体のために良くなるため、更に交渉を行なっていますが、どうしてもこのままでは双方が困ることです。そのために炭労地方本部を経て中央炭労に連絡をして次の方針を決めました。どうしても話合に応じない場合は、やむを得ない処置として不幸なことながら実力を持って排除しなければなりません。

市民のみなさん、長い間御迷惑をかけ、又このようなことになりました。本当にどうすべきか困ったことであります。しかしわたし達は生活を守り企業の継続をするとの方針を確認してやむを得ない行動が最悪の場合にはおきるかも知れませんが、そのようにならぬ様に市民のみなさん方の御協力をお願い致します。

同盟が五日朝から炭車捲揚場を占拠したことに対して、会社は福岡地裁に妨害排除の仮処分を申請した。九炭労は実力で労組を支援し、退職者同盟と対決を行なうため、六日に現地に入り八日には動員することを決定した。同盟は炭労宛次の電文を打った。「シホンカニナカマイリスル九タンロウノ五日ケッテイニ　ワレライカリヲモッテタタカウコトヲ　センゲンス」また九炭労宛に次の電文を送った。「ロウドウシヤカイキユウノ　レキシヲケガス　五日ケツテイニダンココウギスル　ワレライカリヲモヤシタタカウ」

なお同六日には、三池炭坑の争議中に起こった暴力行為などで起訴されていた三池労組員八名に対する判決公判が行われ、全員有罪の判決が下された。ただちに控訴手続きがとられた。また一方、石炭鉱業調査団は最終的打ち合せを終え、石炭政策についての答申の基本構想をまとめたことを発表した。それは非能率鉱千万トンの閉山を骨子としていた。離職者は四十二年度までに九万人、さらに閉山にともない相当数の整理はさけられないと報じられた。

同盟の坐りこみは八日地労委が事情聴取にのり出したことに応じて一時中止を行い、地労委に斡旋を申請しその期間中は実力行使を休止することを決定した。下部の不満が強いため短期間のうちに解決してほしい、と申しいれ、実力行使は短期間休止するという態度を決めたのである。

なお福岡通産局は会社に対して、退職金の頭金三千万円を早急に支払うよう異例の勧告を行なった。

同盟の申請は会社との団交に提出したところの、先述の七項目である。これに対し田中直正は頭金三千万を確保しつつ社宅あけわたしを条件に支払いを拒否していた。地労委の斡旋案は十四日に出された。それはおよそ次の如きものであった。一、会社は三千万を九月二十日までに無条件に支払うこと。二、残余の退職金の支払いは、石炭鉱業合理化事業団の融資を考慮し、何分の決定あるまでその支払い請求をさしひかえること。三、第一項の支払い金の配分に関する事項その他、未解決の諸問題については、労使間の協議により平和的解決につとめること。

同盟は討議の結果これを受理した。が、会社側はこれに対し回答の延期を要請した。同盟は十九日次のビラを出した。

労働者の共同の運命をもった退職金の闘いに支援を！

組合員のみなさん、家族のみなさん、毎日御苦労さんです。

ご承知のように、吾々退職者同盟は、退職金の頭金三千万円の無条件即時払いのため努力してきました。しかし田中直正の不当なやり方は、平和的な交渉だけでは解決されないことを自らバクロしてきました。だからこそ、正当な争議権の行使によって会社に反省を求める為に九月五日から実力行使に突入したわけです。

その後の経過なり事情はみなさん方もよく認識されているように、平和的解決のための地労委のあっせんが開始され、九月十四日「あっせん案」が提示されました。同盟ではあっせん案が労働者にとって満足すべきものだとは考えておりません。またこれで退職金支払いその他のすべての問題が解決されるとは考えませんが、平和的解決の精神による解決の突破口になればということで、次の点を明らかにして、あっせん案受諾の態度を決定しました。

会社があっせん案を拒否した場合、また三千万円の無条件支払いを不能にした場合、約束を実行しなかった場合は、退職金そのものを全く支払う意志のないものと判断して、重大な決意をもって対処する。

添田中間市長、林市議会議長、岡部石炭対策特別委委員長、五十嵐組合長等が、十七日深夜、「あっせん案」受諾を田中社長に説得するために上京したことも、会社は無条件で、あっせん案を受諾すべきことを示しています。ところが会社は十七日の回答を延期し、大正労組に対して、労働運動史で前代未聞の「激励電報」を田中直正の名で寄せました。われわれは、組合員をひき入れて労働者の退職金を踏みつぶそうとする陰謀の影を感じます。組合員、家族のみなさん！　いまや会社回答の内容によっては重大な時点にさしかかっております。なぜなら、単にわれわれだけでなく、みなさん方の退職金が保証されるか否かという共通の運命を左右する問題です。吾々は労働者としての共通の筋をとおし、共通の任務を背負って最後の一兵まで戦い抜きます。みなさん方の一段の理解とみなさん方も共通の場に立って闘われんことを要請します。

九月十九日

大正鉱業退職者同盟

十九日午後会社側の延期申しいれに対し、地労委は実質的には斡旋案の拒否であるとして、斡旋を打ち切った。同盟は二十日から実力行使にはいった。長期の構えであった。大正労組は全責任は会社にありとの判断を下して全員休業にはいった。そして会社に対し労組独自の要求を提出した。また一括して生活保護申請の手つづきにはいった。九炭労も静観を決定。

同盟本部には全国各地からの支援がよせられ、また市内の商店や市民からも、カンパの金品がとどいた。谷川雁はじめ「サークル村」および大正行動隊を通してともに行動して来た多くの同志らも、彼らと行動をともにした。谷川雁は連日本部につめて、会議に顧問として出席した。かつての大正行動隊の中心メンバーはそれぞれ退職者同盟の現地行動隊長や副隊長、また各分隊長として闘争現場の指揮をとった。

会社側は二十日福岡地裁に鉱業所内の立ち入り禁止、妨害排除の仮処分を申請。これに対し同盟は、決定がくだれば警察権の発動があるがいたずらな摩擦を起こすので強行せず、次の手をうつことを決めその戦術を極秘にすすめた。そして仮処分執行が度々難航した。転々としてバリケード・ピケののちに坑底坐りこみに突入したのである。

次にその折の宣言をあげる。

## 宣言

一円の退職金も支払わない経営者にたいして、われわれ大正鉱業退職者同盟は、去る九月二十日いらい、坑外捲場前に坐りこみ、一塊の出炭も許さない実力行使をおこなってきた。いうまでもなく、それは労働組合として公認された同盟の当然すぎる争議行為であった。

しかるに退職金の全面ふみたおしを意図する福岡銀行の走狗、田中直正は資本を擁護するためには八千の労働者家族の運命をふみにじってかえりみない権力の庇護にかくれ、十月十三日、五百の警官を動員して、われわれをすわりこみの現場から追いだした。

労働の血と汗の結晶を支払わない者が法によって保護され、塗炭の苦しみにあえぐ者がコンボウの威嚇のもとに行動を阻止される。こんなバカな話があろうか。連日、炭鉱労働者の苦境が報道されているとき、はたして正義はどこにあるのか。人道とはいったい何か。われわれはかかるブルジョア法に満腔の憎悪をたたきつけずにはおられないと同時に、法の悪用による強盗行為を命のあるかぎり追及してやまないものである。

われわれは断固たる行動をさらに継続する。強盗田中直正を倒すまで、断じて彼の思うままにはさせない。ブルジョア法が何といおうと、ヤマはわれわれ労働者のものである。

すでにわれわれの同志の一部は口頭弁論すら行わない無茶苦茶な強制執行にたいする緊急避難行為として坑底に下り、危険かつ暗黒の坑内で決死のすわりこみを敢行している。前代未聞の悲壮な行動に追いこんだのは、いったいだれの責任か。

ここにわれわれは宣言する。

一、田中直正の即時退陣なくして事態の収拾は絶対にできない。

一、政府は責任をもってわれわれの退職金を保証すべきである。

一、坑底にあって闘う同志たちとともに、かれらの生命を守り、要求貫徹の断固たる行動を展開する。

昭和三十七年十月十三日

大正鉱業退職者同盟

退職者同盟の結成および争議は、エネルギー革命を契機に産業界が再編成期にはいろうとしている時にあたって、今後の労働界を予感させると共に、その情況をのりこえる労働運動のあり方の模索として多くの問題をはらんでいた。

前述したように政府の炭坑合理化方針の政策大綱となる基本資料は、石炭鉱業調査団によって作製され、答申大綱は三十七年九月に発表された。それによると四十二年度までに非能率炭鉱は閉山され、それにみあう高能率炭鉱の増強が計られることとなっていた。そして閉山にともなう整理人員も三十七、八年度だけで四万人を越える数が予定され、四十二年度までに九万と報ぜられた。大正炭鉱は閉山群へいれられていた。筑豊全域にわたってビルド鉱はゼロである。わずかに一部増強を含む現状維持群の中に大正鉱業の新中鶴坑や貝島大之浦、日炭高松、古河下山田などがはいっているにすぎない。大資本への集中と、資本の複合企業化が明らかにうち出されていた。

この基本方針は炭鉱業をこえて産業界の基本的な方向性を感じとらせた。世界市場での競合にのり出す独占資本を強化せんとする政府の意図も読みとれた。弱小企業に対する整理は容赦ないものがある。労働者を失業へ追い、失業者を生活保護へ追い、無為徒食をさせても痛痒を感じない生産体制が、生産技術の発展にともなって確立されんとするようであった。

同盟が退職金闘争に集中せざるを得ぬとき、筑豊のいたるところで合理化や閉山が行なわれていた。離職した者らは離職者用の職業訓練所へはいった。そして数カ月して得た技術は使う場がなく、失業保険で食いつないだ。

労働の場を全く失なったかにみえた筑豊に、いくばくもせぬうちに或る結集がそこここにみえ出した。労働力供給の組織である。つまり伝統的な請負い組織だ。請負いといっても生産手段のいくばくかを持って親企業の生産を部分的に請負うわけではない。数名ずつ組となり親方ともども労働力を売りに行く組夫である。大企業内での溝掃除的な作業をそこで行なう。たとえ作業中に機械にふれて死亡しても企業内での死者の員数にいれられぬ存在である。

大正鉱業でも退職者同盟および大正労組がそれぞれ見放した坑内を、これら組夫に転じた近辺の元坑夫らが維持せんとしていた。会社は、同盟員と労組員とが拒否した賃金以下の日給で、これら組夫に出水その他で危険が増大した採炭現場を、請負わせた。

同盟も労組も、これら下請け坑夫と内的連関を持ち得なかった。隣町の炭坑ではこうした組夫が指をつめられたり部屋に閉じこめられたりして働かされているとの噂が流れた。

資本がより利益のあがる場を求めて転じた跡に、それでもなお労働力を売ることだけが生の手段である階層がいつでも吐き残されるのである。そしてこれらの人々は、あたかも恩恵のように再組織され、産業の二重構造の底にくりこまれる。日本の産業は請負い業を底辺にして、企業責任をまぬがれつつ飛躍的に発展する。一度請負い組織に足をいれた者は、請負い企業の様式が近代的なものであれ前近代的なものであれ、また企業主や親方や作業員の区別なく、容易にその次元からぬけられない。もとより労働条件は格段の差がある。また彼らには、ほとんど労働者組織がない。

行動隊も、中間市のはずれから香月へかけて点在する請負い坑夫の組織や、鞍手郡その他奥地に多い小ヤマのこれら集団に近づくことは不可能であった。わたしらは個別に、そしてひそかに、人脈をたよってその内情を耳にしたにすぎない。なぜならそのほとんどは、これら組夫集団の幾組かを掌握する下請け業主が地方ボスであり暴力団まがいであり、例えば労働組合を作ろうとするかすかな動きにさえ、刀傷を負わせたりしていたためである。

が、これほどの掌握力はなく、だから勢力はよわよわしい親方が離職坑夫からぞくぞく出て、元坑夫の同僚を子方にして北九州工業地帯へ出かけだした。または地域での土方や建築などにかかわりだしたのである。彼らは離職者対策の一つである職業訓練所で得た技術のうち、車の運転を何より手近かな収獲として、親企業の車で往来した。仲間の組夫らをのせて。

彼らの不安定な雇傭が、あたかも安定した日常であるかのように展開し、筑豊は日ましに薄手になっていた。大組織であった炭労がなくなり彼ら下請け夫ばかりがふえるので。

ところで日本の労働組合は従業員組合であるから、たとえ筑豊から北九などへ働きに出て親企業の労働者と職場が同じであっても、統一的な行動は組めない。これを逆用するのはまた資本の側である。同盟の争議も、会社が私兵のごとく雇傭した下請けの坑夫（そのはなはだしい低賃金と抑圧的人間関係の中の）彼らによって、しばしば妨害された。職業に定着しえない（主体的に、また不安定な中小企業のために）流民のような下請け労働者は、大量に出現しはじめ、かつ未組織であるのだが、この半失業者のための組織はまだ考えられていないのである。

大企業の労組は従業員組合として、同一企業の内部に下請け工・孫請け工を擁しながらそれらを除外して形成されたまま、企業の巨大化とともに巨大なものとなる。それは未組織労働者にとっては圧力団体でしかなく、第二の管理組織として機能する。巨大労組の運動は保身的であり、思想的力量は稀薄化している。にもかかわらず、労働運動の占有者であるかのように未組織労働者の諸要求を圧迫する。炭労もそのいい例であるけれども、離職した炭坑夫や闘争中にアルバイトに出る炭坑労働者の職場は、例外なく親企業の労組の圧迫を受けた。つまり彼らはほとんど下請工であり親企業の従業員でないから同じ職場で働いていても無視され、その職場要求は親企業の利益のためにその労資によってつぶされた。こうした傾向は、倒産する中小企業を転々と移る下層労働者のうえにいよいよ深刻化するのは目にみえていた。

このような情況下で、大正鉱業退職者同盟が従業員労組の枠を本質的に乗り越えた闘いを展開しつつあることは、今後の労働者の解放運動に或る示唆を与えているともいえた。同盟は目前の未払い退職金を得るために、操業中の現場をおさえるべくピケ戦術にはいったのだが、こうした客観的な意味は大きい。残留して採炭に従事していた大正労組が前述したように、別の要求を会社側へ出して休業し、生活保護を申請したのも質を異にする組織間の或る新しい統一戦線を出現させた。

大正に退職者同盟が設立されてから隣町の日炭高松でも離職者の同盟が結成された。それは職場を開拓するのが主たる活動であったが、労働者がその権利追求の組織を職場の外に持っていることの利点は、下層労働者の場合ことに大きなものがある。退職者同盟はその一義的目標である田中体制打倒・退職金全額獲得に全力をあげていたからその客観的位置づけは充分ではなかった。また、同盟員個々人が生活費を稼ぐために組夫となったり下請け工となったりして出かける職場での諸矛盾を、同盟の運動と関連させることもできてはいない。このように、同盟の存在とその運動の社会的位置づけは、産業界・労働運動界の過渡期の状況に対して思想的にまだ非常に未熟ではあった。

けれどもその存在は予感を人々にあたえつづけた。ことに、大正鉱業退職者同盟の存在をそうした意味でとらえて危険視していたのは、ほかならぬ大正鉱業社長の田中直正であった。彼は大正の争議に関するその著書に左のように書きしるしている。

残留して生産に当ろうという者のメシビツまで叩きつぶそうとするトロツキストのような凶暴さで退職者が立ち上がり、しかも認定組合としてのニシキの御旗をふりかざすとき、筑豊一帯はハチの巣をつっつく騒ぎになり、流血の惨事はいたるところに起こり遂には収拾つかなくなり、赤色革命の火の手は筑豊から燃え上がらぬと誰が断言できるか。私はそれを恐れる。……私が損得を離れて、とにかく〝この一線〟を頑張り抜いたのは筑豊を革命の手から救い、石炭業界の安泰を願う一念からにほかならなかった。(田中直正著『大正鉱業始末記』から)

一方、炭労は退職者同盟をどうみていたか。その見解は労働運動家といわれる者の情況判断の力量を語るといえよう。次のものは炭労石塚事務局長の談話で九月二十一日の朝日新聞に掲載されたものである。新聞紙上の談話記事は正確さを欠くが、しかしおおよその方向は察せられる。第二次ピケ戦術に入った朝であった。

炭労としてはやれるだけのことは全部やった。いまさら炭労がとやかくいわれることは少しもない。労使がどうのこうのといってもあそこには正常な〝使〟などいない。だからわれわれは政府の責任で解決させようと努力してきた。退職金融資を受けられるようにと〝道〟をつくってやった。それなのに向うは乗ってこない。また組合と同盟がケンカすることは、会社にとって思うつぼである。だが向うが「炭労の腰抜け」という以上手のほどこしようがない。現地の組合に「刺激しないよう、静観していろ」といえるだけだ。

ピケは遂に坑底坐りこみにまで発展した。そしてこの坑底坐りこみのあと、退職金支払いに関する地労委の斡旋が再度行なわれて骨子次のごとき地点で労使調印にこぎつけた。一、協定成立三日以内に退職金の内払いとして一人二万七千円を支払う。二、本坑社宅または新中鶴社宅に居住する退職者のうち世帯主である二百十五名に限り協定成立後十カ月以内に一坑社宅に移居する場合は、退職金の内払いとして一万五千円を追加する。三、退職者のうち世帯主であって、その居住社宅を協定成立後四十日以内に明け渡すものに限り、総額千五百万円の枠内で退職金の内払いとして一率に追加支払う。但し一人当り七万三千円を越えない。

ところで同協定成立後、田中直正は上京して退職金資金二億三千万円の金策にあたったが、一億円しかできないらしいという情報が山元へはいった。すでに年末である。退職者同盟では同盟費二百円の滞納もめだちはじめていて、二カ月滞納者は自動的に同盟から切れることを決めたりして態勢をととのえ、越年資金として退職金の内払い要求にはいった。また廃品を回収してその収益を闘争資金にくりいれる運動を行なったりした。が会社の退職金資金は容易にできず、やっと一億円を配分することとなり、この配分にまつわって、また社宅明渡し者への限定支給が条件づけられんとした。団交はくりかえされ、決裂し、まことに雀の涙のごとき支給に対する社宅との引換え条件は同盟本部を怒らせつづけた。というのも退職金残高の少ない者でまだ年齢的に転職可能である者は、個別に転職先を当ったりして、つぎつぎに同盟在籍のまま社宅を出て他県に就職しているのである。その数もすでに同盟員の半数にのぼり、それが不可能な条件の者が主として残っているのであって、彼ら世帯を雀の涙金で路頭に迷わすわけにはゆかぬのである。同盟本部の役員も委員長・事務局長とも県外に就職し他の委員も関西方面に就職した者が多く、それまで現地行動隊長であり副委員長であった杉原茂雄が委員長代行となったりしていて陣営は流動的でもあったのだ。次は同盟ニュースに書かれた雀の涙金支払い後の情況の一部である。

他人のフンドシでは一生生きられない！

やっともらえた退職金を手にして本当に喜べた人は何人いただろう。大多数の人が失業保険金の一カ月分にも足りない人や、全然もらえなかった人もあった。特に七万三千円以下の社宅居住者には一銭も支払いがなかったことから同盟は何をしているのか、という意見が出されている。このことに関しては前日の同盟指導機関の態度をよく読んで理解を願いたい。ただ田中直正のねらいと攻撃の本質が、いまなお社宅と退職金をひきかえにする態度にあり、これを粉砕することが同盟の任務であることを理解して頂きたい。

今回の退職金の一部支払いは同盟員の支払いに準じて非同盟員の支払いもおこなわれたことから、「同盟に会費の二百円も収めて参加していることは馬鹿らしい」というケチな意見が出ていることを本部は承知している。よく考えても見て下さい。本当に「馬鹿馬鹿しい」ことだろうか。もし同盟が結成されなかったなら、田中の卑劣な政策で退職金ももらえず社宅の追出しを喰っているであろう。数年前、新中鶴の退職者は、田中の雇った暴力団の手で社宅の追出しを喰ったということである。

また同盟と非同盟の間を金の問題で分裂させようとするのが田中の常とう手段である。このことをよく理解する必要がある。

同時にわずかな金では買うことのできない大切なものを我々労働者はもっているはずである。それは他人のフンドシにはたよらないという根性だ。自分たちの力を結集して自分の生活を守ること。田中の期待に応えるような考え方では、今後長い一生の生活を守ることにならないことをよく理解して頂きたい。

ところで坑底抗議団が昇坑して二週間目に杉原隊長他二名が、威力業務妨害・暴力行為等処罰に関する法律違反によって逮捕された。同盟はただちに不当逮捕反対・釈放要求運動にはいった。共闘支援アピールのビラを配付したりカンパや署名活動に各地の街頭に立ったりした。小倉検察庁前で、同盟員と家族ら三百五十人の抗議集会を開いた。逮捕後九日目に釈放、起訴された。公訴事実は次の如きものであった。

被告人杉原茂雄は大正鉱業退職者同盟（以下退職者同盟という）の副委員長、同吉武敬之助は退職者同盟三区支部長、同廿直司は退職者同盟員にして、他の退職者同盟員等と共に同鉱業株式会社（社長田中直正）に対し退職金の支給を要求して昭和三十七年九月五日から中間市大字中間六、〇五五同社中鶴炭鉱捲場附近に坐り込み同所附近を占拠したが、福岡県地方労働委員会の斡旋開始により同月八日から同月十九日迄右坐り込みを一時解除したものの右斡旋不調により同月二十日から再び、前記捲場附近等に坐り込みを行ったところ、会社側が、同年十月十三日午前十時過頃右坐り込みを排除すべく仮処分執行に着手しようとするや、これに先立ち他の同盟員二十二名と共謀の上、同鉱新一坑内に侵入し、同日午前十時五十分頃、同社中鶴炭鉱新一坑エンドレス捲卸詰所に立至り運搬司令石橋隆義等の看守する同所の終点矢弦にクリップチェン（通称カチ）を巻きつけ鉄材を差し込み等して同矢弦の上や附近に坐り込み、更に同日午後四時二十分頃、操業再開のため同社採鉱係長佐々木一馬外三名が同終点矢弦附近に至り、退去要求を行なうや同人等を取囲み、佐々木係長等を肩で突き「何しに来たか、俺達は何時死んでもよいからお前達もここにおれ」「お前達を矢弦にくくりつけて運転してやる」「あとで家に押しかけるぞ」等と申し向けて脅迫し、更に鋸を示して「鋸もあるぞ、鋸でひいてやろうか」等と申し向け多数の威力を示して暴行、脅迫を加え、もって同月二十二日午後十時頃に至る迄の間同社中鶴炭鉱新一坑四〇〇馬力エンドレス捲機の運転を不能ならしめて同炭鉱の出炭業務を妨害したものである。

法廷闘争となり翌六十三年一月十二日杉原に懲役一年、廿・吉武に各懲役十カ月が求刑、一月二十七日最終弁論、判決。全員無罪となった。

法廷闘争中に杉原茂雄は同盟の委員長となった。また市会議員でもあったが、その改選にともない同盟公認候補として立候補し、第二位で当選した。杉原の当選は市政に同盟の意図を反映させてゆきづまっている大正問題を地方行政面から打開の手を打つに利した。会社は職員の給料の遅払いや坑内事情の悪化による出水等で末期的状況を濃くしていった。

同盟は内部の困窮者の個人名で退職金仮払い仮処分申請を福岡地裁小倉支部に提出した。また同盟員全員が個別に八幡労働基準監督署に対して労働基準法二十三条違反で告訴した。次に同盟が発行した説明書をあげておくが、こうしたきめこまかい指示ぬきに炭坑でのたたかいは行なえないといっていい。

「告発状」についての説明

同盟ニュース67号にあるように、田中直正を告発する手続きが開始されました。支部同盟員については代表者の指導で行なわれていますが、直轄者（県外就職者ら）については次の事項を参考にして直ちに本部宛に返送して下さい。

一、告発状と書かれている左横にあなたの住所を書く。

二、勤務していた坑口は、新中鶴の場合は、中鶴炭坑と書かれている箇処の上に新を入れる。

本坑はそのままでよい。
三、退職金額記入は、壱弐参四五六七八九拾百千万億の字を使う。
四、会社発行の退職金明細書（総額、残額どちらでもよい）を同封する。うつしは本部が作成する。紛失の場合は連絡のこと。
五、後の告発人の箇処には署名捺印をする。告発人はあなたです。
六、誤記、訂正の箇処は必ず訂正印をする。
七、検察官は、山田四郎、署長は浜村槌広です。告発状、申請書共に形式は同じです。
(注)、なお、「債権確認」という法的問題の上からも、必ず手続きをして下さい。退職以来二年間に何らの申告もしない場合には、退職金の請求権を失なう場合があります。

告発状

告発人〇〇〇〇
福岡県福岡市草ヶ江町五三番地
被告発人田中直正

告発事実
一、被告発人は大正鉱業株式会社の代表取締役である。
右大正鉱業株式会社は福岡市大字馬出七一二番地に本店を、同県中間市大字中間六〇五五番

地に事業所中鶴炭坑を、同県八幡市上津役に事業所新中鶴炭坑を有し、石炭の採掘及販売を業としている会社である。

二、告発人は右大正鉱業株式会社に雇傭せられ、昭和三十七年六月二十日迄同会社の前記、中鶴炭坑で〇〇〇〇として勤務していたものである。

三、右会社は昭和三十七年六月二十日同会社の事業上の都合に依り告発人を解雇したことにより告発人に対し、金〇〇〇〇円の退職金を支払うべき義務を負担するに至った。

四、被告発人は同会社の代表取締役として業務上告発人に対し右退職金の支払を為すべきに拘らず同会社の業務に関し労働基準法第二十三条一項に違反し告発人の請求にも拘らず右退職金の支払いを為さなかった。

右退職金に関しては「鉱員退職手当規定」に依りその支給条件に関し明定されているので右法条にいう賃金である。

五、被告発人の右行為は労働基準法第百二十条一号に該当し五千円以下の罰金刑に処せられるべきものであるからここに告発する

証拠

一、退職金計算書（写）

昭和三十八年〇月〇日

告発人　〇〇〇〇

福岡地方検察庁小倉支部　検察官　〇〇〇〇殿

坑底坐りこみを行い、やっとメドがついたかにみえた退職金の内払いが金策の不調・支払い条件の不調で支給されぬまま年が明けた。同盟員で県外就職をしている者は同盟費を送って退職金獲得の権利を維持した。それらは勤務年数が比較的短いものであったが、永年勤務で未払い額の高いものの間では、同盟の存在に疑問を持ち出す者も出ていた。会社はますます経営困難で閉山一歩前である。ともかく何らかの金をどこからか引き出させる必要がある。同盟は六十三年五月二十一日再度スト権を集約した。それから一カ月後次のような同盟ニュースを配布した。

爆竹が上がったら全員休んで行動に参加せよ！

いったい指導部は何をしとる。田中直正には隠忍自重も通用しないではないか。退職金は俺たちの生命だ。支払い要求を叫び続け身を張った行動をおこせ！　おれたちがズタズタに切り裂かれるまでやるぞ！　こういった声は充満している。闘争指導部もそのように考えている。俺たちの腹の中はにえたぎる怒りでいっぱいだ。この闘いの最後の闘いの第一歩が開始される日は近い！　いつでも行動の態勢を！

そして「実力行使決行に際して犯罪者田中直正に対する抗議声明書」を出して突如行動を開始

した。次は同声明書である。

一、われわれは、確定済みの退職金支払いを要求しているに過ぎない。それは賃金であり、俺たちの生命である。

二、昨年六月退職以来まさに一年間、われわれは退職金支払いのほとんどないままじーっと辛抱してきた。それだけではない。退職者にとってわずかな希望と生活の灯である五百万円協定すら、ムザンにふみにじられ破りすてられた。これはわれわれの脳天に刃を突きつけられたことであり、死刑宣告に等しいものである。

三、われわれは労働組合としての正当な争議権の発動にあたって、その行動が必ず意図する方向に展開し、必ず勝利するなどといった甘い判断は全くない。むしろ敗北し、自滅し、ズタズタに切りさかれる可能性すら大であろう。このことを承知しながらも、闘わなければならない、追いつめられた炭鉱失業者の実態を、退職金の支払いもなく苦しんでいるわれわれの現実を、死にもの狂いの姿をよく知っていただきたい。

四、犯罪者田中直正の行為が容認されるものであるならば日本の労働者の総ては、死への道をあゆまねばならないであろう。にもかかわらず、検察庁のとっている態度は全くなまぬるい。それはわれわれが被害者であるからそう思うのではない。また退職金支払いにたいする仮処分の扱い方にしろ、裁判所のとっている態度はなまぬるい。これもわれわれが申請人であるからではない。

社会正義は一体どこにあるのか！　肋膜炎にかかった子供を二人もかかえ一家心中の瀬戸ぎわにある者を救う道はないのか！　こうした実態を知りながらも、いまなお具体的な処置を講じえない司直の態度を一体どのように理解すればよいのか。この平凡な一人の失業労働者に代表される事実はまさにわれわれが自らの力と行動によって、道を切り拓く以外に方途は全くないことを証明しているものだ。

五、大正労組のみなさん！　市民のみなさん！　全労働者のみなさん！　犯罪者田中直正とこれをあやつる福銀資本の攻撃のなかで苦しめられ、ふみつけられているわれわれの実態を理解して頂きたい。

六、われわれはつぶされようが切りさかれようが最後の最後まで闘い抜くものである。

昭和三十八年六月二十三日　　大正鉱業退職者同盟

そしていっせいに捲場を占拠した。同盟が捲場占拠へ出たことに対して、大正鉱業の下請け業者が私的斡旋に動きだし、同下請け組の社長と中間市長および中間市議会議長の三者による斡旋が開始された。

斡旋期間中、同盟は捲場占拠を解き生産阻止は行なわないが捲場近くにピケ小屋を建てて、そこへ交代で坐りこみ要員を送った。沈滞しがちになる同盟員らの気分調整が内部の主たる目的であった。かつての大正行動隊の中心メンバーら十四、五名はみな同盟に残留していて士気を鼓舞した。

やっと第四次斡旋案が出された。検討の結果同案を受諾した。十月十五日であった。会社側も受諾。こうして同盟結成後一年半をかけて退職金支払いに関する協定が決定し、支給に至るかのようであった。

中村氏ら三者による第四次斡旋案の骨子は左のようなものである。一、会社は十一月協定にしたがって、未払い金の月割り金四月—七月分二千万円を協定成立後十五日以内に支払う。二、社宅明渡しと同時に左の通り支払う。イ、退職金十万未満の者に対しては全額。ロ、十万以上二十万未満の者に対しては十万。ハ、二十万以上の者に対しては二分の一額。三、中間市との住宅協定に基づき、社宅居住者は十二月三十日までに社宅を退去する。四、社宅退去後一坑社宅地区の土地を売却し、その処分代金によって三カ月以内に退職金残額を支払う。五、退職金以外の未払債権は会社再建の見通しがついた時支払うものとし、その間同盟は請求行動を起さない。

なお中間市と同盟との間にとりかわされた住宅協定は、「一、五十戸の低家賃住宅を建設して退職者をいれる。二、自立建設する同盟員に市有地を払い下げる。三、一、二の住宅建設に関し、整地・道路・上下水道などの工事計画につき協議する」というものである。

協定成立後、十月末日に未払い退職金の月割り金のうち四月から七月までの分を各自ようやく手にした。そして中間市との協定にもとづいて自力建設や低家賃住宅建設のための整地や水道工事その他の仕事にとりかかった。

# 十二章　筑豊企業組合

退職者同盟の退職金獲得闘争は六十三年十月四日第三次斡旋案の修正案が出されて労使これを受理し、やっとその第一歩をすすめた。退職金十万未満の者はその全額を得ることとなったが、十万を越える者はその頭金を得るにすぎない。そして社宅を明け渡し、そのかわり市設住宅の建立を行なってそこへ移ることとなった。六十二年六月退職者同盟を結成して一年四カ月ぶりであった。

同盟は七百五十九名で発足したが、この最終協定の成立時は残留同盟員約三百六十名であった。このうち半数ほどは県外に出ていた。同盟は斡旋案にもとづき残留者の住宅建設にとりかかることとなり、次の方針を全員に知らせた。

三者による第三次斡旋の修正案が十月四日提示され、同盟は機関で検討の結果、これを受諾する方向で、今後の方針を検討することとし、つぎのように決定した。

（一）市設住宅に入居する資格について

(1) 市設住宅の入居は、退職金残額の少ない者より順次入居する。

(2) この場合、退職金残額が二万円をこえる金額は同盟に貸与し、全員の退職金残額の支払時に、本人に返済、精算する。

(3) 在籍登録が支部にあっても、本人が県外等に就職している者は除く。

(4) 市設住宅は毎月五百円～七百円程度の家賃を徴収する。

(5) 将来構成される住宅運営委員会の指導に従う。

（二）自力建設による住宅確保について

(1) 市設住宅五十戸では絶対戸数が不足する。従って退職金払いによって自力で住宅の建設を図る。但しこれは希望者とする。

(2) 自力建設のために、その希望者十名を一組とし、各一名の代表によって実行委員会を構成する。

(3) 住宅建設資金運営委員会を設ける。この委員会は同盟及び企業組合の三役で構成する。

(4) 自力建設に参加する条件は次のとおりとする。

(イ) 十一月協定による四ヵ月分相当額支払時に一ヵ月相当額を建設資金として積立てる。

(ロ) 五百万円の建設資金の運用を円滑に行うため、第二条による支払時点で差引精算する。

(ハ) 第二条により精算できない場合は、残額支払時に精算する。なお残額の不足する者は別途の方法で処理精算する。

(ニ) 五百万円の建設資金の仮払は、自力建設希望者で、各人の残額に対して比例配分による受領とする。

(ホ) 建設完了後一戸当りの建設費の価格を決め、坪数によって精算の是正を行う。

(ヘ) 建設完了後確定される一戸あたりの価格にたいして、退職金残額が不足する者の場合は、その取扱いを別途定める。

(三) 住宅建設工事について

(1) 市設住宅五十戸の建設工事は企業組合が担当するが、これには同盟の全力を集中する。

(2) 不足する住宅の確保は別に定める退職金払いの方法による自力建設でおこなうが、この場合、一坑地区を第一期建設工事とし、これの完了後本坑、新中鶴地区は第二期建設工事とする。

(3) 以上の建設工事は企業組合が担当し、その指示に従い、別に定める方法によってその消化をはかる。

実は退職者同盟は退職金闘争をつづけるかたわら、自主自営の道を拓くために、この年の六月に筑豊企業組合も創立させていた。この企業組合によって住宅建設工事および自力建設が行なわれることとなったのである。それは同時に同盟員およびその家族の労働の場となり、生活費の一部をこれによって得ることとなった。同盟ニュースは次のように報じている。

自力建設事業、十一月一日より開始

十一月一日、われわれの新しい村づくりの第一歩として自力建設のための整地作業を、秋日和の下で開始した。

杉原委員長以下全員、久しぶりで握るツルハシやカキ板に力がこもり、予想以上に能率をあげ、たちまち二棟分の整地を完了、近所の人々をアッといわせた。

この作業はさらに、旧社宅の解体作業等急ピッチで進行する事になる。問題のカギは会社側の協定履行や事業の困難さに対する斡旋者側の理解であるが、これらをかちとるためにも、一人一人の同盟員と家族が、朝八時から晩の五時まで、共同のちからによる突貫土方作戦をさらに深く理解され今後の協力をお願いします。

同じく十一月三十日の同盟ニュース。

市営住宅建設はじまる。通谷団地で起工式が二十九日に行なわれた。

十一月二十九日、協定によって決定されている市営住宅建設の起工式が、現地の通谷団地において行なわれた。内容は同盟分として五十戸、その他、一般市民分として三十戸であり、全戸の建築完了は、昭和三十九年二月中旬の予定である。なお建設にあたっては、筑豊企業組合を含めた五つの業者が担当することになり、二十九日に契約書をとり交した。

自立建設着々前進！

同盟作業員の汗の結晶は日々前進している。はじめの二棟も、ほぼ完成が間近にせまっており、作業員一同は自信をさらに強くしている。

同盟は同盟村を作り村のなかに生産と労働の場を作らんとした。企業組合の発足はそれへの一段階であった。自営で闘うのである。同盟は同盟員に呼びかけて、同盟員であれば誰でも企業組合に加入できること。必ずしも労働を提供しなくともよいこと。一口一万円であるが月千円の分割払いとすること。将来配当を行なうこと、などを条件に企業組合の組合員をつのった。仕事は土木関係業務に労働力や技術技能を提供することや、硬石山処理事業などである。同盟ニュースでも幾度か呼びかけた。

土性骨をすえて企業組合に加入しよう！　──退職金闘争の火ブタを切る第一歩──

総会には総ての同盟員が参加せよ！

明十六日は俺たちの第二の人生の出発点となる日だ。あなたも！　君も！　すべての同盟員が、炭鉱労働者の不屈の土性骨で築きあげる生活の土台作りの第一歩の日だ。

加入しましたか？　小さなソロバンで目前の計算だけでは真の損得の目安はつかない。やる気のない人の加入は御免だ。体を張って取組む人だけで結構だ。同盟員すべてがこの精神と決意に立たなくてはならない。

いま俺たちは犯罪人田中直正と一生に一回限りになるかも知れない闘いを展開しなければならない情勢に直面している。またそれくらいのことはのりこえて進むだけの決意のない限り、事業そのものも決して成功しないと考える。

こうして発足した企業組合でもって、社宅明渡しの準備がすすめられた。明渡したあとの広い土地を売却し（もっともその権利はまず福岡銀行がおさえてもいるのだが）売却した金を退職金にあてる、という条件なのである。

同盟の闘いは、企業組合による自力建設に集中した。中鶴地区の炭坑住宅を解体する者。その資材を選別する者。運搬する者。住宅建設の敷地を整える者。基礎を打つ者。建てる者。そしてこれらこまかな分担を統轄して指揮する者らによって新しい住居は姿をみせはじめた。何よりも運転資金の調達に、みえぬエネルギーがそそがれた。やがて住居はひとかたまりになって高台の上に並び、入居者もつぎつぎに落ち着き出した。市設住宅も建ち、近くに幼児のための保育園も企業組合によって建てられた。住居の周りはまだ開拓されていない山地であったから、商店や理髪店も同盟員によって建てられた。また同盟員の妻たちの内職に博多人形工場が経営を開始した。それらはいずれも数人の人々の生活費の足しになるにすぎなかったが、離職者集団が集団維持の具体的な場を自力でととのえた意味は大きかった。同盟は自力建設で作りあげた住宅の建ち並ぶ丘を、自由ガ丘と命名した。そしてここを拠点に、まだ残っている退職金獲得の気がとおくなるような闘争を維持せんとした。

ところで、こうして外形が見事にととのい出した頃、同盟は内部分裂を表面化させたのである。それは形の上では、自力建設の技能的力量を持っていた血縁集団に、大正行動隊以来の思想集団が従属するという情況で建設がすすめられることに対する反発であった。自力建設が思想としてどうとらえられ、全情況のなかにどう位置づけられるものであるのかを、自問しつつ村づくりをすべきだという意見がしばしば出された。が、その討論に費す時間が惜しまれるほどに本部は金策に追われ、現場は仕事に追われた。一軒の家が建つことがあたかも思想性の一握りのごとく自己評価されることに対する批判が、内部に厚くこもった。

それは筑豊全域にわたって離職者があふれたことと相俟って、人々に、この情況に対するより本質的なとりくみ方を再検討すべきではないかという疑問を抱かせた。自宅が建ち木や花を植えこむことへのいらだちをかかえた行動隊の若手は、建設の総指揮をとるかつての行動隊長を批判した。闘争のための基地——つまり共同の住居地がなければ次の闘いができんから家を建てるのだ、だから家建ては反権力闘争だという論理はおかしい、というのが企業組合方針への批判の一つであった。次に、その企業組合が同盟内の一勢力集団である血族の私的欲望や権威に汚されることへの反発があった。さらにそうした無原則な弱点を隠蔽したまま、形態がととのうことを勝利だと評価せんとする動きに対して、全筑豊にひろがった失業者問題により普遍化すべしという判断のくすぶりであった。

建設は同盟員以外の業者や作業員によってより多くすすめられた。企業組合はその軸となった血縁集団の名義に一時あらためられたりして、経営の立て直しを計った。が、結局解体した。とはいえ、企業組合設立の意図は単なる自営手段であったわけではないのである。また同盟存続の手がかりとして閉鎖的に自己集団にのみかかわったわけではないのだ。労働者がその労働力を資本に従属させず、共働しつつ共に食し得る道の模索であり、それは集団として内へこもることなくより下層階級へ開放されたものとして出発したのである。

けれども個人別に資本に従属こそしないが、企業組合まるごと地方行政の支配下につかざるをえず、行政をとおして政府の基本方針内で他の組（つまり他の建設業の下請け）と階級的連帯はおろか作業のうばいあいを行なうほかないのである。そのためやむなく保身的な占有が同盟・企業組合にともなって、運動の本質が普遍へむかうことをさまたげた。炭鉱業の崩壊、そして産業界の再編成を経て労働運動のありようにも一大転換期が来ようとしていたのだが、それを予感しつつ、それへ立ちむかうための運動体の再編成の思想がつくれなかった。同盟に関係した者たちは一部の行動隊員の企業組合批判を彼らのねたみであるとして彼らをほうむらんとした。血縁集団の勢力の優位に対するねたみだとしか思えなかったのである。こうして行動隊は分裂した。

五十戸を越える住居を自力で建てるのは、そう単純なことではない。資金の調達は、今まで敵対していた金融資本の利用を指導的労働者に覚えさせた。また今まで対立していた地方ボスとの取引きを覚えさせた。そのことは彼らへ小所有者的感覚を植えつけた。小支配力を自覚させた。保身手段を身につけさせた。が、それぬきに生活保護で食べている同盟員を救う道があるか、とひらき直らせるに充分なほどの閉山地状況であった。

けれどもそれはほとんどの労働運動家の辿る道行であった。筑豊にはそうした立身出世コースしかないと断言してよいくらいだ。自ら金貸しとなり親方となり市会議員となり県へ出て国会へ出る。そして彼らに依存せずにはくらしがたい半失業者の群である。

企業組合が、一血縁集団の私物化したとはいうものの、それをそう歩ましめたものは同盟に内在していた。この一族に頼るほかない技能的実情と力関係にあった。彼ら一族とて基本的には、同盟内部の平等と共同への指向性と無縁ではなかった。が、同心円の大小の重なりのように、それが一族の占有性へ傾斜するのである。同盟はしばしば彼らのために金策に走り、飲みつぶれて数日逗留している温泉地へかけつけねばならなかった。しかし同じように同盟員個人は、その個人的な生活費の調達や相談ごとに、同盟の機能を頼ったのである。それが個々人の場合と、血縁集団の場合は、おのずから対応の質を異にしていて、次第に圧力集団的様相をふかめたのは否めない。

が、同盟のこの変質は同盟に関連したすべての者の思想性をものがたっている。同盟はこれら質の変化を一時的現象とみる力量を内在させたまま実質的に崩壊した。会社も閉山し、退職金の残部は七十年に入ってなお未払いのままである。つまり同盟はその運動を自己集団の経済要求に限定しつづけた結果、同盟の存立と社会情況の変動との間に亀裂を生じさせて、内部闘争的戦闘性しか持ちえなくなったのである。そしてそのことに心付き、闘争集団と社会情況との接点にこそ労働者の思想性があると主張する者らは、激動する世界と自己の接点を個々に発見すべく、それぞれ心血を注いだ闘いの総括へこもった。

# 十三章　雪炎

みるまに脱力していった。手を握りしめることができない。目がくらむのを踏みしめやっと椅子へ腰をおろすと、わたしは、

「会議を開きましょう。討議にかける。みんなの前であたし話します。あたしのどこが個別愛にすぎないのか、みんなの批判をあおぎます。その結果にします、あたしの除名はあなたの感情で左右されるものではないわ。あなたの組織ではないんですから。あれは労働者の組織なのよ」

と体をがくがくさせながら言った。室井はつったってわたしをにらみつけ、

「おれの組織だ。あれはおれの私兵だ。おれの私兵をこそこそ組織するな。分派を形成して何をやる気だ！」

といった。

「ばかなこと言うの止して。組織を私有視するものではないわ。あなたがそんな発想にとどまってるから、彼らが離れていくのよ。

とにかくあたし、みんなの前で話す。会議を招集します」

「おれには分るんだぜ。彼らがなぜおれに叛旗をひるがえすような小生意気な心理を得たのか、おれには分るんだ」

「彼らは彼らです。彼らみずから自己に到達して判断しているんです。労働者をなんと思ってるのよ」

「ぬけぬけと言うな。なんだい、奴らを台所から組織して。そんなものにおれが負けるとでも思うか」

「なにをあなたおっしゃるの。

あなた間違ってます。哲夫さんにせよ沖さんにせよ近ちゃん浅ちゃんみんな誰にしたって、指導されながら自分を見つめてきたのよ。自分の力で自己に到達してるのよ。彼らには感じられるのよ、自分のあるべき姿が。負けるとか勝つとかではありませんでしょ」

「ふん！　奴らを掌握したとおもってのぼせるな」

わたしに悪感が走った。必死の思いで、

「あなたどうしたのよ」

という。

「彼らを賞めるべきでしょ。あなたの命令に従わないからって、それじゃどうすべきか彼らに方針を出させるべきでしょ。あたしがそそのかしたのじゃないわ。彼らがこんなこと聞いたらあたし殺されるわよ。あたしと関係ない。彼ら自らの力なのよ。労働者って馬鹿じゃないのよ、あなた。彼らにだって見えるのよ。読めるのよ。彼らがそうなったからってすねるものではないわ」

室井はこぶしを握りしめ、打ちかかる風情でつめ寄った。ぶるぶるとふるえていた。

「今後いっさい、おれの組織に近づくな！」

わたしは彼の目を押しかえすように言った。

「そんなことは、契子にはできません」

「なにお！」

ようやくわたしの体は平静をよびかえしかけた。頭を割られたってかまわない、とおもった。彼をにらみつけていた。ただ彼らがかわいそうだった。いったい室井へどのようにふるまったのだろうと思う。もっとも長い間ともに組織にいた者まで、トラックの運転を止して部落問題へ首をつっこんだらしいといったあげくであった。そのほかにまだまだある、とどなった。いったい誰が車をパンクさせたまま建築現場から家へ帰ってしまったのだろうかとおもう。そんな思いをしていると、

「いいな、今後会議に出る権利はおまえにはないことをいい渡す」

とおしかぶせた。

「そのことを会議にかけて、あたしはみんなに決めてもらいます。これはあたし個人の問題ではないし、あなたがそんなことをいい渡す資格があるわけではないわ。あたしを追い出したからって彼らが変るわけないわよ。あなたはいったいあの組織をどう変質させるつもりなの」

「おまえには聞く権利はない。おれはおまえに伝える必要を認めない」

「そうですか、ではあたしは自分の考えているとおりに動きます。存在ってのは幾重にも組織され得るものなのよ。あたしには組織の形骸なんぞ必要ありませんから、そんなものどうぞおすきなようにされてかまいません」

わたしはそっぽをむいた。そして立ちあがっていった。

「さて、この話を討議にかけてくる」

「いらんことをするな！」

と立ちふさがった。

「いります。いちばん必要なことだわ」

「殺されたいのか！」

わたしは口を閉ざした。彼の顔をみた。血走った目がやつれた頬で光っている。同盟員が住む家も建ちはじめて半数は入居した。山を拓いて建った市営住宅にも人々は移ることができた。近くに売店と保育所を建てた。煙草店・理髪店の心配までした。人形の彩色工場もつくって五、六人の女が働きだした。自給自足の形がすこしずつととのってきている。が、室井は虚しさをにじませその虚しさに抗うごとく血走ってにらんでいる。

同盟はどこへ行こうとするのかを問う前に、建築資材その他の借入金一千万円の返済に追われていた。まだ建てかけている残りの家々の完成にも追われている。自給自足体制がととのうまでの時間を、人々は思い思いに仕事を求めて出ている。それは自給自足を越えしかも集団に帰すものであるべきだが、それを討議する前に、企業組合で働いた人々のきょうの賃金を捻出しなければならない。

わたしは室井から目をそらすと腰を下した。おまえは分派を形成した、という。彼らを個別愛で一人ずつ掌握して何ごとかを企んでいるという。企んでいるのではない。この筑豊にいよいよ膨大な数となってきた無職者が気になるのである。彼らが音もなく組織されつつあるのが気になる。

うどん屋のおやじは私設周旋業となった。十五名から二十名の、まだ腕の熱い労働者を一組にして出稼ぎに送りだしている。子分らがその手足となって人集めにかけまわっている。彼らが親分ふうになったのは組合執行部で演習を重ねたからだ。大正鉱業退職者同盟の初代委員長も紡績女工の周旋人となって帰ってきた。いままでの組織を手がかりに女工を集めては関西へ送りこんでいる。彼や彼女らが再雇傭されるのは新鋭産業の下請け工場である。下請け工・孫請け工の大多数は労働者の組織がないまま、放棄される。

ひとつの基幹産業の撤退後に、るいるいとひろがったものが、産業から見放された労働者ではなくて、労働者の組織から見放されて親分子分の原理でたちまち組織された無職者である、ということ。その無職者は親分子分集団のまま新設産業あるいは巨大産業の下請け部門へ吸収されるということ。その親企業の労働者の組織と彼らは全く無縁であるということ。そして退職者同盟の大半も同盟在籍のままその流れにまきこまれて、今はその行方すら本部でもつかみがたくなっている。

また、ここに家を建てた者の大半も北九州へ下請け工となって拾い仕事に出ている。彼らは家を持ち、その家のまわりも小ぎれいになり、数人は自営が可能になったけれども、この膨大な組織を失った労働者と共に流れている質が気になる。なぜなら彼らは、北九州の職場で収奪されつつ、労働組合にすら近よれないのだから。

「そんな気のきいたもんが、孫請けにあるかあ」

「くそおもしろくもない。本工がボーナス貰いよるとに、おれたちゃ同じ工場で同じ仕事しよるのにボーナスのボの字もないとやけ」

「おれの組は親分が仕事の受け方がうまいけん、おれたちゃ一日十六時間働けばいいとばい。あいつらの組は二日ぶっとおしでやったとばい」

わたしは仕事に出た彼らの土産話に身がすくむのである。わたしらがこの地にコンミューンを欲するなら、そのような現場へゲリラのように出撃する部隊をつくるべきではないのか。わたしは、企業組合はおかしいという者らへそんなわたしの疑問を話していた。そして、けれど、もっとよく考えさせて、あなたたちも考えてみてね、とそういった。

わたしは、立ったまま見下している室井へ、

「あなたがおっしゃるように会議には出ないことにします。あなたの意見が正しいからではないわ。まだ建設中の家だけは建ててしまう必要があると思うからよ」

といった。そして「手をつなぐ家」で行なわれる行動隊の会議へ出かける室井よりも先に、外へ出た。夜風が生ぬるかった。汚れたバーへ行った。ストレートください、といった。スタンドでだまって飲んだ。

もう室井が会議から帰っている頃だろうと思って、家へむかった。暗かった。灯をつけてねた。ぼんやりとねていると室井が帰ってきた。すこしも冴えていなかった。うまくゆかなかったのだなと思った。

わたしは声をかけた。

「体がつらくってたまらないのよ」

「疲れたの？」

といい、室井は、

「彼らは押してもゆすってもおれに反応しないんだ」

と寄ってきた。そして枕元に坐って、その夜の議題とそれへの行動隊員の応答を話しだした。だまって聞いていた。誰も彼も新しい状況のなかでの闘いについて個々に苦悩しているかにみえ

た。室井の細かな報告にはわたしへの呼びかけがにじんでいた。

わたしは、

「あなたに反応をしめさなくなってるのではないわ、彼らは失業という新しい状態についてひとりひとり反応をしめしているところなのだと思ってるのよ、あたしは。失業をね、去年頃までは一時の状態だと考えていたのだけど、もう今はそうじゃないもの。筑豊ぜんぶ失業状態とかわらないのですもの。これは何か本質的な変動だと感じてるのとちがう？　あたしね、彼らがあなたの方針にとびつかないってことをね、彼らにとっては正直なあなたへの反応だと思ってるのよ。彼らはね、今何か予感のなかにいるのよ」

といった。室井はわたしの枕元であぐらを組み直し、煙草に火をつけ、

「しかし、彼らはその自分の感覚的認識をおれに知らせたがらなくなってるんだ」

といった。

「そうかしら」

とわたしは言う。知らせたがらないのではないわ。自分へ耳を澄ましているところなのよ。しばらくの間、彼らを彼らの声へむけて放ったほうがよくなくて？

わたしは彼らが思い余ってやって来る時、以前のように数人連れだつことなく、ひとりで沈んだ表情でやってくるのを思っていた。その多くは会議のあととか翌日だった。たしかに今は室井へよりもわたしへ生な疑問を投げおとした。それは室井がなじるように、個別愛などではなくて、

わたしが彼らと同じように新事態に対して確信を持てずにいたからにすぎない。彼らは室井がいないのを確かめると、なしてあんたら原稿書きはそんなふうにさらりと移れるとな、ストライキから企業へ、ほんきで家建てが労働者の闘いと思っとるとな？　と暗い表情で尋ねた。ある者は、労働者をあんたはどんなものだと考えているのですか？　ほんとのとこを聞かしてくれんですか、といった。労働者が企業で金もうけを考えて、それでもやっぱり労働者ですか？　といった。あるいは、なぜ革命後に中国とソヴィエトは対立して決裂したとでっしょうかねえ。ちょうどわしらが無職の労働者になった時に。わしはこの二つの間に何か関係があると感ずるが、あんたはそんな気はせんかね、といった。そして誰もが、何かふかい迷いの間に没して身をしぼっているかにみえた。その彼らと、室井の断言とが、すれちがうのである。彼が自己の迷いをさらすことなく住宅建設こそ闘いだと断定的にいいくだすのが、今は力と見えなくなっていた。彼らは命令ではなく疑問の共有と、そこからの創造を求めていた。それは新しい状況下にある無職労働者の出発点だったのである。

彼らの一人がヤッケのポケットから同盟ニュースを出して、おれはいま資材を運んで行きよるとこだけどこのビラになんか不満を感ずるが、なしじゃろうか、といった。住宅建設の闘いに全力を！　と書いてあった。わたしは汗ばんでいるその手からビラを受けとった。読みはじめると、おれ急ぐき、そのビラはあんたにやるばい、といった。トラックに少年っぽい男が乗っていた。また来る？　と窓ごしに聞くと、ああ、これば運んでから、といった。そして、おれ関西あたりに行こうかと思うばって、どうじゃろか。考えとっちゃんない、といった。

同盟村をつくろう、それに全力を集中しよう、とビラは次のようにつづいていた。四カ月にわたる交渉の中で、三者より提示された第四次斡旋案に対し、同盟はこれを受諾する方向で、今後の方針と併せて検討を加えるという態度を決定した。この内容は、全員集会および面談のなかで説明し討議されてきたが、要約するとつぎのようなものである。

一、斡旋案そのものだけについて検討するならばそのデタラメさ不合理性は一目瞭然であり、したがって、われわれの回答は明白である。しかし、同盟は情勢の全局面と今後の展望のうえに立って、斡旋案を新たな闘いへの転機とすることができると判断した。

二、斡旋案をケルことはやさしい。ケって闘うことも困難でないが、ケッて闘うことへ通じる闘いが斡旋案受諾によって可能だ。

三、ピンからキリまでの全生活の問題をとおしてわれわれの運動がある。自立・自営の生活体制の土台を築かなければならない。

四、生活確保の建設事業は、今日までの生活の集積と今後の労働者らしい生き方をつくる第一歩になる。

五、同盟が追及しているものは世の中の同情を集める炭坑離職者の生活ではない。また自分だけの小さな生活の巣でもない。ただまっしぐらに共同の墓地を築きあげることである。それ以外に俺たちの生きる道は拓かれない。

六、同盟は悲愴な気持も楽観も持っていない。その時その時の出たとこ勝負でたちむかう以外に如何なる手段があり追及するものがあるというのか。出たとこ勝負にいどむ腰がまえを建設事業をとおしてつくろう。

七、同盟村をつくろう。そして退職金以上のものを退職金にかえられないおれたちの財産をつくろう。そのために敵をおそれるな、どんな問題もおそれるな。

ビラから煙のように白い吐息がたちのぼっていた。わたしには出席をさしとめられた最近の指導部会議のさまが目に見えた。それはわたしのなかの、大局的認識の欠落と重なって、わたしをだまらせる。わたしは室井のために酒を買いに出かけた。中ソの対立は激烈なものとなっていた。

ビラをくれた労働者にわたしは出稼ぎに行きなさい、といった。労働力を売らねばならぬ自己に徹しなさい、とそういった。確信があったわけではないのである。ただ誤りを最小限にとどめんとした。わたしはもはや彼らとの対話を快感とはしえなかった。

わたしはきりぎしに立っていた。吹きさらされている。それは還元する状況を心に描くゆとりのないものであった。放ちっぱなしで、おそらく、消耗する。そしてそれは室井との対話とも異っていた。室井とのそれはたとえずれ続けている折でも時計の音のように正確に刻まれていく相互関係が感じられた。

わたしはその中年の労働者に、時々帰っていらっしゃい、とそういった。わたしもいっしょうけんめい考えておくわ、きっとどうにかするわ、とそういった。浮かぬ顔で、じゃ、と彼がいった。

翌日も指導部会議が開かれて室井は出て行った。帰ってきて、猿が！　と吐き捨てた。自分じゃ指一本あげきらん土百姓が、なんだい！　そういいながら宙をにらんでいた。怒りは燃えてはいなかった。生半可な怒りを宿らせねばならぬ情況へしらじらしい思いが湧いているのがみえた。わたしはその彼へ「仕事をしてくるわ」といった。わたしは小さな仕事部屋を借りた。誰にもその場を知らせなかった。室井が、君はあそこで男と遊んでいる、といった。わたしはなんともこたえなかった。そう思ってくれるほうが心が軽かった。室井もわたしも、きしみをあげて変貌する六十年中期の、日本と全世界との情況に対して体中眼となりつつ他者との媒体を失っていたのである。互に機能的に小情況に対応していた。

わたしは石の多い道を秋風に汗ばむ思いで心急ぎながら「手をつなぐ家」へ向った。退職者らの家だけは建てねばならない。たとえ建設の結果が自給自足の態勢で終ろうとも、全員の転居を完了しなければならない。すくなくとも人々をそこへ導いた行動隊員は自己の誤謬を完うして自己を裁くべきだ、と、わたしは建設から離れた数名の批判者へ話すべく急いだ。本音は今の室井のさみしさを解きたかったのである。

人々がレコードをかけながら談笑していた。企業組合の仕事に出ている者や参加拒否者がおもいおもいにくつろいでいた。壁によりかかり目をつむってギターを弾いているのは、同盟の闘争を支援に来てそのまま同盟本部で書記をしている大学中退者である。ビラのほとんどを彼は原紙に切った。多くの帳簿を整理した。本部の労働者らの誤字や方言のまじった下書きをだまって訂正しながら。そして彼らのために昼食の干物を買いに走りまわっている。彼は目をつむってギターを弾いている。おつかれさん、というと、

「きょうは半日、鯖のさしみに追いまわされた」

とギターを弾きつついった。

「相馬さんはまた本部で酔いつぶれたの？」

というと、

「ああ」

と、爪弾いた。

相馬和之の酒のさかなは鯖のさしみに限られている。売り切れていても探し出さねばならない。

電蓄をいじっている一人へ、

「今は直接会社に当ることはできないからやりきれないでしょうけど、そのやりきれなさを、あなた、家建てているみんなと共にしてくれない？」

と話しかけた。

返答をしなかった。

「調子のいいときばかりはないわ。これからの闘争の足かがりになるんだもの、住居は。

あなた、室井になぜ話をしないの？」

「話をせんわけじゃないばい。話があるときはするばい。ない時に、なんば話せちゅうとな」

ふっとベランダのむこうに人影がした。室井が暗い夜を背に頬をひきつらせて立っていた。顎をしゃくって、帰れ、という様子をした。

「ご用？」というと、「ああ」といった。

家までふたり並んでおしだまって歩いた。家に着くなり、

「何しに行った」

といった。彼が後手で戸口をしめたばかりだった。

「おしゃべりに」と先にあがった。

「仕事があるといったのじゃなかったのか」

「あります。いまからしてこなきゃならないわ」

といった。

「こんご一切彼らに逢うのを禁止する」

といった。冗談ともみえなかった。

「会議はいけないとおっしゃったのでしょ」

というと、

「話もするな」

といった。

「そんな無理いってもだめだわ、彼らは大切な友だちだもの。でも彼らって誰と誰？　聞いてなきゃまた叱られるのいやだわ。そんなこと重なるとだんだんあなたがつまらなく見えるのよ、あたし」

といって大きな息を吐いた。吐息を終えると焦だってきた。彼がにらんでいた。わたしは思わずテーブルを叩いて、

「はやく言ってよ。誰から誰までなの、あたしが話をしてもいけないし、逢ってもいけない労働者ってのは」と声をあげた。

「ぜんぶだ」

「ぜんぶって？」

「おれが目をかけているもの一切だ」

「へえ。それじゃ日本の労働者みんなとあたし話せないわけだ。それじゃもうあたしって、この世に用なしだ。

どこかへ行くわ」

と沓をつっかけた。

「待て！」

といった。

「用がないじゃありませんか。闘いを失なった女にあなたご用なの」

とあせりつつ沓をはき、

「ご心配なく、話はしないけど、あたし無言でだって彼らと団結してみせる」

と駈けだそうとした。

「契子待ちなさい」

室井ははだしで戸口に立ちふさがった。

「のいて、のいてよ」

「待ちなさい、契子待ってごらん」

「待ちたくない。心配しなくっていいわよ。あたし誰とも逢わない。誰とも話しない。あたしひとりで労働者を生んでみせる。のいて！」

とけった。涙がふきでた。

室井が、

「契子、君はぼくが分らんのか。ぼくが何をいってるのか分らんのか」

といった。

「分ってます。ばりばり破れるほど分ってるわ。あなた労働者を軽蔑してるんだ」

「そんなことじゃないんだ。契子。君を愛してるんだよ」

と早口でいった。しっかり戸口をおさえていた。

「ふざけるのもいいかげんにしてよ。それが愛であるものですか」

室井を押しのけようとすると彼は、ゆらゆらと倒れた。はっとしたわたしの足もとでちいさくすすり泣いた。わたしはふいに首っ玉を吊りあげられたようにきょろりとした。心がしらけて室井を踏みこえて出がたくなり表情を失なった。やがてむっとして見下してみた。つんのめった心が灰をかきまわすように意地きたなく何かを探しているのである。室井が土間に倒れたまま、契子契子と、とおくのほうへつぶやきかけて泣いていた。

わたしは、格好がつかないなあ、いやんなっちゃう、ともじもじしながら、まだ爪先につっかけていた沓の片方をひきよせて、そろりとかかとをいれこんだ。

「……そんなふうに愛してるっておっしゃっても、あたし、愛と思えないもの。あたし、自分を断ち割られた感じがしてるだけだわ……」

とぼそぼそ言った。

「あたしとても侮辱された感じがのこってるだけだわ。あなたはあたしを愛してるような錯覚があるだけなのよ。あなたはあたしでなくてご自分を愛してらっしゃるのよ。ご自分の感情を押しつけたいのよ。あなたの中にあなたの描いたあたしを飼っていたいだけなのよ」

わたしは悲しみながらいった。

「……契子。君のおとうさんに、ぼくは、逢いたいよ。おとうさんが早く亡くなられたことは、ぼくの不幸だよ。君のおとうさんからぼくの心を君へ伝えてもらいたい……　愛してるんだ。それだけだよ……」

と細かな土間のほこりのなかで髪をふるわせながら、倒れている室井がいっていた。

「君のおとうさんから、君へいってもらいたいよ。そうしたら、わかってくれるよ。ぼくは君を苦しめたいんじゃない。そうじゃない。そうではないんだ……」

「あたしどうしたらいいの」

室井がだまった。わたしが手をかすと、ぐったり体をあげ、幾度も嘔吐した。ウイスキーや水を運びながら何がどうゆがんでいるのかわからなかった。

「腎さん、あたしがいつもあなたへ語りかけてるの、きこえて?」

と問うた。

「よくきこえる」

といった。

「あなたに出逢ったこと以外に、あたしなんにもないのよ、分ってくださるでしょう?」

と問うた。

「よく分っている。よく見えている」

といった。

「それなのに、なぜあたし、こんなにつらいの?」

といった。室井がひくひくと胸を息づかせていた。

室井の感情が同盟の建築事業の進展とわたしとの対話で、日にふれ折にふれて激変した。その不安な情緒を何かに偏向させてしずめようと努めるかのように、彼は、レプラがうつって死にたいのだと女を家に呼んだ。ハンセン氏病に対する偏見をこわすこともわたしらの間では共通した当然の感情であり、またその運動とも関連を持っていたから、室井が、おれは汚れたきたない人間だよ、おれはくさって死にたい……と泣き、あるいは、おれの私兵と称する者たちへ、われらは性犯罪者同盟をつくるべきだとわめくと、くらしも闘いもしらじらしくわたしに見えた。

「君はおれをきたないと思ってるけど、民衆の本質というのはきたないんだ。それが分らんやつに奴らが組織できるか」

「民衆がきたないんじゃない。権力がきたないのよ。あたし、あなたをきたないなんて思ってない」

「思っている！　おまえの目は客観的だよ。その目はね、日本でもないよ。朝鮮でもないよ。いったいなんなんだ、おまえは」

「……」

わたしは行動隊員の一人をたずねて行った。こんやここに泊めて、と頼んだ。部屋の隅にだんまりと午後から横になっていた。背骨を砕くように疲れている。ここでおかみさんになって、日本も朝鮮も見えずに暮すことはできないものか。生半可な思弁などと無縁になれないものか。

労働者の父親が鶏をしめて食べさせてくれた。自転車で町へ出かけてかんづめ数個買ってきて食卓に並べてくれた。わたしはまるきり、ここでも、彼らふうの食卓にとって客であった。あついあげに、生のまま醤油をかけて彼らはつついていた。

数人の男が同じ部屋で花札をはじめた。わたしはうつらうつらと眠った。花札の男らが帰ってからわたしは抱かれて薄く眠った。さっぱりとしていた。それだけであった。どこへも行き場のない思いが地虫のように音をたてていた。

翌日夕食をしていると昨夜の男たちが来て、また花札をはじめた。愛らしいとわたしは思う。わたしは遊んでいる彼らへ、お世話になったわ、といった。花札の手をやめてみんなが、おやという顔をした。

「やっぱし帰るとな？」

花札の男の一人がいった。

「懐中電燈をやるばい」

他の一人がいった。

さよなら、とわたしはいう。あれ、おまえ送っていくんか、と誰かが後でいっていた。送るくらい送らせとけ、おまけたい。誰かがいった。さらさらと草が鳴った。その草を揺れる灯の輪が照らした。やっと逢ったなあと思っていた。室井から幾度この男を対象に責められたろうと思う。あなたはひどいわ。労働者について考える時、映像の軸が生まれるのは自然でしょ。労働者だけあなたではないわ、あらゆるものがそうだわ。それをひとつひとつ疑われちゃかなわないわよ。あなたのそんな傾向には彼らも気がついてるわ。おれは細心の注意をはらってるさ、気がつくはずはないよ、おれはその点はぬかりはないからな。そんなことない、彼らの微妙な変化があたしを時々考えこませるわ。

わたしは心理的になることにくたびれていた。が、それよりも運動の見とおしが立てがたいことにつかれていた。互のその疲れがわたしらをさらに疲れさせた。彼が、

「君だっていやだよねえ、ぼくの思弁の手がかりになるのは君だっていやだよねえ」

という。

「そうじゃない。あたし分らないのよ。見えることはみんな話してるわ……」

「いや、避けてるよ。でも、それはしかたがない……」

わたしらは肌を寄せあってつぶやく。そしてふっとしたことばで激しく傷つけあう。互の傷だけがわたしらと明日の世界像とをつなぐのだとでもいうように。

わたしは送ってきた男へ言う。ごめんなさいねえ、あたし、いつまでもこの町にいて。いいよ。分っとるから、あんたの気持は。ゆっくり居てよかよ。なにをおれたちが知らせてやれるか分らんけど。入りこむよりしょうがないからねえ。

わたしに悲しみがにじみ出す。ほんとうに知っているに違いないのである。わたしがこの筑豊を知りかねてうろうろとしている気持を。

おれは当分あんたらともつきあわん。あれらと遊ぶよ。懐中電燈の輪を草にちらちらさせていった。気がむいたらいつでもおれたちのとこに来ない。眠るとこぐらいあれたちと作ってやればい。わたしは草にうずくまりたくなる。ありがと、とつぶやいた。

「契子、おれは個別に対話をしてみようと思うがどうだろうか。会議形式ではもう先へすすまん」

と室井がいった。

「行動隊の人たちと？」

「ああ」

「……あのね、彼らの沈黙はね、叛旗ではないのよ。そこんとこ分ってやって結論を急がないならば個人別対話もいいと思うわ」

「ああ。ひとりひとり幾度か繰返してみよう。世話がやけるなあ」

「急いだり、押しつけたりしたらだめになるわ」

けれどもそれも続かなかった。わたしは結果を彼へ問いかねていた。会議が終るのを待ちつつ服のままふとんへもぐった。うつらうつらとなった。

ふと目をさますと、室井がかたわらに坐ってゆっくりと背を揉んでくれていた。あっ、と声になった。ねむっていなさい、といった。ごめんなさい眠ったりして、もういいの、とても楽になったわ、といった。いいから眠りなさい、と揉みながら小声でいった。静かに眠りなさい、静かにして、といった。ありがとう、とゆられていた。ずいぶん凝っていたね、もうかなりよくなったよ、あとここにすこし残っているからすっかりよくしておいてやろう、眠りなさい、と、くるくる、くるくる、足先まで揉みおろしていった。頭から首へ指圧されても、もう、ぴちという音は消えていた。その手のなかへ消えていくようにゆられながら涙の泉を感じた。眠りこむことが彼へのやさしさであった……

夜半目があいた。うつ伏しているわたしの横に細くなって室井が眠っていた。つらそうな寝顔であった。いびきもかかずにくずれるように眠っている。そっと枕を中央へ引いて仰向かせると、その顔をみていた。

わたしは机にうつ伏せて声を放って泣いた。室井へ叫んだ言葉が頭のなかでまだ反響していた。泣きながらわたしは叫んだ。

「それが何か、あたし、ながいことながいこと決めかねてたわ。いつもその部分を否定しながら、それをどう位置づけていいか迷っていたのよ

あたし、あなたのそれを叩きつぶす勇気なんてないわ。あなたを愛してるんですもの。あなたが可哀そうなんですもの。あなたを愛したのはあたしの限界だわ。あなたのそれを叩くわけにはいかないのよ。あなたの、それは芯なんですもの。

あなたを愛してるのはあたしの限界だわ、そのことをあたしに知らせて、あなたは、あたしを絶望させようとしたんだ」

「絶望させたいんじゃない。君を愛してるだけだ」

「愛してほしくない。おねがいだからほかの人を愛して。あたしはこれからずっと自分の愛とたたかっていくのよ。

あなたはあたしを絶望させるのがたのしいのね。あなたはあたしのために『手をつなぐ家』を封鎖したりして、ちっとも心が痛くないの？　あれあなたのものじゃないわ。彼らを追い出す必要ないでしょ」

「君にはぼくの汚れたきたない暗い部分がないんだ。君はぼくにはきれいすぎる。ぼくは君からはみでてしまうんだ。

けれどもぼくはどうしようもないよ。君がそれを指摘しつづけたのは知ってるよ。しかしぼくは君がまばゆいだけだよ。ぼくにとって君が青空すぎるんだ。ぼくはその部分で孤独だよ。暗くきたなく沈んでるんだ」

「あたしにあなたと同じになれったって無理だわ。とにかくあの閉鎖を解いて」

「おれに従わんやつに勝手に使わせるわけにはいかん」

「あたしあそこへ絶対に行きません。いつかあなたが行ってはいけないとおっしゃって以来一度も行ってないわ。だから彼らのために解いて。あなたの私有物ではないわよ」

「あそこが叛旗の巣になってるんだ。意識は不明朗なくせに心理的にさからって全体をゆがませてるんだ。そんな奴らに組織の設備だけを利用する権利はない」

「設備だけ利用してるのではありません。あなたが内部の異論を成長させようとなさらないから手足のない彼らがくすぶってるだけじゃありませんか」

「それこそ君の詭弁だ。おれは大学出だぜ。論弁なんざ無限だよ。おれの弁論におまえが勝てるとでも思ってるのか」

わたしは奥のへやに引きとると彼へ背をむけていった。

「あたし、ながいことあなたのそれをどう位置づけていいか分らずに悩んできたわ。いまも分らないわ。それでもあなたにそんなことをさせるものは見えるわよ。それはあなたのぜんぶじゃない。けど、それはね、それは」

わたしはいいよどみ、そして、

「その質は敵だわ。彼ら階級の、敵よ！」

といって突然泣いた。

「あたしあなたが好きだわ。あたしあなたを愛したのよ。いまも愛してるわ。あたし、あなたのような人しか愛せないんだ。寄ってこないでよ、寄ってこないでよ」

わたしは部屋中を泣きながら逃げ廻った。

やがて室井は坐り、撫然と前方をみていたが、

「おれは……　どうしようもない。そこを否定すると、ぼくは存在の基盤を失うんだ。ぼくはぼくの歪みを抱いて死ぬ。ぼくを死滅させるものは自分自身だ。誰にも……」

と蒼い頬をぴくぴくとさせた。そしてどこかにんまりとゆるむと、わたしへ、

「君を、ぼくは愛しているんだ。君を愛し得る者は、世界中におれ一人だ。君がじたばたしても、君を理解し得るものはぼく以外にいない」

といった。

「あたしに死んでほしいとおっしゃってるように聞こえるわ」

といった。涙が頬をつたわっていった。室井がそれを指でぬぐってくれて、

「契子」

といった。

わたしはだまって室井を見た。その何を見ているのか分らない。

「契子、ぼくの秘密を君に話す」

といった。

「ぼくは自分の子を殺した男なんだ。三歳で死んだ長女は、実はぼくが殺したんだ。母にも言ってない」

といった。わたしは、

「あなた、うれしかったでしょう……」

といった。夜風がわたった。

雪が降った。空がくらくなるほど降った。ようやく廃坑の町もはなやいでみえた。室井がなすこともなくストーヴにあたっていた。旅人の表情である。上京中もこの表情であろうと思えた。わたしらはだまって火にあたった。寒くなるまえ、室井は農村あるいは漁村へ行こうといった。枕崎あたりに家を探しておけ、といった。わたしが工業地域へ行きましょうといった。どちらへも移らず、彼は生活費を借りてくる、といって上京した。わたしは油絵で雪を描いた。彼は帰ってきて雪をみている。

「よく降るわね」

とわたしがいった。

窓をちらと彼がみた。そのままであった。わたしらは対話ができがたくなっていた。話法を探さねばならない。もの憂いかった。どこへ行くか知りようがないから、話法の作りようもなかった。互に相手が必要かどうか多くの意味で問わねばならない。問いたい心をまず問わねばならぬ。が何にもまして無言が欲しかった。それはわたしらには不馴れで、ぎこちなかった。

わたしは彼がわたしを思いださぬように願った。

「よく降るわ」

と窓へ立った。

「君はどうしようと思っているのかね」

といった。

「見とおしがたたないものだから朝鮮語をやってます」

といった。

「朝鮮語？」

「ええ。やっと……」

「そういう局所的なことじゃしょうがないだろ」

わたしはストーヴへ石炭をいれた。室井の父が診察室に使っていた品物である。

「でも……」

とわたしはいい、

「あなたはにほんは生きのこると思ってらっしゃる？」

ときいた。

「ああ、生きのこるね」

といった。

「にほんの何が？」

「国家としてのにほんは消滅するだろう、いずれ。世界単一国家に吸収されるよ。が、民族としてはむしろリーダーシップを握るんじゃないのか。日本の共同体意識は世界でも特異だからね、その原理は世界国家のなかの意識世界を掌握すると思うね」

「共同体の原理といっても日本の場合は人民共働の原理というより世界単一国家の国家原理と重

なってしまうのではなくって？　その傾向性を何で歯どめをするのかというのが大事なのではないの？」

「それはかなり深く国家原理にはいりこむだろうね。しかしそれはやむをえんよ。世界単一国家ができてからさ、ほんとうに労働者階級の問題が問題になるのは。それまでは根源的歯どめなんぞ不可能だ」

「でも……」

その問題意識を除くのなら、何を媒体にしてもたちどころに共同体的集団ができる日本なのだ。コンミューンをめざしているという形態論と平行して集団の政治的効率を把握しているならば、永久に非転向を心情とし得る。それは半永久的に、日本の体質を現状維持へおとしめるのではないのか……

雪が降り止んできらきらと窓の光が目を射した。ストーヴの湯が煮えている。

東京に移るなら、今なら家があるがどうするか、おれは会社の経営を手伝ってくれと頼まれて忙しくなって来たから、今までのように月半分だけ東京というぐあいにはいかんけど、と電話があった時、あたしも行く、と泣き声を出した。そして帰宅した室井から兄貴の家が空くんだといわれて、やっぱり暫くここにいたいけど、といった。そうか、といった。おやじももう長いとは思えんからいずれおふくろを引きとらねばならん、といった。ええ、といった。

「朝鮮語ってむずかしいわ、うまく発音できないわ」

「ふん……」

といい、

「全般的にどういうふうにやってくつもりなんだ」

といった。

「まだはっきりしないわ。とても漠然としているの。

ふたつ柱があるんですけどね、どっちもまだ感じだけなの」

「いえよ」

「どういっていいか分らないわ。

一つはね、あなたは日本は生き残るっておっしゃるけど、あたし、にほんという時に必ず朝鮮が同時に出てくるの、両方ともアジアの精神的な一地方性として出てくるの。だからね、例えばアメリカ大陸と中国大陸の谷間としての歴史とか意識とかというぐあいに両方が一単位として気になるのね。この谷間が生きる道は、というぐあいに出てくるの。

もう一つはね、にほん産業の二重構造がやっぱり気になるの。この質をね、破壊する方法は、というぐあいになるの。例えばね、筑豊とは何かって考えるでしょ、その時に、その二重構造に抵抗する組織として再生すべきだって考えてしまうのよ」

「具体的に話せよ」

「具体的？　だって、まだなんにも」

「うそつけ！」

突然表情がかわった。その怒声にむこうの部屋でこたつにはいっていた伴子が、ぴくりと体をふるわせた。憂い顔でこちらをみた。

「ほんとうよ」

「なぜかくすんだ」

わたしは伴子の憂いが気になって小声になる。

「もう、そんな追及のしかたは、止してね」

「なにおっ」

おもわず涙がにじんだ。

「かくしてないわ。具体的なんて、とても、まだ……」

「おれにかくして君は何かを企んでる」

わたしは涙をかくして石炭入れをとりあげる。そのまま外へ出た。石炭をとりに行くふりをして雪を歩く。神社のほうまで涙をつたわらせたまま歩く。息子の陵が心に重い。あの子の心は室井から離れられない。彼から浦川甫の手もとへ追いやられてなお、休みを待ちかねてパパに逢いたがる。陵が逢いたがるこの父親はふとした病的な追及をはじめる。まだ固まっていないのよ。だから生のまま話せ。ですからいまは朝鮮語の勉強してるの。それと筑豊問題研究会。そのうちにこの両方を一本化した組織つくるわ。その組織のイメエジを話せよ。だって、まだとても……なぜかくすんだ。かくしてないわ。かくしてる。かくしてないわ……

「どうしたんだ」

背後で室井の声がした
「雪がきれいねえ。あの大きな木が、ほら、青葉のころより華やかですね」

指さすと仰向いた鼻をつたわって口に涙がからかった。

「帰って話そう」

「雪をみましょう。こんな大雪、めずらしいわ」

「風邪ひくよ。家へはいろう」

「ね、すこし歩きましょう。雪のなかを歩きましょう」

わたしの声がかすれている。

「どうしたんだい。契子」

と室井がのぞこうとした。

わたしが歩いた。うしろで室井が肩に手をかけた。わたしはその手が払えない。陵、こういうとき、おまえはどうするだろう。

「君はまた風邪ひくよ。ぼくがいないときに熱だしたらどうするんだい。帰ろう」

と肩を抱いた。

ストーヴに石炭をいれていると、

「どうしたんだい。なぜ、ぼくに君の考えてることを話したくないんだい」

といった。じりじりと音がする。

「あたし話してるのよ。朝鮮と日本とは民族がちがうとか、その歴史がちがうとか、或いは歴史がふかく嚙みあっていて、日本民族の祖はあちらだとか、日本のあちこちに韓民族の村落の跡があるとか、また幾度も起した日本の侵略がその時代の何に起因してるんだとか、植民地は資本主義発展途上のやむをえざる近代化現象だったんだとか、そんなあれやこれやのあとづけにはあたし興味ないんです。

あたしは日本の社会構造っていうのか、それによる民衆の精神構造っていうのか、人間たちと自然とがかみあって作りあげた総合的な構造に或る限界があって、その内的な欠陥が侵略という形に同調して現われるほかなかったんじゃないかと考えるんです。そして炭坑で闘争を体験して、にほんの組織とか集団とかの質を知って、やっぱりそうだという気持が深いんです。そこをきちんと論理化して、そして具体化させたい。まだ感じだけしかいえないんです。にほんの意識構造は自己集団内的には矛盾の解決法も生み出せるけど、異った原理との接触の思想をもってない。全く新しい体験をしなきゃならない……」

「だから具体的にいえといってるだろ。もっと根源で話せ。君の存在に密着させて話せ、その内容を」

「存在に？　ですからあたしの朝鮮と日本を話してるわ。もっと具体的に現在の時点をいえとおっしゃるなら、朝鮮語のむずかしさと、筑豊と北九州の若い人々にかすかに連絡がつきかけたことぐらいしかないの。彼らときっと形あるものを作ろうと思ってます。あたし、この次あなたが帰られるまでにはもう少し具体的に話せるようにしておきます」

「君はおれにかくすんだな」

「いいえ、まだなんにも具体案は……」

「うそつけ！　おまえはおれに明かしたくないんだ」

「あたし裸になっています。あたしあなたと違うからもっと抽象を圧さないと出ないのよ、具体案は。あなたはその反対から歩ける方だけど」

室井があおい炎が立つ目でにらみすえた。わたしはイメエジはあるけど具体案はない。朝鮮のうちなる朝鮮、あのきり立つように冷ややかであったプライドと、わたしはいっしょにやりたいと思う。けれども、具体案をわたしはひとりで立てたくない。わたしの欲望を話し、それへ立ちむかう朝鮮を探して協力してやりたいのだ。同じやり方でこの筑豊の失業者にもふれたい……

「あたしね、朝鮮を探してきます。きっとそうするから、そのとき、具体的なことあなたもいっしょに考えてもらいたい……」

「なにいってるんだい。おれはそんなこと聞いてないよ。今の君のものをきいてるんだ。具体っていうのはね、存在の根源そのものの反映なんだぜ、その顕在した形なんだぜ。話せばいいじゃないか。何もかくす必要ないじゃないか。毎日どうやってるんだい」

「ですから、朝鮮語の発音と文字の書き方と、それから小学生の本をゆずってもらったからそれを読んでます。声をだして。それから朝鮮人のおくさんが手紙書いてというからそれ書いてあげたり。ナオちゃんが近くに引越してきたので彼女や八幡製鉄の労働者やその下請けの人や行動隊の二、三人で仕事休みの日に三時間ぐらい話し合ってます。彼らの仕事は土建業の下請けです」

「まだかくしてるよ。変ってきたじゃないか、しだいに」

「そうじゃないわ。あたし思想的レベルで話せっておっしゃってると思ったのよ」

「いろいろと逃げるんだな」

ストーヴをのぞく。渦まく炎をみつめる。まなこが熱い。

「契子、君はぼくを必要としていないんだね。話さずに何かやろうとしているんだな」

「ちがうわ。いっしょうけんめい話してるわ。あたし、あなたが必要です」

「いや、肝心なことをいってない」

と確信にみちた顔をした。わたしはふいと立つと、こんどは雨沓をはかず、心せいてつっかけに足をかけると走り出した。

「契子!」

と大きな声。

走ってすぐにつかまった。帰りなさい。どうしたんだね。なぜそう話したがらない。ストーヴの前でまた、あのね日本はあたしは、朝鮮はあたしは、あたしはその異質の、そしてあたし労働者にとってもっとも……　をくりかえし、いや、おれには分る、君はおれを必要としてない、かくしているよ、と、もはや火も落ちかけてとりとめもなくしめりこみ、わたしはこんどこそ逃げたいと脚も背もがくがくと走り出た。

脇目もふらず全速力で雪を散らし、はあはあと白い息を吐き、小道へとびこみ、小道から小道へと、いいいたちである。とてもこの道は知るはずないと恐怖にかられてとびこみ、ナオ子の家の庭を駈け抜けると、川へ出た。

遠賀川は堤も水も空も、白く燃えていた。その雪へ倒れて、ああやっと逃げられた、と思ったとたん涙があふれた。なぜ逃げたろう。あの人はあたしが血を吐き、へこたれて息絶えるのを見たがっているのに。

川の水は流れるともみえない。一面に雪炎が立って目をひらいておれず、涙とともにまぶたを閉ざす。その目を雪の光が射した。

雪をすくって目を冷やす。手首まですぽりと埋まる雪の下に、中間市の土があった。室井が愛しわたしが愛したヤマの人々の。

彼らのひとりが先夜、表を叩いてわたしらを起した。はいって来るなり室井の前に立ちはだかって、

「きさんのごたる奴は、死ねっ！」

と庖丁につかみかかった。

「やめろ、話をしたら分る」

　室井がいった。

「話？　きさんの話が信用さるるか。きさんのことばが信用さるるか。おまえ自身が信じきらんことばを、おれが信じられるか。

　きさん、そげな魂のぬけたことばで労働者が釣れるち、思うか！　あ？　釣れるか？　きさん、釣った気色でおっとか？　あ？

　ああ、おれは信じたよ。おれはきさんのことばを信じたばい。きさんの人間は信用しとらんが、きさんのことばを信じた。信じたばっかりに、おれは、もう少しで労働者で失《の》うなるとこじゃったばい。それが分ったから、おれはきさんを殺しに来た。

　きさんが男なら、男らしゅう、殺されっしまえ。のけ、そこをのけ！　殺されるのが、おとろしいとか！」

　家中ふるえるごとき声をあげて、庖丁をおさえている室井の前に立ち、かっと目をあけてにらんでいた。静寂がつづいた。やがて、涙をこぼした。

「きさんの命をとったっちゃ、なんならん。そんなもん、きさんにくれてやる。たった一つ、約束しちゃんない。あんた、二度と労働者ちゅうことばをいわんでくれんの。労働者ちゅうことばをいわんでくれ。それだけば、おれに約束してくれんな。ほかの話はいらん。そして二度と労働者の前に面だすな。

たのむ……」

そしてながいこと泣き、だまって出て行った。彼が出たあとに、とことこと錠をおろして室井が寝床へかえってきた。だまって冷えた体を抱きあった。

わたしは雪をすくってくりかえし目に当てる。このままこうして果てるのがわたしには似つかわしい。この前の夜は室井の留守に別の労働者がどなりこんできた。きさまら、労働者を食いもんにしたじゃないか。ことばで労働者ばだまくらかいたじゃないか。わたしはこの雪の下の土へ手をふれる。彼らがその自力建設した家で酒をのんでいるだろうことを思う。いまは誰も一息いれて畳に坐っているのだ。そして突然、一人一人畳に坐ってじっとしていることのいとわしさをふりきるようにとび出してくる。だましてはいないよ、自分をさらしただけだわ。きさまら虫のええこつばっかりいいくさって、いよいよとなりゃ、けつわるじゃんか。けつわる？　いつ、わたしらがけつわった。室井が東京で重役になったからって逃げたとでも思うの？　他人の痛みを推量もできずに甘えなさんな。わたしはそういった……

雪の日もしろい炎をあげて燃えていた硬山が、きょうは煙も消えている。ちかちか夕陽が雪に落ちた。うつむいて帰って戸をあけると室井はまだストーヴにあたっていた。ふたりで湯にはいる。湯のなかで寄りそう嬰児のごとく互に相手の存在に顔をつける。すべすべとその肌が泣いた。

# あとがき

いま書き終えてほうふつと浮かぶものは、書き尽しえなかった多くの労働者の、またその家族の、血と汗である。炭坑労働者のたたかいは生産の揚だけでなく、その生活のまっただなかに火が噴くようなものだった。炭坑に生きた人々は、石炭を掘る労働が生のすべてを規制することに全力でさからうような生き方をしていた。彼らはその個体史をそっとかたわらにとりのけておいて、生産現場での闘争にかかわるというぐあいにはゆかなかった。その傷あとがいまもなまなましくこの筑豊をおおっている。私の筆はそれと懸命に対応しつつ、その痛みの本質からはずれまいとした。

けれども書き終えたあとの心は、水に小石を落したほどの充足もない。闘いを共にした者らの傷のふかさばかりがおおってくる。気持は重くなるだけである。

この記録はうず高い資料を幾度も繰り、そのすべてを書きとめたい思いと闘いながら圧縮された。闘いを共にしたあの顔この顔がありありと動いて、私は幾度も捨てかねて長くたたずんだ。
ようやく脱稿するまでのこのたどたどしい筆を、根気よく焦点へもどし、たえず力づけてくださった三一書房の桜井法明さんに心から御礼をのべたい。また物心ともに援助くださった加来宣幸・三代子夫妻へふかく感謝いたします。その他資料整理などでお世話いただいた沖田活美、豊原怜子、中村陽子諸氏へ厚く御礼を申します。

一九七〇年　早春

森崎和江

資料

# 反語の中へ　追悼・谷川雁

［「現代詩手帖」一九九五年三月号］

# 反語の中へ

雁さん、まばたきするほどの、短い時間でしたね。私は昨年末からの熱がなかなかとれなくて、まだ寝ています。

とうとうどうすることもできなかった、と、あなたがまたつぶやく声が聞こえる気がします。でも、こんなふうに生きるしかなかった、と私は思っていますよ。

「どうぞ、お願い。申しわけないけれど、ここには来ないでね。元気にしていますから。私も子どもたちも。孫も元気よ」

電話の声に私はそう言いました。

「男と一緒だな」

また雁さんはそう言った。

「そうだな」と。

笑いたくなるほど、遠い個体が二つ。互いにもう六十代だし、老いとセクシュアリティは、若さと性の内側に、若い頃よりももっと死と生との個別のたたかいが入りこんでいるにすぎませんけど、でも、私はもうずっと以前にあきらめていました。

いつかの春先、野間岬の尖端で東シナ海を眺めていた時も、そうしか言わなかったし、ずっと若い頃、「女の現状をなんとかしたいので一週間ほど東京で出版社に当ってみます」と置手紙を残して家を出た時も、帰宅した私に、そう言った。男の名を言え、と。

なぜなの、と、何度も問いました。

縷々、話してくれた。

女性不信の根っこには、幼時体験があるということを。母親のこと、子守りのこと、自分ら家族が履き古した下駄を洗って、盆毎に与えていた人びとのこと。書き言葉の世界には、ちらとも自己表現することのない、それら女たちのエゴイズムについて。

でもね、と私は言いました。

子守り女の背中のぬくもりや、唇にふれた髪の毛などの記憶は私にもなまなましい。それは、みんな、朝鮮の人びとでした。書き言葉どころか、話し言葉の世界にも、その心の内は出ていません。私には、幾重にも屈折しているネエヤたちの体のぬくもりを、だまって吸って太った自我へのゆるせぬ思いがあるの。

なぜ、あなたは、その人びとを外から眺めて育てた自我と、たたかわないの。その抱いてくれたぬくもりの中を流れているものが女なのよ。声をかけて、一本釣りをしてかかった魚だけが、男と女の関係ではないのよ。そんなの、遊びにもならない――。

私の青くさい言葉は、彼の幼魂を育てた南九州の風土を知らぬ旅行者の、寝言にすぎないと、夜を徹して話してくれました。

私はいつまでも青くさくて、自分でもいやになります。成熟への手だてを知らないのでしょう。電話の声がしつこい。

「男と一緒だな」

「男と一緒になりたくて、六十年間生きてきたのを知ってるはずでしょう。自己実現って最近の女の子は言うけど、自己って、オレだけと言ってるのと少し違うのよ。でも、あたし、みっともないから、もう止しますよ」

「おれは君のような白鳥じゃない。日本の黒鳥階級だ。憎悪と差別でまっくろだ。日本の女はね、黒鳥なんだ。君なんか……」

「そうですか……、あたし、異邦人ですね、日本の女になれないね。もう電話、切っていい？」

「ほんとのこと、言え。誰と暮らしてるんだ」

「北海道に行ってみませんか。北海道でオホーツク海を見ながら話そう。あそこでなら言葉が通じると思う」

「北海道は異神の地だぜ。神がちがう。君にはそれさえわかってないところがあるよ。あそこは日本ではないんだ」

あのね、と言いかけて止しました。

私があきらめているのは、人間個々の意識や感性は、十年、百年、千年という時空の層を持っていて、個体は一生の間に、せいぜい百年の時空しか自己認識しないのかも、ということでした。そして個々に、その肉体が記憶している千年の時空に養われている気がするのです。雁さんから見れば、戦前のわずかな歳月を植民地で育ったにすぎない私が、九州の千年を感知する力もなく、戦後デモクラシーにのっかって、性の平等とか自由とかを女だてらに口にするのがあわれなのでしょう。私の千年は、遊女です。

でも、私は、私たちの身近かで起ったレイプ殺人事件が、私の性の千年を現象したかのように、衝撃を受けていました。雁さんとは戦後十年の日本を歩いていました。彼は「原点が存在する」と言いましたが、そのレトリックの見事さ以外は、私には、植民地での日本人社会で生まれた者たちに共通していた相互承認法に通う世界としか見えないのです。これでは、相互の責任が欠落する。

同じ思いが、レイプ殺人事件で私の心身を駈けめぐりました。性の解放と平等とは、個体の心身の中に、それぞれのセクシュアリティがかかえている千年と対峙する個々の女、個々の男を目覚めさせる以外にない、と。

その目覚めたがっている男くささ、女くささの、今後の千年を、私は男と一緒に歩きたいと願いました。男の世界と共に生きたい。

その願いを他人へ伝えようと、努めました。ひとりの男を通して男性の世界へ。同性の痛みを重ね合わせながら。

夢ですよね。

雁さんも言葉にならなかっただけだと、私は思っています。幼時体験とは幼児をとりまく風土の、一方的な抱擁とも言えると思います。そしてまた、幼い肉体がはらんでいる自然が、意識以前に、感応している大自然界との共鳴でもあると思います。

だからこそ私はその無心な対応と、それに対して小さな自我を合理化させていった自分の心の軌跡がつらい。ゆるせない。

雁さんは風土の被害者としての自分を、私にぶつけつづけました。私はそれを、風土への甘えだと言って、受けつけませんでした。その余裕がありませんでした。自分のことで、やっとこさでした。雁さんは、私があの事件以来、性交障害を起こしていることを知っていて、そして、知らなかった。

私には、あなたのてのひらが、手当という言葉さながら、一晩中、背を撫でさすっていてくれたぬくもりが痛みとなって残っています。やっと、生きられたと思っています。

私が、そのてのひらを裏切っているとするなら、それは千年の風土の中に、あなたの幼魂にひびいたものとは別の、まるで水の自在な変転のような水脈が異神を超えて流れているのを恋うている点です。

その千年の水脈が、昨今の幼児の知覚からとおどおしくなっています。「おばあちゃん、地球は病気よ」と私の孫は幼稚園の頃から言いつづけています。私は雁さんがいてくれたから、戦後の未知の日本で生きてこれました。反語に満ちていた沢山の手がかりを、ありがとう。また、会いたいよ。

# 解題

## 困難な書　一九七〇年の森崎和江

大畑凜

## はじめに

本書『闘いとエロス』は、一九七〇年五月、三一書房より書き下ろしの著作として上梓された。発表以来、実に半世紀以上が経っていることになる。その間、本書は一度も復刊されることはなかったものの、『第三の性』(一九六五)や『からゆきさん』(一九七六)などと並んで森崎和江の代表作として周知され、現在まで広く読み継がれてきた。

とはいえ、会話と独白を中心としたフィクションの体をとるパートと、資料の引用に基づいて文化運動・労働運動の展開と趨勢を記述した記録パートが混在する叙述の形式や、森崎和江と谷川雁という現実のパートナー関係が二重化された契子と室井という人物設定などは極めて特異なものがある。また、全編を通して赤裸々に綴られる契子(森崎)と室井(谷川)のすれ違い、とりわけ契子(森崎)が大正行動隊内の性暴力事件以降に抱えることになった内的葛藤についての記述はあまりにも重苦しい。そうした意味でも本書は決して読みやすい類の著作ではなく、ましてこれをひとつの「作品」として考えるなら、「完成度」としては疑問符がつくかもしれない。

それにもかかわらず、本書が現在まで読み継がれてきた最大の理由は、かつてのパートナーであった谷川との決別をはじめて公に総括することを通して、運動内部の性差別・性暴力の問題に森崎が真正面から向き合っているからだ。運動に抜きがたく存在した性差別・性暴力の現実と、そうした現実を告発し向き合っていくことの困難さとのなかで揺れ動く筆致こそが、本書を運動史上の古典としてきた。二〇二〇年代の現在でも、本書に刻まれた森崎の格闘の重要性はなにひとつ減じてはおらず、運動内の性差別・性暴力が問われる度に、大正行動隊での森崎（と女性たち）の経験が言及されてきた。

しかし、本書を通読すると、事情はそれほどシンプルではないことがわかる。大正行動隊内の性暴力事件が物語のちょうど中盤に配置され、またフィクションパートでの契子と室井の性と愛をめぐる葛藤が通奏低音になっているとはいえ、森崎は事件後もつづいていく大正行動隊から退職者同盟に至る大正闘争の趨勢について、これをみずからの共感とともに書き留めていることがわかるだろう。行動隊－同盟が組織内部の性差別的体質を事件後も払拭できたわけではないことは、かれらがくだした事件への総括の内容にあきらかであり、契子＝森崎の苦しみもそこに起因するのだが。

闘争への限りない共感と、それでも埋めきれない断絶。これが闘争の渦中で、または闘争の直後に描かれたのであれば、事情もいくらかは理解できよう。実際、一九六三年に出版された森崎の評論集『非所有の所有』には、あきらかに大正行動隊の性暴力事件を題材とした、運動－闘争のなかの家父長制と性差別的体質を厳しく断じる創作がある一方で、行動隊－同盟の闘争の状況を外部に向かって報告する文章が収められてもいる。

だが、本書は森崎と谷川の最終的な決別からおよそ五年後の時期に発表されている。五年という決して短いとも長いともいえない期間を挟みながらも、本書を通じて森崎は谷川との個人的な関係、および、谷川に伴走する形で経験した『サークル村』から大正闘争に至る運動－闘争への森崎なりの総括を試みている。もちろん、その裏には本書全体を規定するある種の制約があり、それはみずからが対象として描いた運動－闘争の関係者によるものであることを、冒頭のまえがきで森崎自身が示唆している。それでも、十二章での企業組合への痛烈な批判にあらわれているように、森崎はみずからの見解に率直であり正直でもある。

あきらかに、森崎は相反するふたつの情動のあいだを揺れ動きながら本書を記述している。それらはどちらもが森崎にとっての真実であり、矛盾と呼ばれるようなものではない。

それでは、本書はなにを描き、なにを目指そうとした著作なのか。本書の一義的な主題たる闘争と（性）愛とは、幾つかの異なる系が重なりあいほつれあいながらできている。この絡みあう系を分節化しつつ、本書を取りまく複数の磁場ともいうべき背景を詳らかにしていくことで、本解題をいくつもの意味で「困難な書」である本書を理解するための道標のひとつとしたい。

具体的な考察に入る前に、本書の基本的な情報を確認しておこう。以下では、本書の章立てと、その章がフィクションパート（F）なのか記録パート（R）なのか、また各章が対象とするおおよその時期範囲を示しておく。基本的にはフィクションパートと記録パートが交互に配置されているが、後半部分では順序が不揃いになったり、フィクションと記録が混在した章もでてくる。また、本全体はおおむね時系列に沿っているものの、フィクションパートについては必ずしもそうではないなど、やや複雑な構成となっている。(1) なお、記録パートでは実名が用いられるが、フィクションパートでは基本的にすべて仮名である。

一章　眠られぬ納屋（F）――一九五七年春頃（ただし、『サークル村』の結成時期を考えると一九五八年春の間違い）
二章　「サークル村」（R）――一九五八年から六一年
三章　みかん色の窓（F）――一九五九年末頃
四章　「無名通信」（R）――一九五九年から六一年
五章　飢える炎（F）――一九六〇年一月頃
六章　「大正行動隊」I（R）――一九六〇年秋頃から六一年末
七章　凍みる紋章（F）――一九六一年五月から一二月
八章　葦生える土地（F）――一九六一年六月頃(2)
九章　「大正行動隊」II（R）――一九六二年一月から六月

十章　地の渦（F／R）――一九六二年九月から一〇月
十一章　大正鉱業退職者同盟（R）――一九六二年六月から六三年一〇月
十二章　筑豊企業組合（R）――一九六三年一〇月以降
十三章　雪炎（F／R）――一九六五年前後(3)

両義性のなかで

(1)表の作成においては坂口博「『闘いとエロス』を読み解くために」『脈』九一号、二〇一六年一一月も参照した。
(2)ここで扱われる室井＝谷川襲撃事件については、谷川本人による「骨折前後」『日本読書新聞』一一一七号、一九六一年八月一四日が詳しい（のちに『影の越境をめぐって』所収）。
(3)なお、本文では筆者の力量もあって詳しく触れることができず残念だが、本書のクライマックスのひとつでもある、筑豊の労働者が契子（森崎）・室井（谷川）宅を襲撃する場面については、森崎の記述・見解に関係者からは異論もあり、また森崎自身の後年の文章ではエピソード自体が微妙に変化して語られるなど、やや込み入った事情が存在する。そのため、以下の文献をあわせて参照することを勧めたい。新木安利『サークル村の磁場』海鳥社、二〇一一年、二〇七―二一一頁、および、米谷匡史「「流民」のコミューンを幻視する」『KAWADE道の手帖 谷川雁』河出書房新社、二〇〇九年、八頁。

本書の主題のひとつが、契子と室井という架空の人物設定を介した、森崎和江と谷川雁の葛藤にみちた関係の総括にあることは間違いない。

本書で描かれる室井＝谷川の姿は、終始一貫して尊大であり、家父長的な態度の濃厚なものだ。闘争と愛の一致を森崎とともに目指した谷川もまた、理想を掲げることはできても、現実には抑圧的な態度を捨てきれなかったことがみてとれる。とはいえ、谷川の唯我独尊的な姿勢は、かれ自身の文章の読後感と著しくかけ離れたものではない。むしろその不遜というしかない態度こそが、既成のあらゆる論理や秩序を――少なくともセクシズムを除けば――挑発してやまなかったし、絶え間なく周囲をけしかけては煽りたて焚きつけるそのオルガナイザーぶりが『サークル村』や大正行動隊を可能にしたのだろう。森崎が契子に語らせるように、「いばっている時の彼は安定していて美しい」（「凍みる紋章」）。

そして、こうした谷川の姿を本書で森崎は痛ましさとともに、かつてみずからが抱いた愛情を忍ばせながら書き留めてもいる。ここには、ある両義性が存在するといっていい。

森崎の『第三の性』などを読むと、森崎の最初の夫であった人物は谷川とは違い人間的にはきわめておだやかな人物で、最終的には自身と森崎との離別すら受け入れる寛容さを兼ね備えていたことが窺える。だが、森崎は夫ではなく、谷川とともに道を歩むことをあえて選択した。そこには、わたしたちが恋愛関係に通常想定するのとは異なった倫理がある。だからこそ、本書での谷川との徹底的なすれ違いは、対立を覚悟しながらもなお一縷の可能性に賭けようとした森崎の苦しみの深さを語ってやまないとともに、森崎にとっての谷川の存在の大きさを逆説的に示唆してもいる。

そもそも森崎と谷川が出会ったのは、丸山豊が主宰する福岡の詩誌『母音』を通じてのことである。一九二七年に植民地下の朝鮮で生まれた「植民二世」の森崎は、四四年に福岡女子専門学校(現・福岡女子大学)に入学し、翌年その土地で敗戦を迎えると、卒業したのちはしばらくの時間を結核療養所で過ごすことになるが、この時期に療養所内の同人誌などで詩を発表するようになる。そして、療養所からの外出時のある日、街頭で『母音』のポスターを偶然みつけたことから、この詩誌に参加するようになった。一九四九年ごろのことである。一方、四〇年代後半以降、共産党員として労働運動や党務に従事しながら詩作を開始してもいた谷川雁(一九二三年生)は、一足早く四八年ごろから『母音』に参加するようになる。ふたりの最初の対面は五四年、すでに何度か森崎宅を訪問しながらも会うことの叶わなかった谷川は、ようやく会うことのできた森崎にたいして「弟の仇を一緒にうとう」と呼びかけたという。この時期、森崎は、共産党の党内対立などによって疲弊した大学生の弟を自殺で亡くしていた。

すでに結婚し子どももうまれていた森崎だが、度重なる谷川のアプローチの末、手紙のやり取りなども交わすようになり、やがて二人で雑誌を創刊することを誓い合うようになる。このなかで、ふたりが共有しあうようになったのは、エロスを欠いた運動の世界を変革するという目標であり、闘争と愛が一致しあう地点を模索することだった。そのために求められたのは、互いの主張を穏便に了解しあうのではなく、単独では突き破ることのできない闘争と愛の限界を互いに突き詰めあい、迫りあうような関係性の構築である。[4]『第三の性』での、森崎が投影された「沙枝」が「彼」（谷川）との生活を選択し、当時の夫（「あなた」）へ別れを告げる場面をみてみよう。

「（…）性を思想的にどうほっていくかということは、直接にたたかいあう存在と場所がいると思うの。でないとどうしてもからまわりになってしまうんです。わたしは女たちがいつまでも閉ざされたままでいるのがつらいの。あなたがいやだということとは全然ちがうんです。（…）」[5]

「（…）彼の考えだって肯定しているからというわけじゃないんです。一般的にいって、性が挫折しているその地点から歩きだしてみようと、そんなように思ってるんです。彼もそう考えている筈だと思います。ですから、どうなるか分らない。今まではね、女の問題をいつも外側からばかりとらえてきてるんです。しかも男も女もそれぞれ単独な形で。ふかくからみあっているそのところをぬきにして。やらせてください。あなたと一緒に生きていきたい気持の引きつづきなの……」[6]

思想をすべて共有しあう相手だから愛の対象となるのではなく、思想の違いを抱えながらも「単独な形で」は追いかけることのできない、「直接にたたかいあう存在と場所」が必要であるのを理解しあう相手だから愛の対象となる。だとすれば、パートナー関係のなかで生起する対立やすれ違いも、森崎と谷川にとってはある意味で必然のものであり、それ自体が即否定的な意味づけをなされるわけではない。

だが、本書を読み進めていくと、両者のあいだの対立やすれ違いは、必ずしもその関係を深化させるものになりえなかった現実がみてとれるだろう。とりわけ、みずからも「甲斐々々しく」なってしまうと語る契子の室井にたいする、あきらかに不均等な力関係に基づく感情労働（解釈労働）の様子は、森崎が当時置かれていた立場の難しさをそのままに物語っている。たとえば、「凍みる紋章」のなかで契子は、男性による性暴力を男性の本質的な生理として語り、そのような生理しか生きられない男性を「かわいそう」と形容する。この部分は、「かわいそう」という表現だけを切り取ってしまえば、森崎の思想につきまといつづけた本質主義的な性差《ジェンダー》理解の限

（4）この点に、森崎と谷川に共有された方法としての弁証法の意味が端的にあらわれている。森崎と谷川の弁証法については、本書とともに新たに復刊された森崎和江『非所有の所有』月曜社、二〇二二年に寄せた拙文「解題　弁証法の裂け目」を参照されたい。

（5）森崎和江『第三の性』三一書房、一九六五年、一〇三頁。

（6）同上。

界の端的な現れとして、すぐさま批判の対象になるような記述にもみえる。実際、本書には他にも性と性愛をめぐって疑問符のつく記述が散見されもする。(7) だが、本書を通読すれば、そこで描かれているのは過剰なまでに谷川と運動を慮らざるをえなかった一九六一年当時の森崎の姿であって、性暴力にたいしての森崎の認識そのものであるとまではいえないだろう（しかしそれは危うさに目を瞑れというわけではないし、こうした記述の先に森崎の性差《ジェンダー》理解の限界があるという認識そのものは必要である）(8)。

同時に、こうした記述のなかには単に事件当時の森崎の姿があるのではなく、かつて抱えていた葛藤や後悔を対象化して記述しているというよりも、当時の情動をそのままに書き留めるしかない一九七〇年の森崎自身の姿が垣間見えるだろう。本書のなかでも、性暴力事件以降の谷川との関係を赤裸々に綴ったこの「凍みる紋章」の章は、読み進めることすら苦しくなるような箇所である。だが、この苦悩を苦悩のままに書き留めることこそが、一九七〇年の森崎にとっての総括の意味であったのだろう。

わたしは夜をおそれる。氷河になった少女をおそれる。その氷河の自由をおそれる。さりげなく夜の室井を避け、そして彼の誤解におびえる。彼の誤解など平然とつぶして動くあの氷河の自由をおそれる

わたしは夜をおそれる。

彼らがペニスを闇夜の焚火にちらちらさせ、炎に目をうるませて暖まっている。彼らはしゃべっている。ペニスも焚火にあたらせながら。

あたらせてほしい。あたしなのよ。あたしがみえませんか。ペニスがないとみえませんか。

あたしを殺さないとみえませんか。殺してもみえませんか。

彼らが焚火にあたっている。話している。（「凍みる紋章」）

こうした独白調の幻想がかった語りは、書くことが当時の記憶を呼び起こし、そうして記憶のなかの過去を彷徨いながら、その混乱と混沌のなかで言葉をまた必死に書き連ねていく、そのような森崎の姿を読者に想像させる。

一方で、本書の性愛＝エロスをめぐる記述は、契子と室井の二者関係に焦点が当てられていることもあって、エロスをめぐるその他の森崎の文章とはやや異なった毛色のものになっている。

（7）たとえば同章の末尾での、性愛をめぐるトラウマを別の男との性愛によって一時的に解消するかのような展開には、フィクションパートのプロットとしては疑問を覚える。

（8）とりわけ、現代においては、性別二元論や生物学的性差理解を反復強化するような言説がフェミニズム内部でも高まりをみせており、この先にＳＮＳを中心としてトランス差別の激化といった事態が現れている現実に目を向ける必要がある。

森崎にとってエロスとは、異性愛主義《ヘテロセクシズム》がどれほどにその濃厚な基盤だったとしても、そこから漏れ落ちる、「異性」に限定されない他者との——ときに集合的な——交歓とその悦びを語るメタファーであり、またそれは、運動のなかで求められる相互間の交流を、単に表面的なものとせず、さらなる関係の飛躍を促すためのメタファーでもあったと考えてよい。(9) だが、森崎が少なくとも本書の文脈では闘争と（性）愛の一致よりも両者の相克、エロスの不可能性を描くことになったのは、性暴力事件とその後の谷川や行動隊による無残な総括にこそ原因があったのであり、それはあまりに当然の結果であるといえる。

本書冒頭での、トイレの場所を訪ねることすら躊躇する——ともすればナイーブでもある——繊細な感性の契子と、「にほんの女は立小便が本筋なんだから」と放言する室井とのあいだのやりとりは、両者の性をめぐる感性のどうしようもないズレと、その後の来るべき決別を、その主題のひとつとなる朝鮮問題を含めてすでに示唆していたことになる。

「立小便ができなきゃ、女の仲間にはいれてくれんよ。君は女を組織するならあれがやれなきゃ」

ふいにわたしの笑いがこわばった。くらい海面がひろがり、体が浮いた。頭のなかがいそがしくまわり、どこかで、知ってるわよ、と答えようとしていた。たしかに何か知ってるにちがいない、たとえわたしとわたしの母とが立っておしっこができなくたって……何かの感覚が残っているにちがいない……わたしのなかで朝鮮が低い静かな音を揺すっている。

しかし、やはりここまでくることで、改めて次のような疑問が浮かびあがらざるをえない。本書における大正行動隊－退職者同盟による大正闘争の記述は、性暴力事件を挟んだあとですら、その可能性にたいして肯定性に開かれているのはなぜなのか？　ここでも問われるのは、森崎のある種の両義性であるだろう。

### 敵対性と男性性

本書の記録パートには、いくつかの断線が忍んでいるといえる。読者は初め、『サークル村』や『無名通信』をまとめる森崎の筆致に違和感を覚えるのではないか。この二章と四章での森崎の筆致はあきらかに冷めたものがあり、そこには過去の運動を語り直すために必要なはずの熱量が決定的に欠けている。それぞれの紙面で交わされた主要な議論を大部の引用に任せて羅列的に

(9)水溜真由美は「森崎は開放的なエロスを、前近代社会の、あるいは下層の人々のものとして捉えているようだ。(…)森崎は女坑夫やからゆきさんの異性との関わり方に、対に閉じこもる近代的なロマンチックラブとは異質な、開放的な性格を認めていた」としている。水溜真由美『『サークル村』と森崎和江』ナカニシヤ出版、二〇一三年、二七一頁。

並置していく森崎には、どこかおざなりな印象を抱かざるをえない（この点についてはまたのちに詳しく触れることにする）。

しかし、本書の記録パートは六章「「大正行動隊」Ⅰ」に入ると、途端にその叙述に熱気が帯びてくる。たしかに森崎は、『サークル村』から大正行動隊への移行にかんしては、「運動の形態に対する無論理な移行」の側面があり、「多様な階層で形成された集団の運動に対する思想的倫理性の欠落」がみてとれると苦言を呈すように、無条件に行動隊を称賛してはいない。それでも、共産党や労組による組織主義的統制の圧力をくぐり抜け、三池闘争の敗北を乗り越えることを目指して結成されたこの運動体のエネルギーそれ自体を、森崎は高く評価している。

それはみずから政党にとってかわることや、労働組合的統括を目標にした集団ではない。どこまでも生まな個体の綜合的開放をめざし、たたかいの過程も目標もその一点に終始した。集団としての規約を持たず隊員を行動隊に拘束しないことを原則とした。

（…）その行動は常に生活内的発想をとっていて、イデオロギーをふりかざすことをしなかった。あたかも私怨をはらすかのごとき言動は画一的運動にみきりをつけていた労働者の共感を得て、多くの信奉者を得た。気持はおれも行動隊、という者が多く生まれた。行動隊はそれらをも行動隊員と呼んだ。会議への参加行動への参加もオープンであった。人々の間に思想的優劣はつけなかった。

森崎は本書と同時期の別の文章でも、かつての行動隊について、「国の政策を間一髪の思想性で凌駕せんために互のエネルギーの核としあったものは隊員個々人の想像性であった。その想像性が使いはじめたばかりのタオルのようにういういしことに、私は驚嘆した」と形容している。[10]この詩人にしてはいささか凡庸な表現ではあるが、当時の森崎による行動隊への評価それ自体は揺るがないものであったことがみてとれる。

そして、この六章のあとには、九章「「大正行動隊」II」にて行動隊の闘争が再び語られる。時系列としては六〇年秋頃から六一年一二月までの経過を扱った六章の時点で強姦殺人は起きているのだが、このことは六章でも、九章以降の記録パートでも触れられることはない。記録パートでの森崎は大正闘争の趨勢を資料によって押さえながら、基本的には闘争がもちえていた資本や国家、既成組織にたいする敵対性《アンタゴニズム》と、それに基づく解放性を書き留めることに尽力しているといっていい(そのうえで、筑豊企業組合を扱った十二章では別の断線が垣間見えるが、このことは後に触れる)。

その意味で、森崎は大正闘争の功罪をフィクションパートと記録パートに振り分けているよう

(10)森崎和江「想像力の自律性はたたかいの靭帯か」『日本読書新聞』一五三三号、一九七〇年二月一六日(のちに『ははのくにとの幻想婚』所収)。

にもみえる。では、この叙述の作法は何を意味しているのか。

性暴力事件をめぐる行動隊−同盟による総括とその経緯については、先にも触れたように本書では七章「凍みる紋章」にて詳しく述べられている。これは事件を被害者の責に帰する典型的なセカンドレイプ言説であり、また被害者と加害者双方の行動をそれぞれの兄に起因したものとして回収する点では家父長的家族主義に貫かれており、やはり無残というほかない。だが、行動隊−同盟には——正確には谷川個人による——本書に引用されることのなかった総括があとふたつ存在している。

（なお、本書での森崎の資料引用については、多くの資料で断りなしの中略・省略がみられる。一部の引用では中略・省略の断りもみられるため、これは文献引用の基準やルールが現在と違ったことを理由にしない。また、性暴力事件についての行動隊による総括の引用部分では、文面の微妙な書き換えがなされており、関係者の実名を避けるためのそれは理解できるが、複数の箇所での書き換えが見受けられる。こうした書き換えは総括の内容そのものには至っていないが、文脈上誤解をうみかねない箇所もあり、本書での森崎の資料の取り扱いには問題があることを理解する必要がある。現状で一般に参照・閲覧可能な大正闘争の資料については注釈にて記載する。[11]）

ひとつは、一九六二年七月の「大正からの報告」であるが、これはのちに谷川『無《プラズマ》の造型』（一九八四）にも所収されているため比較的知られたものである。もうひとつは、一九六三年の年末、退職者同盟の呼びかけによっておこなわれた、それまでの闘争を振り返る「統括討議」でのものである。同盟関係者のみならず大阪や東京の支援者などもかけつけたこの討論の場で、谷川は改めて事件を次のように振り返った。

〔引用者——行動隊は〕やるということを看板にしながら、あんまり大したことはやれない。要するにビラを撒いたり、こんなのは俺は反対だぜと吹いて回ったりする程度のやるでしかないわけです。しかし、やるんだ、やりたいという雰囲気はお互いの中に内攻して渦をまいている。やろうとしながら、そのエネルギーがつきぬけていく入口は実に細いものでしかなかった。共産党の運動なんかで、統一と団結といったことをやってきた連中からすれば相当思いきったことをやっているつもりでももっと若い坑夫からすれば、大したことはないわけだ。(12)〔傍点は原文マ

(11)谷川による大正闘争関連テキストについては、谷川雁『無の造型《プラズマ》』潮出版社、一九八四年をさしあたり参照。坂口前掲「『闘いとエロス』を読み解くために」には、谷川の大正闘争関連テキストのリストがまとめられており参考になる。また、大正炭鉱退職者同盟編『筑豊争史』一九七二年も、同盟自身による闘争史の整理として重要である。大正闘争関連資料としては、仲代真理編『SECT6+大正闘争資料集』蒼氓社、一九七三年がその一部を収めている。福岡県立図書館では、加藤重一氏寄贈資料として「大正鉱業退職者同盟関係資料」が閲覧可能であり、退職者同盟発行の「同盟ニュース」の多くをみることなどができる。また同図書館では行動隊発行の「行動隊ニュース」の多くも閲覧可能。

る」

そのうえで谷川はつづけて、加害者となった隊員にとっては「そこで内攻した形でぶつかったところが」被害者の存在であったとする。行動隊の構造的な問題として事件を再度理解しようとする谷川の真剣さとは裏腹に、加害者のみを焦点化し被害者への想像力を脱落させたこの総括は、依然としてジェンダー／セクシュアリティの視点で決定的な問題を抱えており、およそ強引な理屈づけをもってなされたという印象が拭えない。だがそのうえでこの三度目の総括は、現在の地点からみれば看過しえないある重大な問題を含んでいる。

仮にここで谷川がいうように、党や労組の統制を離れてなされた行動隊の運動体としてのエネルギーが、ラディカルな行動にまではただちには結びつかず、そのことによって内側に溜まっていったフラストレーションが「内向した形でぶつかった」結果が強姦殺人であるなら、ここにおいて大正行動隊のもつ敵対性こそが性暴力と一体なものとして理解されざるをえない。闘争はここに本質的かつ決定的な限界を露呈することになる。記録者によって傍点の付された「やる」という言葉の通俗的な二重性は、端的にこのことを示しているだろう。なにより深刻なのは、こうした総括が闘争の限界をみずから暴露するような結果になっていることに、討議の参加者たちが気づいていないことだ。むしろ、その後の討論の様子を読む限り、関係者や支援者たちは谷川が事件を行動隊全体の構造と結びつけることそのものに納得がいっていない。

行動隊―同盟と谷川、そしてその谷川と森崎。ここに森崎にとっての暗く深い二重の断絶がみてとれる。森崎もまたこの総括を知らなかったわけではないだろう。だが、本書で森崎はこの総括部分を引用することはなかった。そのことをどのように考えればいいのか。

現代のわたしたちは、おそらく素直に、大正行動隊の敵対性とは谷川が図らずも語ってしまった行動隊の男性中心主義や家父長制と骨がらみであり、両者は不可分なものであったと理解するだろう。それはたしかにひとつの事実である。

この事件以降も、この国の社会運動は長きに亘り男性中心主義や運動内性差別・性暴力を克服するには至ってこなかった。そして、往々にして、運動―闘争がもつ国家や資本、警察機構などにたいする敵対性や戦闘性といった次元を、参加者の男性性や男性中心主義的文化と結びつけてきた側面は否めない。また「衝突」を伴うような行動は時として、恐怖や臆病を乗り越えるべき情動として措定してはみずからが抱える「弱さ」を抑圧することで、歪んだ「男らしさ」を主体に呼び寄せる契機ともなるだろう(13)――ただし、この点を忘れてはならないが、すべてがいつもそのように機能するわけでもない。

(12)「総括討議の討論」『抵抗』七号、一九六四年一月、四頁。なおこの資料は、坂口博氏にご提供いただいた。

(13)弱さや恐怖を抑圧し「男らしさ」を誇示しようとするなかで暴力の行使がエスカレートしていくメカニズムについては、酒井隆史『暴力の哲学』河出文庫、二〇一六年(原著二〇〇四年)を参照。

だが、森崎は行動隊－同盟を本書で全否定することはなかった。本質として敵対性と男性性が骨がらみになっているのなら、本書で大正闘争を全否定することも——現実上の制約があっても、企業組合への強烈な批判が可能であったなら——不可能ではなかったはずだ。したがって、森崎は少なくともここでは別の線を引こうとしているようにみえる。

## 一九七〇年という磁場

ここで、本書を規定する制約をあかした冒頭の「まえがき」で、森崎は次のようにも語っていたことを思い起こしたい。

閉山後の筑豊に対する認識はそのまま日本の意識構造および産業構造に対する認識に通ずる面がある。それを踏まえてこの筑豊に新しい運動が芽生えんとしている。また芽生えさせんと努めてもいる。

この時期にさしかかって、私は、これまでの闘いが内包しつつ越えがたかったものや、未来の運動の予見ともいうべき質をはらんでいた点や、内部の敵とみられる傾向等を、私は私なりにみつめながら七〇年代への手がかりにしたいと思う。

この一九七〇年当時、森崎は筑豊と隣接する北九州を拠点に、労働者や若者たちとともに「おきなわを考える会」というグループで活動していた。七二年の施政権返還を目前に控え、同時代に激しくたたかわれていた沖縄闘争に筑豊‐北九州の地から連帯することを目指したこの小さな運動体は、当時の筑豊‐北九州の労働現場を取り巻いていた重層的な下請け・孫請け構造の問題を足がかりに、「わが沖縄」という独自の視座の獲得を目指していた。[14]

森崎が「まえがき」で「新しい運動」と呼ぶのは、この運動体のことを指している。そして、新たな運動が展開されていこうとしている一九七〇年において、過去の運動の記録と記憶を掘り起こし、そうすることによって「七〇年代への手がかり」を摑みたいのだと森崎は語っている。そこには、「これまでの闘いが内包しつつ越えがたかったもの」もあれば、「未来の運動の予見ともいうべき質」が垣間見えもする。たとえば本書十一章での、産業の二重構造とそれに伴う労働者間の格差と断絶についての森崎の分析とその叙述のスタイルが、この七〇年当時の森崎による筑豊‐北九州の時代状況をめぐる評論とピッタリ重なるのはそうした問題意識ゆえだ。そのうえで、同盟の運動は思想的には未熟であるものの、既存の労働組合の路線とは異なる形で展開していった点で「その存在は予感を人々にあたえつづけた」と評価されている。[15]

(14)この特異ともいえる方法論を掲げた「おきなわを考える会」、そして森崎自身の沖縄論については、拙稿「未完の地図——森崎和江と沖縄闘争の時代」『沖縄文化研究』四九号、二〇二二年を参照。

その意味で、先の「まえがき」での一節は、一九七〇年の運動に対して、過去の過ちを繰り返さないこと、しかし学ぶべきものは学ぶことを呼びかけているといえる。「おきなわを考える会」の機関紙『わが『おきなわ』』などを見る限り、この運動体にどれほど性差別や家父長制、男性中心主義への問題意識があったかはわからない。一方で「会」の面々はこの時期、森崎に誘われる形でそろって山崎朋子の主宰したアジア女性交流史研究会に筑豊グループとして参加しており、[16] これらは行動隊－同盟では考えられないことだっただろう。

だからこそ、本書で掛けられていたのは、運動が固有に抱える力能としての敵対性や戦闘性《ミリタンシー》と、運動体の内部に存する男性性との分節（不）可能性であるように思われる。敵対性と男性性はどの地点において癒着するものであり、逆にどの地点で両者は分節可能となるのか、その際にはなにが条件として求められるのか。森崎が大正闘争の記録パートを通じて問いかけようとしたのは、こうした問いだったのではないか。

ここにも、ある種の両義性が存在する。そしてそれは、森崎の谷川への姿勢とも通底しているだろう。このことをよく表しているのは、本書にも付録として収録された一九九五年に谷川が亡くなった際の森崎による追悼文「反語の中へ」である。このなかで描かれる谷川の姿は、やはりかつての谷川と同じく尊大で、どうしようもなくマッチョな男としての谷川である。谷川とのやりとりでの森崎の徒労感にみちた応答がそのことを物語っている。ただ、森崎と谷川の交流が、谷川が筑豊を去った一九六五年以降も途絶えることなく、森崎が谷川への感謝を忘れなかったのはたしかだ。[17]谷川とであったからこそ森崎は筑豊へ降り立つことができ、かれとの出会いなくして森崎の性をめぐる思索がここまで深められることもなかった。追悼文のその印象的なタイトルが極めて示唆的なのは、谷川の本質は、その言葉の表面からだけではわからないことを伝えるからだ——だがもちろん、性暴力が反語だなどというならそれは詭弁だ。

谷川も、大正行動隊も、森崎にとっては全否定の対象ではない。同時に、全肯定の対象でもない。この両義性に向き合うことこそが、本書の森崎に課された重く巨大なアポリアである。そして、本書においてアポリアはアポリアのままに閉じられてもいる。

この際、本来重要だったのは、一九六〇年前後当時、森崎もその中心にいた女たちの運動経験だったのではないだろうか。本書には、『サークル村』から『無名通信』、行動隊‐同盟へと至る

(15)なお、既存の労組とは別個に運動体を形成し、両者を意図的に併存させるこうした手法を谷川は、通常は労働運動の弾圧を目的に会社主導で作られる「第二組合」の名称を援用して「戦闘的第二組合」と形容した。谷川雁「越境された戦後労働運動」『日本読書新聞』一一七七号、一九六一年一〇月一五日を参照(のちに『影の越境をめぐって』所収の際には「越境された労働運動」に改題)。

(16)「座談会 私にとっての「アジア女性史交流研究」——北九州・筑豊地区アジア女性史研究会」『アジア女性史交流研究』六号、一九七〇年一月を参照。

(17)内田聖子によれば、森崎は二〇一三年の取材の際に、「ああ、雁さんに逢いたい」と漏らしていたという。内田聖子『森崎和江』言視社、二〇一五年、二四頁

運動－闘争の過程で綴られた文章を所収する一九六三年の評論集『非所有の所有』を語り直すという側面がある。実際、本書のフィクションパートで出てくる場面のいくつかは、『非所有の所有』のなかですでに描かれている。[18] だが、あくまで同時代の森崎と周囲の女性たちによる思想的・実践的な格闘を記録し、そこから女たちの運動の新しい集団原理を打ち立てようとする情熱が刻まれた『非所有の所有』の諸テキストと、すでにその格闘の果ての結末を知った地点から始められる本書の語り口とには大きな差異がある。本書で幾度か登場する炭住の女性たちと契子とのやりとりもペシミスティックな色合いが濃厚であり、やはり『非所有の所有』との落差は大きい。

事後という時間軸のなかでなされる総括は、ときに必要以上にみずからがかかわった運動や闘争を批判的にみる傾向を生む。先にも触れたように、『無名通信』の活動を振り返った本書四章の記述はこのことを象徴的に表している。森崎が語るように、「『無名通信』は内部の主題があきらかになるにつれて主題の論理化と論理の具象化の貧しさが目についた。わたしたちは、わたしたちがかもし出した主題が、個体の諸体験や感覚の論理化などで開拓できぬものであることを知った」のだとしても、『無名通信』以降もつづけられていった森崎と周囲の女性たちの格闘が本書で触れられることはない。[19] また、森崎が『無名通信』をほとんど独断で解散を決意したきっかけが性暴力事件であったことにここで触れないのも、いささか奇妙に感じられる。

そのうえで、こうした当時の女性たちのコレクティブな運動を（肯定的に）描くことができたならば、本書はあのアポリアに別のアプローチをもたらしえたのではないか。『非所有の所有』で描かれる同時代の女たちの姿は荒々しく、怒りにみちながらも、それゆえの解放的なエネルギーに包まれている。そこにおいて敵対性や戦闘性は男性たちに「所有」されるものではない。むしろ、男たちの他者を「私有」しようとする暴力にたいし、女の解放を求めるかの女たちの放つ敵対性や戦闘性の方が、筆者などにはより根源的なものにみえる。創作の体をとり舞台を架空のものに移し替えた「渦巻く」で、性暴力事件は女性たちによって次のように激しく糾弾される。

「誰でん知っとるばい。鈴木と同じ根性は執行部みんなにしみこんどるのを見ちょるとばい。女に関することは闘争と別と思っとろう。それが現れただけばい。女の抱き方を知らん労働者は、本質に於て労働者をしめ殺しよる。それをかくして何が家族ぐるみね。やまの情況をみればなおのことを生活の根源から闘争へ入らないかん。やっちゃんの死はそのことを語っとるんよ。鈴木を裁くのは労働者でなからないかんやろが。裁ききらん者は執行部をやめろ!」[20]〔人物

(18)具体的にあげると、冒頭の一章「眠られぬ納屋」で契子が炭住に泊まって女性たちと会話を繰り広げるシーンは「とびおくれた虫」に、また十章「地の渦」での刑務所時代の仲間の写真を見せてくる男との会話のシーンは「ボタ山が崩れてくる」に、それぞれ同様の記述がある。
(19)この点については、拙文「解題 弁証法の裂け目」(注4)を参照。
(20)森崎和江「渦巻く」『白夜評論』一号、一九六二年五月、三三頁(のちに『非所有の所有』所収)。

名は創作上のもの――引用者〕

ところで、この一九七〇年、森崎は新刊・再刊をあわせて計四冊の著作を刊行している。そのうちの三冊は、五月から六月という極めて短期間のあいだに発表されている。五月には本書『闘いとエロス』とともに、主に六〇年代後半からの評論を収録した評論集『ははのくにとの幻想婚』が、六月には『非所有の所有』の新装版がそれぞれ刊行されている。つまり、当時書店で本書を手にした読者は、その脇に積み上げられた上記二冊の存在も目にしていた可能性が高いことになる。

だが仮に、『非所有の所有』での同時代的記述が本書によって全面的に否定されるのなら、そもそも『非所有の所有』が復刊される必要もないはずだ。一九六三年版の『非所有の所有』にはなかった「あとがき」を七〇年版に追加した森崎は、同書のなかの「この数篇のたどたどしさは私の心を鞭打つ」としながら、復刊に至った理由を次のように記してみせた。

過去のものははずかしさが先立つけれど、これを目にする人々は、私が自分を奇妙な虫のように凝視したあの心情に近い年代の人らではないかと思う。未熟であってもいい、既成の概念からできるかぎり自在に自分をとらえんとする心である。それら若いそしていらだたしい年頃の人々の、捨て石の一つになればと思って、ここにふたたび身をさらすことにする。

そして、いつか、互におとなになって、かみあっている多くの側面を、総合的にとらえあう仲間になりたいと思う。(21)

この「新装版あとがき」の日付は、「一九七〇年五月二十二日」となっている。そして、本書の初版初刷の奥付には発売日が一九七〇年五月三一日と記されている。書籍は発売日よりも前に著者の手元に渡っているのが通例である。だとすれば、この「新装版あとがき」を記す森崎のその傍らには、刷られたばかりの『闘いとエロス』がたしかにあったことになる。

ある同一の経験を、しかし別様に記した二つの本。それらを同時に手に取ることができる「若いそしていらだたしい年頃の」新しい読者に向かって、「いつか、互におとなになって、かみあっている多くの側面を、総合的にとらえあう仲間になりたい」と語りかけること。この呼びかけが本書の「まえがき」と通底したものであることはあきらかだろう。

このとき、わたしたちは本書だけをもって、森崎による大正闘争の評価を語ることの無理を突きつけられているのではないか。一九七〇年において森崎は、かつての女たちの運動を心から肯定し切ることはできなくなっていた。それでも、かつてのみずからが本書とは異なる見解を持ちえていたことを、森崎は間接的な形ではあるが示してみせている。そして、一九七〇年の読者

(21)森崎和江『非所有の所有』(新装版)、現代思潮社、一九七〇年、二七八頁。

は、この二冊をともに手に取ることで、両書のあいだのズレや差異を知りえたはずであり、そこから新しい運動のあり方を模索しようとしたはずだ。このありえた可能性こそ、敵対性と男性性をめぐる本書のアポリアを考えるうえでは欠かすことができない。

## すれ違いつづける批判

ところで、本書における運動史の記述には、当事者たちから強い批判・疑義が提起されているという事実がある。

ここでは、退職者同盟の書記を務め、筑豊企業組合からのちの洞海公共自労（洞海公共事業自由労働組合）にいたる労働者たちの同盟村という自立的なコミューン建設の中心にいた、河野靖好による著書『大正炭坑戦記』（花書院、二〇一八年）での森崎への批判をみてみよう。

河野の批判はまず、森崎が『サークル村』から行動隊、同盟へと至る変遷を本書においてある一直線の過程のように捉えていることに向けられる。河野は、こうした運動－闘争の変転の過程にはそれぞれに断線が含まれており、森崎は谷川を中心に置くことでそのような見方を可能にしているが、谷川自身の見解は森崎とは違っていたことを指摘している。[22]

こうして森崎の直線的な運動史観を疑問視する河野は、それぞれの運動－闘争がもつ固有の特徴を抑える必要性を説く。『サークル村』が森崎のいうところの「思想集団」であれば、より直接的な行動を重視した行動隊や、従来の運動とは無縁な労働者たちの戦闘性を巻き込んで展開された同盟は、それぞれが固有の力学をもった行動集団である。河野によれば、こうした質的転回を運動－闘争の周縁ないしは外側からみていた森崎は取り逃がしているのであって、筑豊企業組合の位置づけや性格についても誤った情報をもとにさまざまな断定を下しているという。

河野は企業組合が同盟村建設において「金融資本」に頼ったことはなく、また建設過程での「血縁集団」への「大正行動隊以来の思想集団が従属するという情況」も実際には起きておらず、「血縁集団」の面々は各々に人間的な欠点や難はあったとしても、かれらに運動が振り回されたことはなかったとする。[23] そもそも現実的な職の確保を目的とした企業組合には森崎がいうような「労働者が資本に従属せず共に食し得る道」という高尚な理念はなかった。その点で、森崎が本書で強調する企業組合以降の闘争は事実上崩壊したという批判はまったく的を得ない。だが、同盟やその後の洞海公共自労の活動のなかで、森崎が理念的に語ったに過ぎないその道を、労働者たちは同盟村という自立的コミューンとともに「幻想的にその道を生き」ていくことにな

(22) ここで河野が参照しているのは、谷川の「「サークル村」始末記」『思想の科学』第五次三号、一九六二年六月（のちに『影の越境をめぐって』所収）である。

(23) 本書では「血縁集団」という表現が多用されるが、坂口博は、実際の関係者に配慮した末のこうした曖昧な言い方が、「かえって問題を隠蔽し誤解を生む結果にならないだろうか」と指摘している。坂口前掲「『闘いとエロス』を読み解くために」、三六頁。

ったのだと河野は語る。(24)

いま、筆者には森崎の主張と河野の主張の対立を紐解くだけの準備はない。これは今後大正闘争に関心をもつ人びとが開拓すべき仕事であるが、ここでは両者の主張が真っ向からすれ違うこと、森崎の運動史記述のすべてをそのまま是とはできないことを最低限確認しておきたい。

そのうえで、たしかに、森崎の企業組合批判にはやや首を傾けざるをえない点もある。たとえば森崎は、同盟－企業組合による同盟村のための住居建設について、「一軒の家がたつことがあたかも思想性の一握りのごとく自己評価されることに対する批判が、内部に厚くこもった」とする。だが、これなどは、家をその内側からつくりかえていく修繕《ケアリング》・補修の行為のなかに女たちの創造性の断片を見出した一九六〇年代前半の森崎の議論とはうまく重ならない。

河野の『大正炭坑戦記』は、これまで断片的にしか知られてこなかった行動隊－同盟の実像を克明に描きだした点で、重要な一冊ではある。だが、同時に同書は、森崎が強姦殺人事件に直面するなかで運動内の性差別・性暴力を問おうとしたその切実さ・切迫さを、行動隊－同盟の関係者たちが受け止めきれなかった現実を、改めて残酷な形で示してもいる。同書にて河野は、運動を止めてでも集団内部の体質を問い返すべきだとした当時の森崎の提起を、森崎と谷川が『サークル村』結成にあたって誓い合った運動原理――闘いとエロスの一致――に照らし合わせるなら正当だと認めつつ、行動隊そのものには当てはまらないものだという。

しかし大正行動隊運動は、愛＝エロスを棚にあげてでも三池闘争の敗北を越えなければならない時代の嵐の中にすでに突入していた。ここに、「サークル村」運動から大正行動隊運動への移行についての谷川雁と森崎和江の位置づけの違いが現れてきた。森崎和江の主張は谷川雁の思想の重要な要素であり、いわば谷川雁自体が分裂を止揚できぬままだったわけであり、どちらもあとにはひけぬ状況が作り出されたのである。[25]

ここにはまず、切迫した情勢という名のもとで性差別・性暴力を二次的な課題として処理しようとする、典型的な家父長制的認識が認められる。そのうえで次に気になるのは、河野が森崎のこの「運動を止めてでも」という提起を字義通りに捉えすぎている点だ。河野は、大正行動隊はあくまで行動集団であって『サークル村』のような思想性を共有していたわけではなく、事件についてもあくまで行動によって乗り越えるしかなかったという。だが、事件を通じて運動内の性差別・性暴力と向き合うことが既存の組織の解体を招き、ひいては運動の停滞につながるという予測そのものに大きな誤謬が抱えこまれてはいないか。ここではむしろ、河野を含む関係者たちが、なぜこの事件を大正行動隊が目指そうとした新しい労働運動にとっては避けて通ることので

(24)河野靖好『大正炭坑戦記』花書院、二〇一八年、一六一頁。
(25)同上、一五二頁。

きない課題として考えることができなかったのか、その理由こそが問われるべきではないのか。繰り返すが、本書で森崎は行動隊の意義を森崎なりに最大限評価しようと努めている。また、石炭産業が解体され離職者が続発していく筑豊の差し迫った時代状況を当然理解してもおり、闘争が収束されてよいと安直に考えていたわけではない。

森崎が闘争の解体か前進かなどというような二者択一を迫ったわけではないし、反合理化闘争のなかであえて退職の道を選びとるという逆説的な運動戦略をとりえた行動隊の面々にそのことが理解できなかったならば、それは実に皮肉なことではないだろうか。『非所有の所有』という著作がまさにそうであったように、資本と国家へとラディカルに抗おうとする集団や組織のなかにすら、「資本主義的原理」としての私有＝私的所有が潜んでいることを一九六〇年前後の森崎はすでに告発しつづけていた。本書だけでなく、森崎のこうした同時代的な問題提起を併せて検討しない限り、やはり森崎の運動－闘争にたいする記述の是非を問うことにはならない。

また河野は先の引用部分につづくなかで、性暴力事件についての私見として、加害者の隊員には「彼の心の中に労働運動の優れた闘士である兄に対する無意識のコンプレックスがあったと思う」としながら、「そこから逃れようとしてさらに間違いを殺人にまで拡大してしまったのだと思う」としている。こうした私見を提示するにあたり、「ここでは思い切って私の考えを書かなければならない」と断っているように、河野にも自身の見解にたいする躊躇いがみられないのではない。(26) だが、河野の私見は、犯人逮捕直後の行動隊－同盟によるあの総括と基本的なラインとしてはほとんど変わらないものであり、事件をジェンダーや男性性の視点から考えることを避けつつ、「間違いを殺人にまで拡大してしまった」という表現によって暗に性暴力の問題を脱落させている。

とはいえ、ここでは、問題を河野ひとりの認識に求めたいのではない。それはどこまでも「文化」の問題であって、すべての関係者に問われる質のものであった。そして、このことは、あえて強くいえば谷川や大正行動隊を肯定的に（のみ）論じてきた人びとにも等しく問われる課題であるだろう。

繰り返すが、現代に至るまで現実に連綿と存在しつづけてきた運動内の性暴力と、その被害を矮小化する運動内の悪しき二次加害文化とは、社会運動そのものの信頼を低下させ、運動文化が本質的に男性中心主義であるかのようにみせてきた。その責任は間違いなく加害者と、加害者の行為を容認・黙認する周囲の人間たちのものである。ひとりのわたし、そして、わたしたちとて、こうした文化に無縁とは決していえない。

発売当時本書が読まれた全共闘とウーマン・リブの時代はもとより、#metooやフラワーデモを経験した今日もなお性差別や性暴力の被害は矮小化されて理解され、むしろ被害を告発した被害者／サヴァイヴァーが苛烈なバッシングをあびる事例も少なくない。また、たとえ加害者の行為

(26)同上、一五二―一五三頁。

が周囲にも認知され、当該の加害者が運動圏などから追放されることはあっても、運動全体の男性中心主義や性差別的文化そのものが周囲の参加者や活動家たちによって問いに付されることは稀であり、結果として性差別・性暴力は繰り返し組織・集団のなかで再生産されてきた。被害者／サヴァイヴァーによる長いたたかいとは、この過ぎ去らない「文化」のなかでつづけられてきたのであり、大正闘争をめぐる森崎の苦闘はその先駆的なひとつであって、この重みを消し去ることはできない。

　たしかに、本書での森崎による企業組合批判は、事実誤認を含め運動当事者たちにとっては許しがたいものではあっただろう。一方で、森崎の性差別・性暴力批判はいまもなお届ききってはいない。問題は事実に対する認識のずれというよりも、両者の視点や視座の決定的なずれであり、そのことを認識することがまずなによりも重要である。この先に、被害者の兄の轢死を自殺とみるか、事故死とみるかという見解の対立を再考する余地も開かれるだろう。当時から行動隊関係者の多くがこれを事故死と考えてきたこと、一方で世間には森崎の自殺という見解――実は本書では契子＝森崎から直接その説が唱えられてはいないのだが――が流布してきたことなどもあって、この見解のずれは根深い問題としてある。[27] だが、事実の如何とともに、森崎がかれの死を「自殺」であると考えずにはいられなかったことも同じだけ重要なはずだ。

　本書を通じて森崎が向き合った困難は、いまもなおわたしたち自身の困難であるというこの地点から、すべてを始めていきたい。

## 狂気を書く、もしくは書くことの狂気

本書には、これまでみてきたような本全体を貫く問題意識とは別に、断片的な形でおぼろげに記述されたもうひとつの縦軸が存在する。最後にこのことを記して本解題を閉じたい。

先にも指摘したように、本書二章における『サークル村』への森崎の総括は、四章での『無名通信』についての総括と同様、当時の運動への共感よりは距離を感じさせ、どこか冷淡な印象を受ける。実際、同じく『サークル村』を回想した六八年の文章でも森崎は、かつての紙面上で記憶に残るものはなく、『サークル村』の現物すら手元にないと語っていて、かつての運動にたいする思い入れは希薄であった。[28] だが、この二章で森崎がほぼ唯一力を込めた記述をしているのが、この運動体と狂気との関係を記した箇所である。森崎は、石牟礼道子がみずからの「気狂い」である「ばばしゃん」との冷たい交歓を綴った「愛情論」（一九五九年一二月号）の一節を引用したあと、次のように述べている。

(27)内田前掲『森崎和江』一九〇―一九一頁。
(28)森崎和江「『サークル村』創刊宣言」『ドキュメント日本人 月報2』学芸書林、一九六八年十一月（のちに『はははのくにとの幻想婚』所収）。

狂気を血縁で持っているのは「サークル村」でも彼女ばかりではない。多くの会員がその直系傍系に幾人かもっていた。または郷里や幼児体験をふりかえる時に、映像を結ばせる核のように村や町の狂人を思い起こした。「サークル村」はこれらの狂気を、民衆の内面における過去と未来をつなぐ手がかりのように意識しあった。

その意識は論理化されるまでには到らなかった。けれども過去においては村落内の相互制約の重荷を一身にうけとめて狂ったのだということを誰もが感じていたし、だからこそ村の象徴ともなっていたのだが、それを相互解放を集団原理とする共同体を創り出すことで越えようと考えられていた。

ここで狂気についてふれるのは他でもない。そのように意図した「サークル村」集団が、その運動中に事務局員を激務・激論の果に狂気へ追いつめたからである。

この部分には、森崎の『サークル村』への捉え方がはっきりと現れている。谷川が構想した「村」はあくまで逆説的な比喩であり、たとえ谷川にとってのキータームである「原点」が（少なくとも『サークル村』結成の前後までは）農村へのユートピア的な思慕によって幻視されるものだとしても、それは実体としての村や農村に依拠したものではない。だが、日本の共同体になんら幻想を有さない植民地朝鮮生まれの森崎にとって、どれほど外部に開かれた組織や共同体であってもその内部でうまれる抑圧や排除の機制は、村や農村をベースとした日本的な共同体の縮小再生産に映った。[29]

水溜真由美が述べるように、こうした「同化型共同性」批判こそが森崎の筑豊時代の一貫した課題であったとし、[30]狂気の問題はそこに骨がらみとなって存在していたと思われる。実際、本書以外でも筑豊時代の森崎には狂気に苛まれたとされる人びとの記述が散見される。たとえば、一九六三年の「没落的開放の行方」(のちに『非所有の所有』所収)では、ある炭鉱《ヤマ》で組合や炭婦会を批判しながら独自の組織化を試みようとした友人の女性が、その炭鉱の閉山をめぐって組合の妥協的な姿勢を攻撃したことで、かえって「組織をあげて排撃」され、遂には精神病院へ連れていかれたという。かの女が入院した病院には炭鉱の組合やサークルの元活動家たちが同じように収容されていて、変動期の炭鉱で「覚めていることは狂人だ」と森崎はいう。[31]

また、本書の翌年一九七一年に発表された「沖縄・朝鮮・筑豊」の冒頭では、筑豊に目立つ新

(29)だが、『サークル村』会員の発狂は森崎だけでなく、谷川をも捉えて離さなかった。「『サークル村』始末期」(注22参照)のなかで谷川は、『サークル村』の事務局を務めたTとHというふたりの人物を回顧しているが、このうちのTこそが、森崎が言及する発狂した会員だと思われる。精神病院へと入り、退院の末再度入院せざるをえなくなったこのTは、病院まで付き添った谷川たちに向けて、かつての『サークル村』会員たちの名前を誦じたという。
(30)水溜前掲『『サークル村』と森崎和江』の第Ⅲ部第一章「同化型共同性の拒絶」を参照。
(31)森崎和江「没落的開放の行方」『思想の科学』第五次一一号、一九六三年二月、六四頁。

たな精神病院の建物群を閉山地帯と化したこの土地を象徴する風景のひとつとしながら、かつては精神病院に収容されるような症状ではなかった人びとまでもがそこに入院していると指摘される。そして、その先に、かつて植民地期の朝鮮半島で朝鮮人たちは精神の異常にどのように対処したのかという重い問いが投げかけられている。(32)

さらにいえば、海を渡り娼婦として生きていった元「からゆきさん」の女性とその義娘の二世代にわたって取り憑いたトラウマと狂気こそが、のちに代表作となる『からゆきさん』執筆へと森崎を駆り立てることになった。

このように、筑豊時代の森崎の傍にはいつも狂気とその縁にある人びとの存在があった。社会から周縁化され、時に排除の対象とさえなるかれら・かの女らの存在が森崎に身近だったのは、森崎自身が故郷である植民地朝鮮を帝国日本の敗戦によって失うことになった故郷喪失者であり、戦後の日本で精神的な彷徨いを経験しつづけてきた「流民」であったからだろう。森崎はおそらく、狂気の縁にある人びとにどこかでみずからを重ね合わせてもいた。

そして、狂気をめぐる本書での記述は四章以外の部分にも現れている。七章での、名前の明かされない顔見知りの男と町で出会った契子が自宅で男とふたり会話する場面では、性暴力事件を思い出して微かに体を震わせる男を見ながら、同じ場所でかつて発狂した『サークル村』会員のことを契子は思い出す。また、八章の冒頭でも、契子が友人の女性たちのもとを訪れると、友人の子どもから「狐がついて、狐としか話はせんとげなよ」という家を出たある女性の話を聞かされ、この女性もおそらくは精神に異常をきたした人であることが示唆される。
本全体としてみればそれぞれは断片的で小さな記述に過ぎない。だが、こうした狂気の事例を線で結んでいくとき、本書を書いていくなかで森崎が立ち向かっていた困難がなにであったかをわたしたちは改めて理解することができるだろう。発狂した『サークル村』の会員の様子を思い出す先の場面で、契子は次のように語る。

人は泣きながら、狂気の底に消えるのだ。消すことのできぬ正気を抱いたまま……

これは『サークル村』の会員や、契子の目の前で体を震わせる男のことだけを意味しているのではないはずだ。性暴力事件の衝撃のなかに身を置いた一九六一年の森崎と、かつてのみずからの苦悩をあらためて直視し、そのことを必死に言語化しようともがき苦しむ一九七〇年の森崎その人が抱える二重の「狂気」が、ここでは語られているようだ。
この際、事件後に心身のバランスを崩して体調を悪化させ、また精神科や心療内科に通院する

(32)森崎和江「沖縄・朝鮮・筑豊」『現代の眼』一二巻八号、一九七一年八月(のちに『異族の原基』所収の際に「アンチ天皇制感覚——沖縄・本土・朝鮮」と改題)。

こととなっていた森崎[33]もまた狂気のなかにいた、などと言ってみたいのではない。狂気とは所詮名づけられるものであり、異常か正常かを切り分けるのは社会に他ならないことは、先の引用が如実に証明しているだろう。

だが、「正気」を抱えるからこそ「狂気の底」へと辿りついてしまうこの道のりこそが、完成された「作品」にはなりきることのなかった本書を執筆する過程で森崎が歩んだものだった。本書を通じて、森崎もまた狂気とのぎりぎりの境界を再び彷徨っている。かつて経験された人びとの狂気を書くことが、書くことの狂気として表出すること。こうした狂気の縁と向き合うことで、本書はどうしようもなく重苦しいトーンに支配されることにはなった。だがそれゆえにこそ、本書の叙述は読むものを絶えず駆り立てるものとしてあってきたのではないか。性暴力を書くことの苦しみ、その困難を整序された物語に回収しなかったこと、というよりも、できなかったこと。その失敗こそが、本書をいまもなおかけがえのないものにしているだろう。

けれどもわたしは針の爪先でこの世に立っている。わたしらはあるべきプロレタリアートを夜空にみるけれども、またそれが金属質の光線を散らしてわたしらを捨てていくのを待つけれど、わたしらは少女を描くことはできない。わたしの傷がふかすぎるので。彼がそれへ無知覚なので。

(33)森崎和江『いのち、響きあう』藤原書店、一九九八年、九五―九七頁、新木前掲『サークル村の磁場』一六〇―一六一頁。

# 補訂

一、底本『闘いとエロス』三一書房、一初刷一九七〇年五月（一九八〇年一月第九刷も参照）における、誤植や組版上から生じたと思われる表記の異同について補訂した箇所を、一覧に掲げる。
二、行数は、「みだし」をのぞいた「本文」の行数である（行アキは行数に含む）

| | 本書 | 底本 |
|---|---|---|
| 二章　サークル村 | | |
| 50頁9行 | 宮沢賢治 | 宮沢賢二 |
| 75頁6行 | 次々 | 次次 |
| 六章　「大正行動隊」Ⅰ | | |
| 161頁1行 | 終始した | 終止した |
| 166頁6行 | 結論にはいたりません | 結論にはいりません |

七章　凍《し》みる紋章

198頁9行　伴子　　恵子

九章　「大正行動隊」Ⅱ

253頁2行　我々　　我我

十章　地の渦

285頁2行　頬はこけるわ　　頬はこげるわ

十三章　雪炎

361頁16行　どうしようと思っている　どうしよう思っている

森崎和江（もりさき・かずえ）

１９２７年４月日本統治下の朝鮮慶尚北道大邱生まれ。44年２月朝鮮を離れ、福岡女子専門学校入学。詩人・丸山豊主宰の「母音」同人。52年結婚。53年長女出産、同年弟が自死。56年長男出産、58年筑豊に移り、上野英信、谷川雁らと「サークル村」創刊。59年「無名通信」発行（61年廃刊）。79年福岡県宗像市に移住。２０２２年６月福岡県福津市にて死去。

主な著書

61年『まっくら――女坑夫からの聞き書き』（理論社、岩波文庫）
63年『非所有の所有――性と階級覚え書』（現代思潮社）
64年『さわやかな欠如』（詩集、国文社）
65年『第三の性――はるかなるエロス』（三一書房、河出文庫）
70年『ははのくにとの幻想婚』（現代思潮社）
『闘いとエロス』（三一書房）
74年『奈落の神々――炭抗労働精神史』（大和書房、平凡社ライブラリー）
76年『からゆきさん』（朝日新聞社、朝日文庫）
78年『はじめての海』（吉野教育図書）
81年『海路残照』（朝日新聞社、朝日文庫）
83年『湯かげん如何』（東京書籍、平凡社ライブラリー）
84年『慶州は母の呼び声――わが原郷』（新潮社、ちくま文庫、MC新書）
85年『悲しすぎて笑う――女座長筑紫美主子の半生』（文藝春秋、文春文庫）
93年『買春王国の女たち――娼婦と産婦による近代史』（宝島社）
94年『いのちの素顔』（岩波書店）
98年『いのち、響きあう』（藤原書店）
01年『北上幻想――いのちの母国をさがす旅』（岩波書店）
04年『いのちへの旅――韓国・沖縄・宗像』（岩波書店）
07年『草の上の舞踏――日本と朝鮮半島の間に生きて』（藤原書店）
08―09年『精神史の旅――森崎和江コレクション』全五巻（藤原書店）

大畑凜（おおはた・りん）
1993年生まれ。大阪府立大学大学院博士後期課程単位取得退学。社会思想、戦後思想史。
共著『軍事的暴力を問う――旅する痛み』（青弓社）
共訳書　デイヴィッド・ライアン『ジーザス・イン・ディズニーランド』（新教出版社）
論文「未完の地図――森崎和江と沖縄闘争の時代」（『沖縄文化研究』49号）、「人質の思想――森崎和江における筑豊時代と「自由」をめぐって」（『社会思想史研究』44号）など。

＊本書は、一九七〇年五月に三一書房より刊行されたものを底本として用い、一九八〇年一月刊行の第九刷も参照した。

闘《たたか》いとエロス

著者　森崎和江《もりさきかずえ》

二〇二二年八月二〇日　第一刷発行

発行所　有限会社月曜社
発行者　神林豊
〒一八二―〇〇〇六　東京都調布市西つつじヶ丘四―四七―三
電話　〇三―三九三五―〇五一五（営業）／〇四二―四八一―二五五七（編集）
FAX　〇四二―四八一―二五六一
http://getsuyosha.jp/

装画　澤井玲衣子（たんぽぽの家）
装幀　重実生哉
編集　神林豊＋阿部晴政

印刷・製本　モリモト印刷株式会社

ISBN978-4-86503-144-7　C0095